*El monarca de las sombras*

# El monarca de las sombras

## JAVIER CERCAS

LITERATURA RANDOM HOUSE

Primera edición: febrero de 2017

© 2017, Javier Cercas
© 2017, Penguin Random House Grupo Editorial, S. A .U.
Travessera de Gràcia, 47-49. 08021 Barcelona

La fotografía de p. 24 pertenece a la colección privada de la familia Cercas
La imagen de pp. 152-153 procede del Archivo General Militar de Ávila
La fotografía de p. 202 pertenece a la colección privada de Manuel Amarilla

Printed in Spain – Impreso en España

ISBN: 978-84-397-3257-0
Depósito legal: B-22.627-2016

Compuesto en La Nueva Edimac, S. L.
Impreso en Cayfosa (Barcelona)

RH32570

Penguin
Random House
Grupo Editorial

*Para Raül Cercas y Mercè Mas*
*Para Blanca Mena*

Dulce et decorum est pro patria mori.

Horacio, *Odas*, III, 2, 13

## 1

Se llamaba Manuel Mena y murió a los diecinueve años en la batalla del Ebro. Fue el 21 de septiembre de 1938, hacia el final de la guerra civil, en un pueblo catalán llamado Bot. Era un franquista entusiasta, o por lo menos un entusiasta falangista, o por lo menos lo fue al principio de la guerra: en esa época se alistó en la 3.ª Bandera de Falange de Cáceres, y al año siguiente, recién obtenido el grado de alférez provisional, lo destinaron al Primer Tabor de Tiradores de Ifni, una unidad de choque perteneciente al cuerpo de Regulares. Doce meses más tarde murió en combate, y durante años fue el héroe oficial de mi familia.

Era tío paterno de mi madre, que desde niño me ha contado innumerables veces su historia, o más bien su historia y su leyenda, de tal manera que antes de ser escritor yo pensaba que alguna vez tendría que escribir un libro sobre él. Lo descarté precisamente en cuanto me hice escritor; la razón es que sentía que Manuel Mena era la cifra exacta de la herencia más onerosa de mi familia, y que contar su historia no sólo equivalía a hacerme cargo de su pasado político sino también del pasado político de toda mi familia, que era el pasado que más me abochornaba; no quería hacerme cargo de eso, no veía ninguna necesidad de hacerlo, y mucho menos de airearlo en un libro: bastante tenía con aprender a vivir con ello. Por lo demás, ni siquiera hubiese sabido cómo ponerme a contar esa historia: ¿hubiera debido atenerme a la realidad estricta, a la verdad de los hechos, suponiendo que tal cosa fuese posible y el paso del tiempo no hubiese abierto en la historia de Manuel Mena vacíos imposibles de colmar? ¿Hubiera debido mezclar la realidad y la ficción, para rellenar con ésta los huecos dejados por aquélla? ¿O hubiera debido inventar una ficción a partir de la realidad, aunque todo el mundo creyese que era veraz, o para que todo el mundo lo creyese? No tenía ni idea, y esta ignorancia de forma me parecía la ratificación de mi acierto de fondo: no debía escribir la historia de Manuel Mena.

Hace unos años, sin embargo, ese antiguo rechazo pareció entrar en crisis. Para entonces hacía ya tiempo que yo había dejado atrás la juventud, estaba casado y tenía un hijo; mi familia no pasaba por un gran momento: mi padre había muerto tras una larga dolencia y mi madre todavía capeaba a duras penas el trance ingrato de la viudedad después de cinco décadas de matrimonio. La muerte de mi padre había acentuado la propensión natural de mi madre a un fatalismo melodramático, resignado y catastrofista («Hijo mío —era una de sus sentencias más socorridas—, que Dios no nos dé todas las desgracias que somos capaces de soportar»), y una mañana la atropelló un coche mientras cruzaba un paso de cebra; el accidente no revistió excesiva gravedad, pero mi madre se llevó un buen susto y se vio obligada a permanecer varias semanas sentada en un sillón con el cuerpo tatuado de magulladuras. Mis hermanas y yo la animábamos a salir de casa, la sacábamos a comer o de paseo y la llevábamos a su parroquia para oír misa. No se me olvida la primera vez que la acompañé a la iglesia. Habíamos recorrido al ralentí los cien metros que separan su casa de la parroquia de Sant

Salvador y, cuando nos disponíamos a cruzar el paso de cebra que facilita la entrada a la iglesia, estrujó mi brazo.

—Hijo mío —me susurró—, bienaventurados los que creen en los pasos de cebra, porque ellos verán a Dios. Yo estuve a punto.

Durante aquella convalecencia la visité más a menudo que de costumbre; muchas veces me quedaba incluso a dormir en su casa, con mi mujer y mi hijo. Llegábamos los tres el viernes por la tarde o el sábado por la mañana y nos instalábamos allí hasta que el domingo al anochecer volvíamos a Barcelona. Durante el día hablábamos o leíamos, y por la noche veíamos películas y programas de televisión, sobre todo *Gran Hermano*, un concurso de telerrealidad que a mi madre y a mí nos encantaba. Por supuesto, hablábamos de Ibahernando, el pueblo extremeño del que en los años sesenta emigraron a Cataluña mis padres, igual que en aquella época hicieron tantos extremeños. Digo por supuesto y comprendo que debería explicar por qué lo digo; es fácil: porque no hay acontecimiento más determinante que la emigración en la vida de mi madre. Digo que no hay acontecimiento más determinante que la emigración en la vida de mi madre y comprendo que también debería explicar por qué lo digo; eso ya no es tan fácil. Hace casi veinte años intenté explicárselo a un amigo diciéndole que la emigración había significado que de un día para otro mi madre dejara de ser una hija privilegiada de una familia patricia en un pueblo extremeño, donde ella lo era todo, para ser poco más que una proletaria o poco menos que una pequeña burguesa abrumada de hijos en una ciudad catalana, donde ella no era nada. Apenas la hube formulado, la respuesta me pareció válida pero insuficiente, así que me puse a escribir un artículo titulado «Los inocentes» que ahora mismo sigue siendo la mejor explicación que sé dar de este asunto; se publicó el 28 de diciembre de 1999, día de los inocentes y trigésimo tercer aniversario de la fecha en que mi madre llegó a Gerona. Dice así: «La primera vez que vi Gerona fue en un mapa. Mi madre, que entonces era muy joven, señaló un punto remoto en el papel y me dijo que era ahí donde estaba mi padre. Meses más tarde hicimos las maletas. Hubo un viaje larguísimo, y al final una estación leprosa y aldeana, rodeada de edificios de lástima envueltos en una luz mortuoria y maltratada por la lluvia sin compasión de diciembre. Era la ciudad más triste del mundo. Mi padre, que nos aguardaba en ella, nos llevó a desayunar y nos dijo que en aquella ciudad imposible se hablaba una lengua distinta de la nuestra, y me enseñó la primera frase en catalán que pronuncié: "M'agrada molt anar al col·legi". Luego nos encajamos como pudimos en el Citroën 2CV de mi padre y, mientras nos dirigíamos a nuestra nueva casa por la desolación hostil de aquella ciudad ajena, estoy seguro de que mi madre pensó y no dijo una frase que pensó y dijo cada vez que llegaba el aniversario del día en que hicimos las maletas: "¡Menuda inocentada!". Era el día de los inocentes de hace treinta y tres años.

»*El desierto de los tártaros* es una novela extraordinaria de Dino Buzzati. Se trata de una fábula un poco kafkiana en la que un joven teniente llamado Giovanni Drogo es destinado a una remota fortaleza asediada por el desierto y por la amenaza de los tártaros que lo habitan. Sediento de gloria y de batallas, Drogo espera en vano la llegada de los tártaros, y en esa espera se le va la vida. Muchas veces he pensado que esa fábula sin esperanza es un emblema del destino de muchos de los que hicieron las maletas. Como muchos de ellos, mi madre se pasó la juventud esperando el regreso, que era siempre inminente. Así transcurrieron treinta y tres años. Como para algunos de los que hicieron las maletas, para ella no fueron tan malos: después de todo, mi padre tenía un

---

14

sueldo y un empleo bastante seguro, que era mucho más de lo que tenían muchos. Yo creo que mi madre, de todos modos, igual que muchos que hicieron las maletas, nunca acabó de aceptar su nueva vida y, acorazada en su empleo excluyente de ama de casa de familia numerosa, vivió en Gerona haciendo lo posible por no advertir que vivía en Gerona, sino en el lugar en el que hizo las maletas. Esa imposible ilusión duró hasta hace unos años. Para entonces las cosas habían cambiado mucho: Gerona era una ciudad alegre y próspera, y su estación un moderno edificio de paredes blanquísimas e inmensas cristaleras; por lo demás, algunos de los nietos de mi madre apenas entendían su lengua. Un día, cuando ninguno de sus hijos vivía ya con ella y ya no podía protegerse de la realidad tras su trabajo excluyente de ama de casa y por tanto tampoco podía esquivar la evidencia de que, veinticinco años después, aún vivía en una ciudad que no había dejado de serle ajena, le diagnosticaron una depresión, y durante dos años lo único que hizo fue mirar al vacío en silencio, con los ojos secos. Quizá también pensaba, pensaba en su juventud perdida y, como el teniente Drogo y como muchos de los que hicieron las maletas, en su vida consumida en una espera inútil y quizá también —ella, que no había leído a Kafka— en que todo eso era un malentendido y en que ese malentendido iba a matarla. Pero no la mató, y un día en que ya empezaba a salir del pozo de años de la depresión e iba con su marido al médico, un caballero le abrió una puerta y cediéndole el paso dijo: "Endavant". Mi madre le contestó: "Al médico". Porque lo que mi madre había entendido era "¿Adónde van?" o quizá "¿Ande van?". Dice mi padre que en ese momento se acordó de la primera frase que, más de veinticinco años atrás, me había enseñado a decir en catalán, y también que comprendió de golpe a mi madre, porque comprendió que llevaba más de veinticinco años viviendo en Gerona como si nunca hubiera salido del lugar en el que hizo las maletas.

»Al final de *El desierto de los tártaros* los tártaros llegan, pero la enfermedad y la vejez impiden a Drogo satisfacer su sueño postergado de enfrentarse a ellos; lejos del combate y de la gloria, solo y anónimo en la habitación en penumbra de una posada, Drogo siente que se acerca el fin, y comprende que ésa es la verdadera batalla, la que siempre había estado esperando sin saberlo; entonces se incorpora un poco y se arregla un poco la guerrera, para recibir a la muerte como un hombre valiente. Yo no sé si los que hicieron las maletas regresarán nunca; me temo que no, entre otras cosas porque ya habrán comprendido que el regreso es imposible. Tampoco sé si alguna vez pensarán en la vida que se les ha ido en la espera, o en que todo esto ha sido un terrible malentendido, o en que se engañaron o, peor aún, en que alguien les engañó. No lo sé. Lo que sí sé es que dentro de unas horas, apenas se levante, mi madre pensará y tal vez diga la misma frase que lleva repitiendo desde hace treinta y tres años en este mismo día: "¡Menuda inocentada!"».

Así terminaba mi artículo. Más de una década después de que se publicara, mi madre seguía sin salir de Ibahernando aunque siguiera viviendo en Gerona, de modo que es lógico que nuestro principal pasatiempo durante las visitas que le hacíamos para aliviar su convalecencia consistiera en hablar de Ibahernando; más inesperado fue que en una ocasión nuestros tres pasatiempos principales parecieran converger en uno solo. Sucedió una noche en que vimos juntos *La aventura*, una vieja película de Michelangelo Antonioni. La cinta narra cómo, durante una excursión de un grupo de amigos, uno de ellos se pierde; al principio todos lo buscan, pero en seguida se olvidan de él y la excursión prosigue como si nada hubiese ocurrido. La densidad estática de la película derrotó en seguida a mi hijo, que se fue a la cama, y a mi mujer, que se durmió en su sillón, delante de la tele; mi madre, en cambio, sobrevivió intacta a las casi dos horas y media de imágenes en blanco y negro y diálogos en italiano subtitulados en español. Sorprendido por su aguante, al terminar la proyección le pregunté qué le había parecido lo que acababa de ver.

—Es la película que más me ha gustado en mi vida —contestó.

De haberse tratado de otra persona, hubiera creído que la frase era un sarcasmo; pero mi madre no conoce el sarcasmo, así que pensé que la orfandad de peripecias y los silencios inacabables de *Gran Hermano* la habían entrenado a la perfección para disfrutar los silencios inacabables y la orfandad de peripecias de la película de Antonioni. Miento. Lo que pensé fue que, acostumbrada a la lentitud de *Gran Hermano*, *La aventura* le había parecido tan trepidante como una película de acción. Mi madre debió de notar mi asombro, porque se apresuró a intentar disiparlo; su aclaración no desmintió del todo mi conjetura.

—Claro, Javi —explicó, señalando la tele—. Lo que pasaba en esa película es lo que pasa siempre: uno se muere y al día siguiente ya nadie se acuerda de él. Eso es lo que pasó con mi tío Manolo.

Su tío Manolo era Manuel Mena. Aquella misma noche volvimos a hablar sobre él, y durante los fines de semana siguientes ya casi no cambiamos de tema. Desde que tenía uso de razón oía hablar de Manuel Mena a mi madre, pero sólo en aquellos días comprendí dos cosas. La primera es que para ella Manuel Mena había sido mucho más que un tío paterno. Según me contó entonces, durante su infancia

17

mi madre había convivido con él en casa de su abuela, a pocos metros de la de sus padres, quienes la habían mandado allí porque sus dos primeras hijas habían muerto de meningitis y abrigaban el temor razonable de que la tercera contrajese la misma enfermedad. Mi madre había sido al parecer muy feliz en aquel abarrotado caserón de viuda de su abuela Carolina, acompañada por su primo Alejandro y mimada por un ejército bullicioso de tíos solteros. Ninguno de ellos la mimaba tanto como Manuel Mena; para mi madre, ninguno resistía la comparación con él: era el benjamín, el más alegre, el más vital, el que siempre le traía regalos, el que más la hacía reír y el que más jugaba con ella. Le llamaba tío Manolo; él la llamaba Blanquita. Mi madre lo adoraba, así que su muerte representó un golpe demoledor para ella. Nunca he visto llorar a mi madre; nunca: ni siquiera durante sus dos años de depresión, ni siquiera cuando murió mi padre. Mi madre, simplemente, no llora. Mis hermanas y yo hemos especulado mucho sobre las razones de esta anomalía, hasta que una de aquellas noches posteriores a su accidente, mientras ella me contaba por enésima vez la llegada del cadáver de Manuel Mena al pueblo y recordaba que se había pasado horas y horas llorando, creí encontrar la explicación: pensé que todos tenemos una reserva de lágrimas y que aquel día se había agotado la suya, que desde entonces no le quedaban lágrimas que verter. Manuel Mena, en resumen, no era sólo el tío paterno de mi madre: era su hermano mayor; también era su primer muerto.

La segunda cosa que comprendí en aquellos días era aún más importante que la primera. De niño yo no entendía por qué mi madre me hablaba tanto de Manuel Mena; de joven pensaba, secretamente avergonzado y horrorizado, que lo hacía porque Manuel Mena había sido franquista, o por lo menos falangista, y durante el franquismo mi familia había sido

*douceur*

franquista, o por lo menos había aceptado el franquismo con
la misma mansedumbre acrítica con que lo había aceptado la
mayor parte del país; de adulto he comprendido que esa explicación es trivial, pero sólo durante aquellas charlas noctur-
nas con mi madre convaleciente alcancé a descifrar la naturaleza exacta de su trivialidad. Lo que entonces comprendí fue
que la muerte de Manuel Mena había quedado grabada a
fuego en la imaginación infantil de mi madre como eso que
los griegos antiguos llamaban *kalos thanatos*: una bella muerte.
Era, para los griegos antiguos, la muerte perfecta, la muerte
de un joven noble y puro que, como Aquiles en la *Ilíada*, demuestra su nobleza y su pureza jugándose la vida a todo o
nada mientras lucha en primera línea por valores que lo superan o que cree que lo superan y cae en combate y abandona el mundo de los vivos en la plenitud de su belleza y su
vigor y escapa a la usura del tiempo y no conoce la decrepi-
tud que malogra a los hombres; este joven eminente, que
renuncia por un ideal a los valores mundanos y a la propia
vida, constituye el dechado heroico de los griegos y alcanza
el apogeo de su ética y la única forma posible de inmortalidad
en aquel mundo sin Dios, que consiste en vivir para siempre en
la memoria precaria y volátil de los hombres, como le ocurre
a Aquiles. Para los griegos antiguos, *kalos thanatos* era la muerte perfecta que culmina una vida perfecta; para mi madre,
Manuel Mena era Aquiles.

*ou tomber
à l'eau
(plan)*

*gacher*

Aquel doble descubrimiento fue una revelación, y durante algunas semanas me inquietó una sospecha: quizá me
había equivocado al negarme a escribir sobre Manuel Mena.
Desde luego, seguía pensando más o menos lo que siempre
había pensado sobre su historia, pero me pregunté si el hecho de que para mí fuera una historia bochornosa era razón
suficiente para no contarla y para seguir manteniéndola escondida; igualmente me dije que todavía estaba a tiempo de

contarla, pero que, si de verdad quería contarla, debía poner manos a la obra de inmediato, porque estaba seguro de que apenas quedaría rastro documental de Manuel Mena en archivos y bibliotecas y de que, setenta y tantos años después de su muerte, sería poco más que una leyenda hecha jirones en la memoria erosionada de un puñado menguante de ancianos. Por lo demás, también entendí que si mi madre había entendido tan bien a Antonioni o la película de Antonioni no se debía sólo a que la había preparado para ello la lentitud afásica de *Gran Hermano*, sino a que, aunque ella todavía habitaba un mundo con Dios (un mundo que ya se ha extinguido y que Manuel Mena pensó que luchaba por defender), de niña había comprobado con perplejidad y padecido como un ultraje que la memoria precaria y volátil de los hombres despreciaba a su tío, a diferencia de lo que había hecho con Aquiles. Porque lo cierto es que el olvido había iniciado su labor de demolición inmediatamente después de la muerte de Manuel Mena. En su propia casa un silencio espeso e incomprensible o que mi madre de niña juzgaba incomprensible se abatió sobre él. Nadie indagó en las circunstancias ni en las causas precisas de su muerte y todos se conformaron con la brumosa versión que de ella les dio su asistente (un hombre que acompañó su cadáver hasta el pueblo y que permaneció algunos días en él, alojado en casa de su madre), nadie se interesó por hablar con los compañeros y los mandos que habían combatido a su lado, nadie quiso hacer averiguaciones sobre su peripecia de guerra, sobre los frentes donde combatió ni sobre la unidad a la que estaba adscrito, nadie se tomó la molestia de visitar Bot, aquel remoto pueblo catalán donde había muerto y que yo siempre creí que se llamaba Bos o Boj o Boh, porque, como el castellano carece del hábito de la «t» final, así es como lo pronunciaba siempre mi madre. Pocos meses después de la muerte de Manuel Mena, en fin, su nombre ya casi no se mencionaba en la familia, o sólo se mencionaba cuando no quedaba otro remedio que mencionarlo, y, pocos años después de su muerte, su madre y sus hermanas destruyeron todos sus papeles, recuerdos y pertenencias.

Todos salvo una foto (o al menos eso es lo que siempre pensé): un retrato de guerra de Manuel Mena. Tras su funeral, la familia hizo siete copias ampliadas de él; una de ellas presidió el comedor de su madre hasta su muerte; las otras seis se repartieron entre sus seis hermanos. Esa reliquia desasosegó vagamente los veranos de mi infancia aterida de emigrante, cuando regresaba en vacaciones al calor del pueblo, feliz de abandonar por unos meses la intemperie y la confusión del destierro y de recuperar mi estatus acogedor de vástago de una familia patricia de Ibahernando, me instalaba en casa de mis abuelos maternos y veía el retrato del muerto pendiendo de la pared sin privilegios de un vestidor donde se acumulaban baúles llenos de ropa y estanterías llenas de libros; más todavía desasosegó mi adolescencia y mi juventud, cuando murieron mis abuelos y la casa deshabitada se cerraba todo el año y ya sólo se abría cuando mis padres y mis hermanas volvían en verano mientras yo intentaba habituarme al frío de la intemperie y el desconcierto del desarraigo e intentaba emanciparme del falso calor del pueblo visitándolo lo menos posible, manteniéndome lo más alejado posible de aquella casa y aquella familia y aquel retrato ominoso que en invierno velaba a solas en el cuarto de los baúles, aquejado por una vergüenza o una culpa inconcreta en cuyas raíces prefería no indagar, la vergüenza de mi teórica condición hereditaria de patricio del pueblo, la vergüenza de los orígenes políticos de mi familia y su actuación durante la guerra y el franquismo (para mí por lo demás desconocida o casi desconocida), la vergüenza difusa, paralela y complementaria de estar atado por un vínculo de acero a aquel villorrio menesteroso y perdido que no acaba-ba de desaparecer. Pero sobre todo me ha desasosegado el retrato de Manuel Mena en mi madurez, cuando no he de-jado de sentir vergüenza por mis orígenes y mi herencia pero en parte me he resignado a ellos, me he conformado en parte con ser quien soy y con proceder de donde proce-do y con tener los vínculos que tengo, me he habituado mejor o peor al desarraigo y la intemperie y el desconcier-to y he comprendido que mi condición de patricio era ilusoria y he vuelto a menudo al pueblo con mi mujer y mi hijo y mis padres (nunca o casi nunca con amigos, nunca o casi nunca con gente ajena a la familia) y he vuelto a alo-jarme en aquella casa que se cae a pedazos donde el retrato de Manuel Mena lleva más de setenta años acumulando polvo en silencio, convertido en el símbolo perfecto, fúne-bre y violento de todos los errores y las responsabilidades y la culpa y la vergüenza y la miseria y la muerte y las derrotas y el espanto y la suciedad y las lágrimas y el sacrificio y la pasión y el deshonor de mis antepasados.

Ahora lo tengo frente a mí, en mi despacho de Barcelo-na. No recuerdo cuándo me lo traje de Ibahernando; en todo caso, fue años después de que mi madre se recuperase de su accidente y yo tomase una resolución sobre la histo-ria de Manuel Mena. La resolución fue que no la escribiría. La resolución fue que escribiría otras historias, pero que, conforme las escribía, iría recogiendo información sobre Manuel Mena, aunque fuese entre libro y libro o a ratos perdidos, antes de que se esfumase por completo el rastro de su vida brevísima y desapareciese de la memoria precaria y desgastada de quienes lo habían conocido o del orden volátil de los archivos y las bibliotecas. De este modo la historia de Manuel Mena o lo que quedaba de la historia de Manuel Mena no se perdería y yo podría contarla si alguna vez me animaba a contarla o era capaz de contarla, o podría dársela a otro escritor para que él la contara, suponiendo que algún otro escritor quisiese contarla, o podría simplemente no contarla, convertirla para siempre en un vacío, en un hueco, en una de las millones y millones de historias que nunca se contarán, quizá en uno de esos proyectos que algunos escritores siempre están esperando escribir y nunca escriben porque no quieren hacerse cargo de ellos o porque temen que nunca estarán a su altura y prefieren dejarlo en estado de mera posibilidad, convertido en su radiante obra maestra nunca escrita, maestra y radiante precisamente porque nunca se escribirá.

Ésa fue la decisión que tomé: no escribir la historia de Manuel Mena, seguir no escribiendo la historia de Manuel Mena. En cuanto a su retrato, desde que me lo traje a mi despacho no dejo de observarlo. Es un retrato de estudio, tomado en Zaragoza: el nombre de la ciudad figura en el extremo inferior derecho, en letras blancas, casi ilegibles; el tiempo ha puesto manchas de suciedad y raspaduras en el papel, lo ha agrietado en los bordes. Ignoro la fecha exacta en que se tomó, pero hay en el uniforme de Manuel Mena una pista que permite fijar una fecha aproximada. En el costado izquierdo de su guerrera nuestro hombre exhibe, en efecto, la Medalla de Sufrimientos por la Patria —el equivalente al Corazón Púrpura norteamericano— y encima de ella una cinta con dos barras; ambas condecoraciones significan que, en el momento en que se tomó la foto, Manuel Mena había sido herido en combate dos veces por fuego enemigo, lo que no pudo ocurrir antes de la primavera de 1938, cuando había entrado en combate una sola vez con el Primer Tabor de Tiradores de Ifni, pero tampoco después de mediado el verano, cuando se desencadenó la

batalla del Ebro y él ya apenas volvió a la retaguardia. El retrato tuvo que ser tomado, por tanto, entre la primavera y principios del verano de 1938, durante la segunda o la tercera estancia de Manuel Mena en Zaragoza o en las inmediaciones de Zaragoza. Por entonces iba a cumplir diecinueve años, o los había cumplido ya, y apenas le faltaban unos meses para morir. En la foto, Manuel Mena viste el uniforme de gala de los Tiradores de Ifni, con su gorra de plato blanca y negra y ladeada y su impoluta guerrera blanca con botones dorados y galones negros, en cada uno de los cuales luce una estrella de alférez. La tercera la luce en la gorra; justo encima, con fondo blanco, figura la insignia de la infantería: una espada y un arcabuz cruzados sobre una cornetilla. La insignia se repite en las solapas de la guerrera. Bajo la solapa derecha puede distinguirse, más borrosa, en parte casi invisible, la insignia de los Tiradores de Ifni, una media luna árabe en la que se lee o se intuye, en letras mayúsculas, la palabra «Ifni», y en cuyo semicírculo cabe una estrella de cinco puntas con dos fusiles cruzados. Bajo la solapa izquierda resaltan, contra el paño blanco de la guerrera, la Medalla de Sufrimientos por la Patria y la cinta con dos barras. Los dos últimos botones de la guerrera permanecen sin abrochar, igual que el del bolsillo del costado derecho; esa negligencia deliberada permite una visión más amplia de la camisa blanca y la corbata negra, ambas igualmente impolutas. Llama la atención lo delgado que está; de hecho, su cuerpo parece incapaz de colmar el uniforme: es un cuerpo de niño en el traje de un adulto. También llama la atención la postura de su brazo derecho, con el antebrazo cruzado sobre el vientre y la mano agarrada a la cara interior del codo izquierdo, en un gesto que no parece natural sino dictado por el fotógrafo (también se diría dictada por el fotógrafo la inclinación coqueta de la gorra de plato, que sombrea la ceja derecha de Manuel Mena). Pero lo que sobre todo llama la atención es la cara. Es, inconfundiblemente, una cara infantil, o como mínimo adolescente, con su cutis de recién nacido, sin una sola arruga ni un atisbo de barba, sus cejas tenues y sus labios vírgenes y entreabiertos, por los que asoman unos dientes tan blancos como la guerrera. Tiene la nariz recta y fina, el cuello también fino y los pabellones de las orejas bien separados del cráneo. Por lo que respecta a los ojos, el blanco y negro de la fotografía les ha robado el color; mi madre los recuerda verdes; parecen claros. No se dirigen a la cámara, en todo caso, sino a su derecha, y no parecen mirar a nadie en concreto. Yo llevo mucho tiempo mirándolos, pero no he alcanzado a ver en ellos orgullo ni vanidad ni inconsciencia ni temor ni alegría ni ambición ni esperanza ni desaliento ni horror ni crueldad ni compasión ni júbilo ni tristeza, ni siquiera la inminencia agazapada de la muerte. Llevo mucho tiempo mirándolos y soy incapaz de ver nada en ellos. A veces pienso que esos ojos son un espejo y que la nada que veo en ellos soy yo. A veces pienso que esa nada es la guerra.

## 2

Manuel Mena nació el 25 de abril de 1919. Por entonces Ibahernando era un pueblo remoto, aislado y miserable de Extremadura, una región remota, aislada y miserable de España, cosida a la frontera con Portugal. El topónimo es una contracción de Viva Hernando; Hernando fue un caballero cristiano que en el siglo XIII contribuyó a conquistar a los musulmanes la ciudad de Trujillo y a incorporarla a las posesiones del Rey de Castilla, quien entregó a su vasallo aquellas tierras adyacentes como pago por los servicios prestados a la corona. Manuel Mena nació allí. Toda su familia nació allí, incluida su sobrina, Blanca Mena, incluido el hijo de Blanca Mena, Javier Cercas. Algunos sostienen que la familia llegó a la región con los cristianos de Hernando, arrastrada por el ímpetu medieval de conquista castellano. Podría ser. Pero también podría ser que hubiera llegado antes, porque antes de que se asentaran en Ibahernando los impetuosos cristianos se habían asentado allí los sucintos íberos y los razonables romanos y los bárbaros visigodos y los civilizadísimos árabes. El hecho puede sorprender, porque aquélla no es una tierra amable sino un páramo de inviernos gélidos y veranos ardientes, un dilatado erial de cuya seca superficie sobresalen a trechos peñascos como caparazones de gigantescos crustáceos enterrados. Sea como sea, si la familia se estableció en el pueblo con Hernando y sus cristianos, el ímpetu o la desesperación que la condujo hasta allí debió de extinguirse pronto, porque ninguno de sus miembros se animó a seguir a los reyes castellanos en la invasión del resto de la península, ni a los conquistadores en busca del oro y las mujeres de América, y todos permanecieron en las proximidades, quietos como encinas, echando unas raíces tan poderosas que a pesar de la diáspora de mediados del siglo xx, que vació prácticamente el pueblo, pocos han sido capaces de arrancarlas del todo.

Manuel Mena ni siquiera pudo intentarlo. En el momento de su venida al mundo, Ibahernando estaba más lejos del siglo xx que de la Edad Media; mejor dicho: es posible que todavía no hubiera acabado de salir de la Edad Media. Entonces, tras la expulsión de los musulmanes por los cristianos, el pueblo formaba parte del realengo de Trujillo y dependía directamente del Rey, pero todas sus tierras se hallaban en poder de señores de horca y cuchillo que sometían a sus siervos a un régimen de semiesclavitud. Ocho siglos después, a principios del xx, las cosas apenas habían cambiado. El país no había conocido el Renacimiento ni la Ilustración ni las revoluciones liberales (o los había conocido a medias), la comarca no sabía lo que eran la burguesía y la industria y, aunque a mediados del xix Trujillo ya no era un realengo e Ibahernando se había emancipado de la tutela de la egregia ciudad y constituido en humilde municipio independiente, la mayor parte de su territorio continuaba en manos de aristócratas de nombres rimbombantes que residían en Madrid y a quienes nadie había visto nunca por aquellos parajes —el marqués de Santa Marta, el conde de La Oliva, el marqués de Campo Real, la marquesa de San Juan de Piedras Albas—, mientras los habitantes del pueblo se morían de hambre tratando de arrancar trigo, cebada y centeno de aquel campo ingrato y pedregoso, y alimentando a base de pastos, a duras penas, rebaños escuálidos de cerdos, ovejas y vacas que vendían a precio de saldo en los mercados del contorno.

Pero que las condiciones de servidumbre medieval apenas hubieran cambiado desde antiguo para los habitantes de Ibahernando no significa que no hubieran cambiado en absoluto o que no empezasen a cambiar, como mínimo en parte y para algunos. Todavía a mediados de siglo XIX, un célebre diccionario geográfico redactado por un célebre liberal español acogía un retrato desconsolado del pueblo; según él, Ibahernando era un rincón inclemente adonde no llegaban ni la carretera ni el servicio postal y donde mil doscientas cinco almas se hacinaban en ciento ochenta y nueve casas lamentables, con una escuela primaria, una iglesia parroquial, una fuente pública y un Ayuntamiento tan pobre que no podía atender ni las urgencias más elementales de sus vecinos. Sólo unas décadas después de esa descripción, a finales del siglo XIX o principios del XX, el retrato del liberal español hubiera seguido siendo un aguafuerte de la España negra, pero quizá hubiera sido algo distinto. Por aquella época, justo antes del nacimiento de Manuel Mena, algunos campesinos emprendedores se animaron a arrendar las tierras de los aristócratas absentistas. El hecho supuso una alianza frágil y desigual entre aristócratas y campesinos o, para ser más precisos, entre algunos aristócratas y algunos campesinos; también supuso una pequeña mutación que tuvo varias consecuencias entrelazadas. La primera es que los campesinos emprendedores comenzaron a prosperar, primero gracias a los beneficios de la explotación de sus arrendamientos y más tarde gracias a los beneficios de la explotación de las pequeñas fincas que comenzaron a adquirir gracias a los beneficios de la explotación de sus arrendamientos. La segunda consecuencia es que esos campesinos con tierra se transformaron en capataces o delegados de los intereses de los aristócratas y empezaron a relegar sus propios intereses y a confundirlos con los de los aristócratas, algunos empezaron incluso a querer mirarse a distancia en el espejo inalcanzable de las costumbres y las formas de vida patricias y a pensar que, por lo menos en el pueblo, podían llegar a ser patricios. La tercera consecuencia es que los campesinos con tierra empezaron a dar trabajo a los campesinos sin tierra y los campesinos sin tierra a depender de los campesinos con tierra y a considerarlos como los ricos o los patricios del pueblo. La cuarta y última consecuencia —la más importante— es que el pueblo empezó a incubar una fantasía de desigualdad básica según la cual, mientras los campesinos sin tierra no habían dejado de ser pobres ni de ser siervos, los campesinos con tierra se habían convertido en ricos patricios, o se hallaban en camino de hacerlo.

Era una pura ficción. La realidad era que los campesinos sin tierra seguían siendo pobres aunque cada vez fueran menos, y que, aunque cada vez fueran más, los campesinos con tierra no eran ricos: simplemente algunos habían dejado de ser pobres, o como mínimo estaban empezando a salir de su miseria de siglos; la realidad es que, creyeran todos lo que creyeran, los campesinos con tierra no eran patricios sino que seguían siendo siervos, pero los campesinos sin tierra podían convertirse o se estaban convirtiendo ya en siervos de siervos. En resumen: hasta entonces los intereses de los habitantes del pueblo habían sido en lo esencial idénticos, porque todos eran siervos y todos sabían que lo eran; a partir de entonces, sin embargo, empezó a instalarse el espejismo artificial de que en el pueblo había siervos y patricios, y los intereses de sus habitantes empezaron a divergir, artificialmente.

Manuel Mena había nacido en una familia integrada en aquella minoría ascendente de patricios ilusorios y siervos reales que empezó a prosperar a principios del siglo XX en Ibahernando. No era la más rica de esas familias, o la menos pobre. El padre de Manuel Mena se llamaba Alejandro y, como casi todo el mundo en el pueblo, se ganaba la vida trabajando en el campo: explotaba la única finca que poseía la familia, unas pocas hectáreas de secano conocidas como Valdelaguna y dedicadas al cultivo de cereales y la cría de ovejas y vacas; la madre de Manuel Mena se llamaba Carolina y regentaba un estanco. Tenían siete hijos. No podían permitirse ni el más mínimo lujo, pero no pasaban hambre. Pocos años después del nacimiento de Manuel Mena, su padre murió, y sus tres hermanos mayores –Juan, Antonio y Andrés– se hicieron cargo de la explotación de Valdelaguna. Apenas se sabe nada de esta época inicial de su vida; la mayor parte de lo que en ella ocurrió se ha perdido en la memoria de quienes lo conocieron, y lo que queda es apenas una leyenda imprecisa de la que sólo cabe rescatar para la historia verdadera una imagen general del personaje y dos anécdotas concretas. La imagen es nítida, unánime y contrastada; también es bifronte: por un lado, la imagen cordial de un chico inquieto, alegre, extrovertido, espabilado y gozosamente irresponsable, que se llevaba bien con su madre y sus hermanos y sabía hacerse querer por sus amigos; por otro, la imagen desabrida de un benjamín malcriado de familia numerosa, con un egoísmo sin freno, un orgullo lindante con la soberbia y una propensión no reprimida a los estallidos de mal genio. En cuanto a las dos anécdotas, todavía las recordaban con una exactitud improbable dos ancianas de casi cien años a quienes Javier Cercas conocía desde niño sin saber que habían sido condiscípulas de Manuel Mena, y a quienes empezó a frecuentar cuando se enteró de que lo habían sido. Una era su tía Francisca Alonso, viuda de un primo de sus padres; la otra, doña María Arias, durante décadas maestra del pueblo.

Cuando Javier Cercas empezó a visitarlas, ambas mujeres seguían residiendo en Ibahernando, en dos caserones rodeados de caserones desiertos salvo en verano, llevaban una vida entera de amistad y continuaban viéndose a diario. A pesar de ser dos o tres años más jóvenes que Manuel Mena, durante algún tiempo ambas habían compartido pupitre con él en la mejor escuela del pueblo; ambas la recordaban muy bien. Recordaban un tabuco húmedo, glacial y sin luz arrinconado en las traseras de la iglesia, donde un maestro trataba de inculcarles cuatro nociones elementales de matemáticas, de historia y de geografía. Recordaban que aquellos rudimentos alcanzaban para satisfacer las necesidades intelectuales de unos niños destinados a ser siervos de por vida, pero no para aprobar los exámenes públicos en la capital, o sólo alcanzaban para que lo intentasen y regresasen al pueblo con un cargamento irredimible de suspensos y una humillación disuasoria. Recordaban que esta calamidad educativa les parecía natural, o por lo menos no les parecía insólita, porque por entonces Ibahernando era un poblachón de siervos y una comunidad analfabeta que en toda su historia apenas había conocido el modesto orgullo de alumbrar un licenciado universitario. Recordaban a su maestro, un hombre de carácter escabroso llamado don Marcelino, que en clase derrochaba bofetadas, pellizcos y coscorrones y que carecía no sólo del título de maestro sino de la menor vocación pedagógica, aunque no política (recordaban que abandonó la escuela en cuanto la II República recién proclamada le brindó el cargo de secretario del Ayuntamiento, hacia 1932). Y recordaban que, en aquella escuela desharrapada y sin estímulos, Manuel Mena era un zascandil que invertía su tiempo en coleccionar cromos, en mortificar a sus compañeros canturreando y armando bulla mientras ellos intentaban trabajar y en reírse de sus compañeras o en zaherirlas con comentarios ofensivos.

Hasta aquí los recuerdos convergentes de las dos ancianas; a partir de aquí, los divergentes. Doña María Arias recordaba —ésta es la primera de las dos anécdotas— que una mañana, después de una noche de lluvias torrenciales, los alumnos de don Marcelino se encontraron la entrada de la escuela convertida en un barrizal, y que Manuel Mena propuso aprovechar el estropicio para organizar un juego de ingeniería; todos sus compañeros se sumaron a la propuesta, así que durante la hora del recreo la clase entera se aplicó a erigir, a base de lodo y agua, un laberinto de presas, canales y arroyos a la puerta del edificio. Uno de esos compañeros se llamaba Antonio Cartagena. Había sido hijo ilegítimo de un médico del pueblo y su criada, pero con el tiempo su padre le había borrado el estigma casándose con su madre y reconociéndolo como hijo. Era un niño sin malicia y sin carácter; sus compañeros se burlaban de él llamándole El Bobito. Y aquella mañana, una vez que dieron por concluido el juego y antes de regresar al aburrimiento de las clases, Manuel Mena se dedicó a bautizar una por una las obras de barro recién construidas, hasta que llegó a la más lograda o la más espectacular y, en medio de la rechifla de sus compañeros, le puso el nombre de El Bobito mientras Antonio Cartagena asistía a su vejación entre lamentos indefensos y pucheros de criatura maltratada.

Doña María Arias recordaba esa primera anécdota con una indulgencia de maestra nonagenaria acostumbrada a la crueldad de los niños; la segunda la recordaba Francisca Alonso, pero la recordaba sin indulgencia, con el desagrado intacto de la niña que presenció horrorizada la escena. Ocurrió durante una excursión al campo. La pedagogía primitiva de don Marcelino apenas contemplaba los beneficios del contacto con la naturaleza, y Francisca Alonso recordaba su ilusión y la de sus compañeros al reunirse aquella mañana a la puerta de la escuela, impacientes por disfrutar de la novedad y cargados con las tortillas, los bocadillos y las cantimploras que sus madres les habían preparado en casa. El trayecto de ida no fue largo, aunque al llegar a su destino todos estaban hambrientos y se dispusieron a saciar de inmediato el hambre de la caminata dando cuenta de la merienda. Fue entonces cuando ocurrió. En determinado momento, Francisca Alonso no sabía cómo ni a cuenta de qué (o quizá lo supo y lo olvidó), Manuel Mena y Antonio Cartagena se enzarzaron en una discusión y acabaron liándose a puñetazos. No resultó fácil separarlos. Cuando por fin lo consiguieron, Manuel Mena desahogó su furia insultando a su condiscípulo con el recuerdo de su pasado infamante de bastardo. Antonio Cartagena regresó solo al pueblo, llorando a lágrima viva, y el incidente dejó un regusto ácido que arruinó la excursión.

Manuel Mena no podía contar más de doce o trece años cuando protagonizó la escena anterior. De aquel momento se conserva una foto colectiva de los alumnos de la escuela de don Marcelino; en realidad, debe datar de un poco antes, de la época en que niños y niñas asistían a clase por

separado (don Marcelino enseñaba a los niños, y a las niñas doña Paca, su mujer): eso explica que en la imagen no aparezcan ni Francisca Alonso ni doña María Arias; tampoco aparece Antonio Cartagena, que por entonces no estudiaba en aquella escuela. Quien sí está en la foto es Manuel Mena. Se encuentra justo detrás y a la derecha del único adulto del grupo, que es don Marcelino. Posa de pie, su silueta recortada contra una tramoya de cartón piedra cuya cursilería de época no alcanza a tapar la pared de piedra vista que se levanta tras ella, y luce una americana a rayas, ajustada y bien abrochada, una camisa blanca de cuello amplio y un bucle de pelo fino, claro y rebelde en la frente; es fácil reconocer en su delgadez y en sus facciones un anticipo infantil de las facciones y la delgadez del adolescente tardío o el adulto prematuro que aparece en la única foto en solitario que conservamos de él, vestido con su uniforme de alférez de los Tiradores de Ifni, y es posible atisbar en su mirada directa y en el gesto circunflejo de su boca un vislumbre antipático de su altanería de niñato despiadado. Por lo demás, aparte de Manuel Mena es posible reconocer en esa imagen a otros parientes de Javier Cercas; sentado en el suelo en la parte inferior derecha, por ejemplo, vestido con la misma americana y la misma camisa que Manuel Mena, está su tío Juan Cercas: precisamente el marido de Francisca Alonso.

Una última observación sobre la infancia de Manuel Mena atañe también a esa foto. La madre de Javier Cercas no tuvo noticia de ella hasta que su hijo la descubrió en un libro sobre el pueblo editado hace sólo unos años. Cercas recuerda que, cuando le mostró la foto a su madre, ésta convalecía de un accidente de tráfico, y que identificó sin dificultad a Manuel Mena y a la mayoría de los niños que figuraban en ella; también recuerda que su madre y él ni siquiera necesitaron conjeturar que todos habían muerto: lo dieron por hecho. Meses más tarde, sin embargo, Cercas pasó una semana en el pueblo, y un día habló por casualidad de la foto con José Antonio Cercas, el único de sus primos que todavía vive allí, quien le aseguró que se equivocaba: no todos los niños que acompañaban a Manuel Mena en aquella foto estaban muertos; aún seguía vivo, explicó, el niño de traje negro, pelo negro y pechera blanca que ocupa el segundo lugar por la derecha en la fila de Manuel Mena. A Javier Cercas la noticia le produjo un sobresalto. Por entonces aún no sabía que su tía Francisca y doña María Arias también habían sido condiscípulas de Manuel Mena en la escuela de don Marcelino, y le pareció extraordinario que todavía quedara un testimonio con vida de la infancia de Manuel Mena. Según le contó su primo, el superviviente de la foto se llamaba Antonio Ruiz Barrado, aunque todo el mundo lo conocía como El Pelaor, y pasaba en el pueblo largas temporadas, aunque en aquel momento no estaba allí. Lo que no le contó su primo, porque no lo sabía, fue que una noche de finales de agosto de 1936, cuando acababa de estallar la guerra y Manuel Mena aún no había partido hacia el frente y seguía en Ibahernando, el padre de El Pelaor había sido sacado a la fuerza de su casa por los franquistas y asesinado en los alrededores del pueblo.

3

—¿De verdad vas a escribir otra novela sobre la guerra civil? Pero ¿tú eres gilipollas o qué? Mira, la primera vez te salió bien porque pillaste al personal por sorpresa; entonces nadie te conocía, así que todo el mundo te pudo usar. Pero ahora es distinto: ¡te van a dar de hostias hasta en el carnet de identidad, chaval! Escribas lo que escribas, unos te acusarán de idealizar a los republicanos por no denunciar sus crímenes, y otros te acusarán de revisionista o de maquillar el franquismo por presentar a los franquistas como personas normales y corrientes y no como monstruos. Eso es así: la verdad no le interesa a nadie, ¿no te das cuenta? Hace unos años pareció que sí interesaba, pero fue un espejismo. A la gente no le gusta la verdad: le gustan las mentiras; de los políticos y los intelectuales mejor no hablar. Unos se ponen de los nervios cada vez que sacas el asunto, porque siguen pensando que el golpe de Franco fue necesario o por lo menos inevitable, aunque no se atrevan a decirlo; y otros han decidido que le hace el juego a la derecha quien no dice que todos los republicanos eran demócratas, incluidos Durruti y La Pasionaria, y que aquí no se mató un puto cura ni se quemó una puta iglesia… Además, ¿es que no te has enterado de que la guerra ya no está de moda? ¿Por qué no escribes una versión pos-posmoderna de *Sex o no sex* o de *¡Qué gozada de divorcio!*? Te prometo que te la llevo al cine. Nos vamos a forrar.

En noviembre de 2012 llamé por teléfono a David Trueba y le pedí que me acompañara a Ibahernando para grabar en vídeo una entrevista que quería hacerle al último testigo de la infancia de Manuel Mena (o al que por entonces yo pensaba que era su último testigo), y aún estaba acabando de explicarle quién era Manuel Mena cuando me interrumpió con la retahíla que acabo de resumir.

Mentiría si dijese que me sorprendió. Años atrás David había adaptado al cine una novela mía que trataba sobre la guerra civil; inesperadamente —porque lo normal en estos casos es que el novelista y el director acaben odiándose a muerte—, nos hicimos amigos. David sostenía que nuestra amistad se basaba en que nos parecíamos mucho; lo cierto es que se basaba en que no nos parecíamos nada. Él había sido un niño prodigio que escribía guiones de cine y televisión a la edad en que yo todavía jugaba a las canicas, así que, aunque le llevaba siete años, cuando lo conocí había acumulado mucha más experiencia que yo, había viajado mucho más que yo y conocía a mucha más gente que yo. En realidad, por momentos parecía mi padre. Ahora recuerdo una anécdota. Sucedió al terminar la gala televisada en la que la Academia de Cine concede cada año los premios Goya a la mejor película española. La película de David basada en mi novela había acaparado ocho candidaturas, incluida la de mejor película y mejor director, y, cuando se anunció la noticia, David me pidió que asistiera a la ceremonia de entrega de los galardones. La petición me extrañó, pero acepté y asistí a la gala con mi mujer. Fue una catástrofe: de los ocho Goya a los que aspiraba la película, sólo consiguió uno de consolación, a la mejor fotografía.

Cuando terminó la ceremonia, la cara de David era un poema; desde que se mascó la debacle yo había empezado a buscar con desesperación una frase de consuelo, pero al final fue él quien nos consoló a mi mujer y a mí. «No sabéis cuánto siento haberos hecho venir para esto, chavales —nos dijo en cuanto se encendieron las luces de la sala, plantándonos una mano en el hombro a cada uno—. Me hubiera encantado dedicaros un premio. Pero es lo que yo digo: en esto del cine, aparte de follar y de forrarte no esperes nada.»

A David le encantaba dárselas de director comercial, capaz de vender su alma a quien fuera por un taquillazo, pero la verdad es que jamás había dirigido por encargo, que los productores le consideraban un director ultraintelectual y que sus películas eran muchas veces militantemente anticomerciales. Es madrileño y vive en Madrid y, aunque yo vivo en Barcelona, cuando se acallaron los ecos de la película seguimos viéndonos a menudo. Fue entonces cuando el desequilibrio constitutivo de nuestra amistad empezó a resultar clamoroso, porque yo no paraba de pedirle consejos y él no paraba de dármelos, de recomendarme qué debía hacer y qué no y de intentar arreglarme la vida, igual que si fuese mi mánager o mi agente literario o igual que si me viese como un niño perdido en un bosque infestado de lobos. Luego, durante una época, las tornas cambiaron o parecieron cambiar o intenté que cambiaran, para devolverle su respaldo. Fue cuando se separó de su mujer. Aunque en mi vida he visto una ruptura más amigable, David sufrió mucho con ella; de un día para otro se apagó, su pelo se entretejió de blanco, envejeció. No sé si la palabra «ruptura» es exacta: el caso es que su mujer le dejó por eso que los paparazzi llaman una estrella de Hollywood; en realidad se trataba de algo mucho peor:

de una estrella de cine que se resiste con uñas y dientes a ser una estrella de Hollywood, lo que la convierte en una estrella de Hollywood al cuadrado, uno de esos tipos con los que todas las mujeres sueñan con razón. Mi amigo intentó llevarlo con la máxima dignidad; de hecho, mi impresión es que lo llevaba con demasiada dignidad. Yo nunca le preguntaba por el asunto, porque recordaba una frase de un viejo actor de reparto que David citaba a menudo («Yo a mis amigos no les cuento mis penas: ¡que les divierta su puta madre!») y porque él apenas lo mencionaba; no obstante, las pocas veces que lo hizo me llamó la atención la ecuanimidad de psicólogo especializado en relaciones de pareja con que hablaba de su matrimonio roto, pero sobre todo que no formulase el más mínimo reproche contra su mujer y que pareciese mucho más preocupado por ella que por sí mismo. Hasta que un día, mientras me contaba que acababa de verla para hablar de los niños, como hacía a menudo, se desmoronó y empezaron a correrle las lágrimas por las mejillas. Sintiéndome impotente, le dejé llorar; luego le dije con rabia que se estaba equivocando y que una cosa es ser un caballero y otra ser un imbécil. «Preocúpate de ti, coño —le dije, furioso—. Olvídate de esa mujer. Y desahógate un poco. No pasa nada. Llámala a ella bruja y a él sinvergüenza. Mira, mira, repite conmigo: ¡Sin-ver-güen-za! ¿Lo ves? Es facilísimo. Con cuatro sílabas: ¡Sin-ver-güen-za! Pruébalo, ya verás, te sentará de puta madre.» «Ya me gustaría a mí, Javier —contestó, asintiendo mientras trataba de enjugarse las lágrimas—. Pero es que no puedo. Tú no lo entiendes: es normal que el tío sea muy guapo y muy rico y hasta que tenga los ojos azules; claro, para ti y para mí eso es totalmente anormal, pero bueno… El problema es que además el hijo de puta es un tipo estupendo, una persona buenísima y un actor cojonudo. ¿Cómo quieres que me cague en él?» «¡Pues por lo menos cágate en tu mujer!», le grité. «¿En la madre de mis hijos? —contestó, horrorizado—. ¿Cómo se te ocurre? Además, en el fondo la culpa de todo es mía: ¡pero si casi fui yo el que terminé de convencerla de que estaba enamorada de ese cabrón y de que se largara con él!» En fin... Pasado un tiempo David pareció empezar a conformarse con su nueva situación. No estoy seguro de que mis consejos le ayudaran mucho a hacerlo, pero sí de que le ayudó su trabajo; le iba mejor que nunca: escribía sin parar en la prensa, había publicado con éxito una novela, había estrenado con éxito una serie de televisión y una película, estaba preparando el rodaje de otra. Por esa época volvimos a vernos con frecuencia y nuestra amistad recuperó su desequilibrio natural.

Así que, después de enterarme gracias a una vieja foto escolar y a un comentario de mi primo José Antonio Cercas de que quedaba un testigo vivo de la infancia de Manuel Mena, llamé por teléfono a David y, venciendo la vergüenza que me daba llevar amigos a Ibahernando, le pedí que me acompañase a mi pueblo con el argumento de que le necesitaba para que filmase mi conversación con aquella persona; en parte era verdad, pero sólo en una parte: la otra parte era que no quería hacer yo solo la entrevista. La primera reacción de David fue previsible, pero no intenté despejar sus temores porque sentí que por teléfono era demasiado difícil explicarle por qué quería ir a Ibahernando y hablar con el último testigo de la infancia de Manuel Mena (o con el que yo pensaba por entonces que era su último testigo) aunque no iba a escribir una novela sobre Manuel Mena. Su segunda reacción también fue previsible.

—¿Cuándo quedamos? —preguntó.

A la mañana siguiente de que yo participase en un festival literario que se celebraba aquel mes de noviembre en Madrid, David pasó a buscarme en coche por el hotel donde me alojaba junto al Retiro. Era sábado y mi amigo iba acompañado por sus dos hijos: Violeta y Leo. Dejamos a Violeta en una academia de danza y a Leo en un campo de fútbol de la Casa de Campo, y hacia las doce salimos de la ciudad por la carretera de Extremadura. Durante un buen rato estuvimos hablando de la película que él tenía entre manos, donde según me explicó quería contar la historia de un profesor que usaba las canciones de los Beatles para enseñar inglés en la España de los años sesenta y que, cuando se enteraba de que su ídolo John Lennon estaba en Almería rodando una película, decidía ir a conocerlo; ya tenía escrito el guión, me explicó, y estaba metido de lleno en la búsqueda de dinero y actores con que filmarlo. Más allá de Talavera de la Reina, a la altura de Almaraz, o quizá de Jaraicejo, paramos en una gasolinera, rellenamos el depósito del coche y, mientras tomábamos café en un bar de grandes ventanales por los que se veía el tráfico escaso de la autovía, David comentó:

—Por cierto, he estado pensando en tu libro sobre la guerra civil.

—¿Ah, sí?

—Sí, y he cambiado de opinión: me parece una idea estupenda. ¿Sabes por qué? —Intrigado, negué con la cabeza—. Muy sencillo: ahora comprendo que en *Soldados de Salamina* inventaste un héroe republicano para esconder que el héroe de tu familia era un franquista.

*Soldados de Salamina* era el título de la novela que David había adaptado al cine. Dije:

—Un falangista, más bien.

—Bueno, un falangista. El caso es que escondiste una realidad fea detrás de una bonita ficción.

—Eso suena a reproche.

—No lo es. No estoy juzgando: describo.

—¿Y?

—Que ahora te toca afrontar la realidad, ¿no? Así podrás cerrar el círculo. Y así podrás dejar de escribir de una puta vez sobre la guerra y el franquismo y todos esos coñazos que te torturan tanto. —Vació de un trago su taza de café—. Ya lo verás —añadió—: te va a salir un libro cojonudo.

—Pues no voy a escribirlo.

David me miró como si acabara de descubrirme junto a él, de pie frente a la barra.

—No jodas —dijo.

Volvimos al coche y, mientras seguíamos nuestro camino, le expliqué mis razones para no escribir el libro sobre Manuel Mena y le recordé las que él me había expuesto por teléfono, o con las que me había reñido. También le dije que ya había escrito una novela sobre la guerra civil y que no quería repetirme. Tratando de adelantarme a sus objeciones, añadí que, si de todos modos iba a hablar con un testigo de la infancia de Manuel Mena, era porque quería recoger toda la información posible acerca de Manuel Mena antes de que se esfumase.

—¿Y luego? —preguntó—. Cuando tengas toda la información, digo.

—No lo sé —reconocí—. Ya lo pensaré. A lo mejor se la doy a alguien que esté menos implicado que yo en la historia, para que la cuente él. A lo mejor la dejo sin contar. O a lo mejor, quién sabe, cambio de opinión y acabo contándola yo. Ya veremos. En todo caso, si al final me decidiese a contarla no me ceñiría a la verdad de los hechos.

Estoy harto de relatos reales. Tampoco quiero repetirme en eso.

David asintió varias veces, aunque no parecía muy satisfecho con mis explicaciones. Se lo dije.

—La verdad es que no —reconoció.

—¿Y eso?

—No sé: tengo la impresión de que estás menos preocupado por tu novela que por lo que van a decir de tu novela.

—No me dirás ahora que esto no es un reproche.

—Ahora no —volvió a reconocer—. Mira, lo que quiero decir es que no son los libros los que tienen que estar al servicio del escritor, sino el escritor el que tiene que estar al servicio de sus libros. ¿Qué es eso de que no quieres repetirte? Como empieces a preocuparte por tu carrera literaria, por lo que le conviene o no a tu carrera literaria, por lo que van a decir los críticos y tal, estás muerto, tío; preocúpate por escribir y olvídate de lo demás. Todas las novelas de Kafka son más o menos iguales, y todas las de Faulkner también. ¿Y a quién carajo le importa? Una novela es buena si le sale de las tripas al escritor; nada más: el resto son mandangas. Y en cuanto a lo de que no quieres hacerte cargo de la historia de Manuel Mena, es gracioso: nos llenamos la boca diciendo que este país tiene que asumir su pasado como es, de una vez por todas, con toda su dureza y toda su complejidad, sin edulcorarlo ni maquillarlo ni esconderlo debajo de la alfombra, y lo primero que hacemos cuando se trata de asumir el pasado personal es exactamente eso: esconderlo. Hay que joderse.

Al cabo de un rato avistamos Trujillo, con la fortaleza medieval encaramada en el cerro de Cabeza del Zorro y la ciudad extendida sobre él. Dejamos el núcleo urbano a un lado y poco después salimos de la autovía y aparcamos frente a La Majada, un restaurante incrustado entre la autovía y la vieja carretera de Madrid a Lisboa, muy cerca ya de Ibahernando. En el patio de La Majada había tres mesas puestas con manteles a cuadros, pero sólo dos de ellas estaban ocupadas por comensales que desafiaban la intemperie de noviembre con ayuda de un sol duro y brillante. Nos sentamos en la que quedaba libre y, en cuanto apareció un camarero, le pedimos dos cervezas de urgencia. Luego pedimos una ensalada, un plato doble de moraga y una botella de tinto. Eran las dos y media; estábamos citados en Ibahernando a las cinco: teníamos tiempo de comer sin prisas.

Cuando trajeron la botella de tinto David reparó en la etiqueta.

—Habla del Silencio —leyó—. Bonito oxímoron.

—Es de aquí. El vino, quiero decir. Mi abuelo Juan lo hacía de pitarra; era malísimo, pero entonces no había otro.

David saboreó el vino.

—Pues éste está rico —opinó.

—Es que hemos aprendido a hacerlo —admití—. El problema no era la tierra; éramos nosotros.

—¿Tu abuelo Juan era hermano de Manuel Mena?

—Era el hermano mayor. Manuel Mena era el más pequeño.

Estábamos sentados frente a frente, con los abrigos puestos, él de cara a la fachada del restaurante y a una granja que tapaba la visión de la autovía, y yo de cara a la carretera vieja de Ibahernando, por la que no circulaba un solo coche. El aire era seco, vibrante. Alrededor de nosotros se extendía una llanura verde y silenciosa, de la que brotaban encinas polvorientas, cercas de piedras y peñascos descomunales; por encima de nosotros el cielo era de un azul uniforme, sin nubes. El camarero nos trajo la ensalada y la doble ración de moraga y, mientras comíamos, le hablé a

David de la historia de Ibahernando, de su dependencia secular de Trujillo y su importancia en la comarca hasta que la emigración diezmó su población en los años cincuenta y sesenta y en muy poco tiempo pasó de tener más de tres mil habitantes a tener quinientos; también le puse en antecedentes sobre el hombre al que íbamos a entrevistar: le dije que se llamaba Antonio Ruiz Barrado pero todo el mundo lo conocía como El Pelaor, porque su oficio había consistido siempre en esquilar el ganado, le conté que había sido siempre vecino de mi familia en el pueblo, le hablé de la foto escolar en que aparecía junto a Manuel Mena, le dije que, aunque vivía la mayor parte del tiempo entre Cáceres, Bilbao y Valladolid, adonde habían emigrado sus tres hijos, estaba pasando unos días en Ibahernando con su hija pequeña, le expliqué que no había hablado por teléfono con él sino con su hija mayor, quien al principio me había dado pocas esperanzas de que quisiera hablar conmigo porque, aseguró, ella nunca había oído hablar de la guerra a su padre, y para quien fue una sorpresa que El Pelaor aceptara la entrevista. Ya casi habíamos terminado con la ensalada y la moraga cuando David volvió a sacar el asunto de mi novela.

—No puedo creer que hayas abandonado la idea.

—Pues es verdad —dije. Repetí los argumentos que había esgrimido antes, quizá añadí algún otro—. Además —rematé—, nunca he escrito sobre mi pueblo: ni siquiera sabría cómo hacerlo.

—¿Por qué no escribiendo sobre Manuel Mena? —preguntó—. Al fin y al cabo, no eres tú el que ha elegido ese tema; es el tema el que te ha elegido a ti. Y ésos son siempre los mejores temas.

—Puede que tengas razón, pero este caso es distinto. No digo que Manuel Mena no me interese. La verdad es que siempre me interesó. Quiero decir que siempre quise saber qué clase de hombre era. O qué clase de adolescente, más bien… Siempre quise saber por qué se marchó a la guerra tan joven, por qué luchó con Franco, qué hizo en el frente, cómo murió. Ese tipo de cosas. Mi madre se ha pasado la vida hablándome de él, y supongo que es natural: hace poco descubrí que más que su sobrina era su hermana pequeña, vivía en su casa cuando él murió, para ella era la hostia, el hombre joven y valiente que había salvado a la familia, que lo había sacrificado todo por ella. Y lo más curioso es que, aunque llevo toda la vida oyendo hablar de él, todavía no conozco al personaje, no soy capaz de imaginármelo, no lo veo… No sé si me explico.

—Perfectamente.

—Claro que estoy seguro de que mi madre tampoco lo conoce. Lo que conoce es sólo una imagen, unas cuantas anécdotas repetidas: la leyenda de Manuel Mena, más que su historia. Y sí, la verdad es que a mí siempre me ha intrigado qué hay de verdad y qué hay de mentira en esa leyenda.

—¿Quedan papeles, cartas, cosas así?

—No queda nada.

—¿Cuántas veces aparece su nombre en internet?

—Que yo sepa, dos. Una por un artículo que escribí sobre él y otra por un foro donde unos tipos me ponen a parir por haber escrito ese artículo.

David sonrió: había terminado de comer. Se pasó una mano por el pelo; lo llevaba largo, revuelto y veteado de canas, igual que la barba de tres días que le sombreaba las mejillas.

—El tiempo lo entierra todo —sentenció, decepcionado—. Y setenta y cuatro años es una eternidad. —De repente pareció animarse—. ¿Te imaginas que encontrases una grabación de Manuel Mena, una película casera o algo así, con Manuel Mena moviéndose y hablando y sonriendo? Entonces sí que podrías verlo, ¿no?, igual que podrás ver a El Pelaor cuando lo grabe.

Entornando los ojos con media inclinación de cabeza descarté la mera posibilidad de ese prodigio. David se encogió de hombros; añadió:

—No sé. Quizá tienes razón y lo mejor es que no escribas el libro. Pero es una lástima: seguro que a tu madre le hubiese gustado leerlo. Y a mí también. marc de raisin

El camarero recogió los platos y pedimos café, un par chupiton de chupitos de orujo y la cuenta. Eran casi las cuatro y = coup media. El sol calentaba cada vez menos y, aunque aún no de langue hacía frío, ya éramos los últimos comensales en el patio de chupete = La Majada; faltaba poco más de media hora para la cita con sucette El Pelaor: teníamos que empezar a pensar en levantarnos chupar de la mesa. sucer

La camarera nos trajo los cafés y los chupitos, David me permitió pagar la cuenta y, cuando volvimos a quedarnos a solas, pensé en lo que mi amigo acababa de decir sobre mi madre y apuré de un solo trago el chupito. David no conocía a mi madre, o sólo superficialmente, pero mientras él hablaba, ya no recuerdo sobre qué, me distraje pensando que quizá el mejor motivo para no escribir el libro sobre Manuel Mena era que mi amigo tenía razón: a mi madre le hubiese encantado leerlo. «Escribo para no ser escrito», pensé. No sabía dónde había leído esa frase, pero de repente me deslumbró. Pensé que mi madre llevaba toda la vida hablándome de Manuel Mena porque para ella no había destino mejor o más alto que el de Manuel Mena, y pensé que, de una manera instintiva o inconsciente, yo me había hecho escritor para rebelarme contra ella, para evadirme del destino en el que ella había querido confinarme, para que mi madre no me escribiese o para no ser escrito por ella, para no ser Manuel Mena.

—Oye, Javier, hay una cosa que me intriga —dijo David, sacándome de mi ensimismamiento.

—¿Qué cosa?

—¿Tú te sientes culpable por haber tenido un tío facha? Ahora fui yo el que sonrió.

—Un tío no —puntualicé, un poco ebrio—. La familia al completo.

—No te jode: más o menos como la mitad de este país. ¿Te he contado alguna vez que mi padre también hizo la guerra con Franco? Y bien convencido que la hizo, el tío… Además, quien no hizo la guerra con Franco lo aguantó durante cuarenta años. Digan lo que digan, aquí, salvo cuatro o cinco tipos con agallas, durante la mayor parte del franquismo casi todo el mundo fue franquista, por acción o por omisión. Qué remedio. Por cierto, ¿no vas a contestar mi pregunta?

—Hannah Arendt diría que no debería sentirme culpable, pero sí responsable.

—¿Y tú qué dices?

—Que lo más probable es que Hannah Arendt tenga razón, ¿no crees?

David se quedó mirándome un segundo, acabó de beberse su licor y, dejando el vasito vacío sobre la mesa, dijo:

—Yo lo que creo es que no deberías sentirte culpable de nada, porque la culpa es la forma suprema de la vanidad, y tú y yo ya somos lo bastante vanidosos.

Me reí.

—Eso es verdad. —Señalé mi reloj y pregunté—: ¿Vamos?

Al doblar una curva vi alzarse a lo lejos las primeras casas del pueblo, blancas contra el cielo azul, con la mole amarilla del silo en primer término, y pensé como siempre en mi madre. «La patria», pensé. También como siempre, me vino a la memoria aquel pasaje del *Quijote* en que Don Quijote y Sancho Panza, ya casi al final del libro, regresan a su pueblo tras una larga ausencia y, al vislumbrarlo en el horizonte, el escudero cae de rodillas y da rienda suelta a su emoción por la patria recobrada. Entonces pensé que la patria de mi madre era la misma que la de Sancho Panza, pero también que esa patria minúscula no era la patria mayúscula por la que había muerto Manuel Mena, aunque ambas llevasen el mismo nombre.

Todavía pensaba en mi madre, en Sancho Panza y en Manuel Mena mientras dejábamos a la derecha el silo y el cuartel de la guardia civil y a la izquierda el cementerio nuevo y la laguna. Luego abandonamos la carretera y nos internamos en el pueblo. Allí el silencio era total; no se veía un alma por las calles, blancas y limpísimas. En la Plaza apenas había un coche aparcado, pero el bar estaba abierto, o lo parecía. Mientras bajábamos hacia el Pozo Castro le pedí a David que parase el coche en una esquina. Señalé una placa. «Calle Alférez Manuel Mena», rezaba.

—Aquí está nuestro héroe —dijo David—. Impasible el ademán.

Cruzamos el Pozo Castro, subimos hasta la calle de Las Cruces y aparcamos frente a la entrada de la casa de mi madre, un portón de madera protegido por una cancela de hierro cerrada con un candado. La casa sólo se habitaba en agosto, pero no parecía abandonada, en parte porque hacía poco tiempo que habíamos encalado la fachada y en parte porque el resto del año la cuidaban algunos familiares y amigos, entre ellos Eladio Cabrera, un vecino que durante años había trabajado como tractorista para mi familia. Ahora Eladio ejercía de guardián oficioso de la casa, y mi madre me había encargado que le pidiese las llaves para echar un vistazo a su interior. Tenía intención de echárselo, pero no antes de hacer lo que había ido a hacer a Ibahernando.

Así que David y yo nos llegamos a la casa de El Pelaor, que según me había indicado mi madre estaba casi enfrente de la de Eladio, y llamamos a la puerta. El metal de la aldaba resonó con estrépito en la quietud del pueblo, pero nadie nos abrió. Aunque escrutamos la calle a izquierda y derecha, no vimos a nadie salvo a un anciano sentado en los escalones de una casa alejada, observándonos con un brazo en una muleta y con la descarada curiosidad que la gente del pueblo reserva a los forasteros (o esa impresión me dio). Me pregunté en silencio si a última hora El Pelaor se habría arrepentido de concederme la entrevista, para respetar su costumbre de no hablar de la guerra; David me preguntó en voz alta si estaba seguro de que era allí donde vivía El Pelaor. Como no estaba seguro, llamamos a casa de Eladio Cabrera. No tardó en abrirnos el propio Eladio, quien celebró nuestra aparición con grandes muestras de contento y lamentó que no estuviera allí Pilar, su mujer, que había ido a ver a su hermana. Yo le pregunté por El Pelaor. Eladio confirmó que su casa era la que yo pensaba que era, nos informó de que estaba pasando una temporada en el pueblo con su hija Carmen, supuso que habría salido a pasear y apostó a que volvería pronto; por mi parte le propuse a David esperar el regreso de El Pelaor cumpliendo con el encargo que me había hecho mi madre.

Aceptó. Eladio se ofreció a acompañarnos, y lo primero que hizo al entrar en casa de mi madre fue encender la luz del zaguán, perderse en la oscuridad de la sala de estar y abrir los postigos de la ventana tras forcejear unos segundos con ellos: filtrado por los listones de la persiana, el sol de la tarde otoñal invadió la sala, revelando sus zócalos de azulejos historiados, sus paredes adornadas con platos de cerámica de Talavera, sus sillas, sillones y sofás de estilos y épocas dispares, su televisión antediluviana y sus aparadores llenos de manteles y vajillas heredados, en cuyas repisas descansaban fotos de familia y trofeos de mi adolescencia de deportista; una miríada de partículas de polvo flotaba en el silencio estancado de la sala. Precedidos por Eladio, recorrimos la planta baja en penumbra, el comedor, la cocina, los baños y las alcobas, con sus suelos de baldosas abombadas por la humedad y su abigarrada confusión de muebles y adornos de madera, de loza y de bronce, con sus camas de somieres un poco desvencijados y sus armarios de varios cuerpos, con sus bodegones y sus cuadros de caza y sus imágenes religiosas pendientes de paredes salpicadas por lamparones de humedad. A la puerta del dormitorio de mi madre le dije a David:

—Ven: te voy a enseñar una cosa.

Cruzamos el dormitorio, entramos en el cuarto de los baúles y di la luz. Una bombilla desnuda alumbró una estantería llena de libros y un montón de trastos viejos, incluidos varios baúles con bisagras negras y tapas abovedadas; de una pared exenta colgaba el retrato enmarcado de Manuel Mena. David y yo nos quedamos mirándolo mientras Eladio abría un ventanuco y apagaba la luz.

—¿Es él? —preguntó David.

Dije que sí. Hubo un silencio durante el cual Eladio se unió a nosotros, frente al retrato.

—Joder —se asombró David—. Es un niño.

—Ahí tenía diecinueve años —dije—. O estaba a punto de cumplirlos. Le faltaba muy poco para morir.

Intenté descifrar para ellos el retrato, o más bien el uniforme de gala de Manuel Mena —las estrellas solitarias de alférez en los galones y en la gorra de plato, la insignia de infantería en la gorra y las solapas de la guerrera, igual que la insignia de los Tiradores de Ifni, la Medalla de Sufrimientos por la Patria y la cinta con dos barras—, y Eladio contó lo que había oído sobre Manuel Mena. Cuando ya íbamos a salir del cuarto, me pareció ver en las estanterías libros que nunca había visto allí y, mientras Eladio y David salían, me quedé un momento curioseando. Entre los libros había una traducción de la *Ilíada* y otra de la *Odisea*, publicadas en dos volúmenes acogedores; los hojeé pensando en Aquiles y en Manuel Mena. Después cerré el ventanuco y me los llevé.

Terminamos de recorrer la casa (el portalón, el corral con su pozo y su limonero, las cuadras y el tinado de techos medio caídos y pesebres y abrevaderos desbordados de cascotes, el pajar desierto, la vieja cocina donde se celebraba la matanza) y, para cuando Eladio volvió a cerrar el portón de entrada y a poner el candado en la cancela de hierro, David y él se trataban como viejos conocidos. En la calle, antes de despedirnos, Eladio me advirtió:

—Tu madre está inquieta, Javi.

Nos miramos un segundo sin hablar. Eladio tenía los ojos diáfanos y la piel abrasada por el sol.

—¿Inquieta? ¿Por qué?

—¿Por qué va a ser? —contestó Eladio—. Por la casa. Se le ha metido en la cabeza que cuando ella se muera la venderéis.

—¿Y qué quieres que hagamos? —le pregunté—. Mis hermanas viven a mil kilómetros de aquí, igual que yo. Las comunicaciones son malas, casi ninguno de nosotros viene ya por el pueblo, y cuando viene es sólo para acompañar a mi madre, en verano. ¿Qué hacemos, Eladio? ¿Conservamos la casa para pasar aquí un fin de semana al año, si es que lo pasamos?

Eladio asintió sin alegría, resignado.

—Tienes razón, Javi —concedió—. Es lo que yo le digo siempre a Pilar: cuando nosotros nos muramos, el pueblo se acabará.

Nos despedimos de Eladio y fuimos de nuevo a casa de El Pelaor; llamamos de nuevo a su puerta; de nuevo, nadie contestó. La calle continuaba vacía, aunque el viejo de la muleta seguía mirándonos desde lejos, sentado en los escalones de la casa. Decidimos matar el rato tomando un café en el bar y, mientras bajábamos la calle de Las Cruces y atravesábamos el Pozo Castro, hablamos de Eladio y de la casa de mi madre; David comentó que, si él estuviera en mi lugar, se quedaría con ella.

—Y si yo fuera Stephen King, también —contesté.

—Y una mierda —replicó—. Si tú fueras Stephen King podrías quedarte con el pueblo entero.

Además del patrón, en el bar sólo había dos parroquianos, jugando al dominó. Vagamente los conocía a todos; los saludamos y hablamos un momento los cinco. Con el café le expliqué a David que en aquel local habían estado muchos años el cine y el baile del pueblo, y que allí le había dado el primer beso a una chica y había visto mi primera película.

—¿Qué película era? —preguntó.

—*Los cuatro hijos de Katy Elder* —contesté.

—¿Ves como Eladio tenía razón? —Le miré sin entender. Explicó—: Uno es de donde da su primer beso y de donde ve su primer western. —Pagó los cafés y añadió—: Éste no es el pueblo de tus padres, chaval: éste es tu puto pueblo.

La puerta de la casa de El Pelaor estaba entreabierta. La empujé sin llamar, dando las buenas tardes, y en seguida apareció una mujer de cincuenta y tantos años, delgada y sonriente, de pelo claro y voz cantarina. Era la hija de El Pelaor, se llamaba Carmen y la reconocí de inmediato, porque durante mi infancia la había visto ayudando cada verano a mi tía Sacri con las faenas domésticas. En aquella época era alegre y cariñosa; seguía siéndolo: me dio dos grandes besos, preguntó por mi madre y mis hermanas, se disculpó por no haber estado en casa a la hora acordada y dijo que su padre había salido a caminar después de comer, como cada tarde, y que le extrañaba mucho que todavía no hubiese vuelto. Nos asomamos todos a la puerta.

—Mírale —dijo Carmen, señalando la calle—. Ahí está.

Era el anciano a quien habíamos visto desde el principio, sentado en los escalones de la casa y apoyado en una muleta. Comprendí que la distancia me había engañado y que no nos había estado mirando con curiosidad sino con inquietud. Carmen confirmó mi impresión.

—Lleva toda la semana descompuesto por la entrevista —contó, echando a andar hacia su padre—. Dice que no sabe qué tiene que decir.

La seguimos. El Pelaor se incorporó ayudándose con su muleta y, apoyado en ella, aguardó a que llegáramos hasta él. Cuando lo hicimos le estreché con fuerza la mano (una mano áspera y dura, pero indecisa), me presenté, le presenté a David. Era un hombre calvo, pequeño y fornido, de ojos nerviosos y oscuros y rasgos redondeados, como pulidos por sus noventa y cuatro años de edad; vestía una camisa blanca, muy limpia, y unos pantalones de tergal. No lo había visto nunca, o no lo recordaba, cosa que me extrañó. Estaba incómodo o asustado, o ambas cosas a la vez. Mientras caminábamos de vuelta hacia su casa intenté tranquilizarle, y al llegar nos sentamos en el zaguán, yo a su izquierda y frente a él David, que sacó de su bolsa de mano una pequeña cámara de alta definición Sony; a la derecha de El Pelaor se sentaron Carmen y su marido, un hombre discreto y silencioso, algo mayor que ella. Carmen debió de ofrecernos algo de beber, aunque no lo recuerdo. Lo que sí recuerdo es que antes de entrar en materia le pregunté a El Pelaor:

—¿Le importa que le grabemos?

4

No es verdad que el futuro modifique el pasado, pero sí es verdad que modifica el sentido y la percepción del pasado. Por eso el recuerdo que conservan de la II República muchos ancianos de Ibahernando es un recuerdo emponzoñado de enfrentamiento, división y violencia. Se trata de un falso recuerdo, un recuerdo distorsionado o contaminado retrospectivamente por el recuerdo de la guerra civil que arrasó con la II República. La violencia, la división y el enfrentamiento existieron, pero existieron sobre todo al final de la II República. De entrada todo fue distinto.

El 13 de abril de 1931, al día siguiente de unas elecciones municipales convertidas en un plebiscito que la Monarquía perdió sin paliativos en las grandes ciudades y que precipitó el exilio inmediato de Alfonso XIII y la inmediata proclamación de la República, el último primer ministro del Rey declaró que España se había acostado monárquica y se había despertado republicana. No sé si eso fue lo que ocurrió en todo el país; sin duda fue lo que ocurrió en Ibahernando. De hecho, el 12 de abril ni siquiera hubo necesidad de celebrar elecciones en el pueblo, porque la ley electoral vigente prescribía que no se celebrasen en aquellos municipios en los que no se presentaran varias candidaturas, y en Ibahernando se había presentado una sola: la candidatura monárquica. Sin embargo, dos meses más tarde hubo nuevas elecciones, esta vez generales, y entonces cosechó una victoria contundente en el pueblo el Partido Republicano Radical de Alejandro Lerroux, que obtuvo cuatrocientos cuarenta de los quinientos cuatro votos emitidos. Así que es probable que en abril de aquel año la mayoría de los habitantes de Ibahernando fuese por inercia monárquica y que en junio la mayoría fuese por inercia republicana. El caso es que, como en el resto del país, esa voluble mayoría recibió la República con esperanza. Era un sentimiento justo. Por entonces el pueblo no había asumido del todo ninguna fantasía de desigualdad básica entre sus habitantes ni había ingresado por completo en la ficción, y la mayor parte de los lugareños debía de intuir que, aunque unos fueran campesinos con tierra y otros campesinos sin tierra, sus intereses no diferían en lo esencial, que no existían siervos ni patricios sino que todos eran siervos sometidos a la tiranía remota y absentista de los grandes propietarios y aristócratas de Madrid, y que todos tenían por tanto un adversario común contra el cual podía defenderles la flamante República, cuya promesa de un futuro próspero y emancipado resultaba no sólo seductora sino verosímil.

La intuición era exacta, y los primeros años del nuevo régimen parecieron confirmarla. Es posible que al instaurarse la II República la mayoría de Ibahernando se volviera republicana por inercia o imitación o contagio de la fiebre de cambio que inflamaba gran parte del país; si así fue, pronto ese impulso heterónomo se convirtió en autónomo, de manera que aquella calentura inaugural afectó al pueblo entero o casi entero: las nuevas ideas republicanas y socialistas prendieron con fuerza entre campesinos con tierra y campesinos sin tierra, se inauguró una Casa del Pueblo, se crearon o afianzaron partidos y sindicatos vinculados al partido y al sindicato socialista, como la Unión Agraria Socialista. Esta efervescencia no poseía un único signo político, porque la de Ibahernando no era una comunidad dividida, pero tampoco idílica y carente de conflictos e intereses contrapuestos: aunque los intereses de la comunidad eran los mismos, no eran idénticos sin fisuras; la prueba es que algunos campesinos fundaron primero un sindicato derechista llamado El Porvenir y luego otro llamado Sociedad de Agricultores. Pero, además de política y sindical, la efervescencia también fue social y religiosa. A principios de siglo un grupo de protestantes encabezados por el hijo de un pastor de origen alemán se instaló en el pueblo, y en 1914 fundó una iglesia. Fue el inicio visible de un cambio profundo. Como ocurría en el resto del país, en Ibahernando la Iglesia católica se había apoltronado desde siglos atrás en un despotismo embrutecido y monopolista, mucho menos pendiente del bienestar de sus feligreses que de la preservación de su poder y sus privilegios, y los protestantes recién llegados desafiaron esa negligencia inmisericorde ocupándose de atender a los más pobres y necesitados, de enseñarles a leer y a escribir, incluso de ampararlos económicamente. No tomaban partido en política, al menos de manera abierta, pero el resultado de esa compasión activa fue que al caer la Monarquía los protestantes ya se habían aclimatado en Ibahernando y que, con el inédito laicismo republicano, los miembros de su congregación se volvieron todavía más dinámicos y su presencia resultó más notoria.

Nada de lo ocurrido en aquella época simbolizó mejor el giro modernizador de la República, sin embargo, que la llegada de un nuevo médico al pueblo. Se llamaba don Eladio Viñuela. Había nacido en un pueblo de Ávila y estudiado medicina en Salamanca. Gracias a sus calificaciones sobresalientes, a principios de 1928, justo después de terminar la carrera, consiguió una beca de la Junta de Ampliación de Estudios para proseguir su aprendizaje en Berlín, y tres años más tarde todavía estaba disfrutando de aquella prerrogativa ganada a pulso cuando su padre cayó enfermo y su madre le pidió que regresara a toda prisa para apuntalar la amenazada economía familiar aceptando una oferta de trabajo que un grupo de notables de Ibahernando le hizo a través de su hermano Gumersindo. Esto ocurrió en mayo de 1931, pocas semanas después de la proclamación de la República, y fue así como aquel joven brillante cambió de un día para otro su futuro halagüeño de científico por un sombrío presente de médico de pueblo, y el esplendor metropolitano de la capital de Europa por la cerrazón harapienta de aquel andurrial dejado de la mano de Dios. No están del todo claras las razones por las que las familias prominentes de Ibahernando le ofrecieron trabajo a don Eladio; a continuación expongo la hipótesis más repetida (y la más plausible). El predecesor de don Eladio se llamaba don Juan Bernardo y era un médico de convicciones monárquicas tan fervientes que había bautizado a la mayoría de sus hijos con nombres de miembros de la familia real y había presidido durante años el comité local de la Unión Patriótica, el partido conservador creado en los años veinte para apoyar la dictadura monárquica del general Miguel Primo de Rivera, que en el pueblo había llegado a reunir más de cien afiliados. Don Juan Bernardo era un hombre emprendedor y ambicioso. Años atrás, con el apoyo de dos de los hombres que lo habían atraído a Ibahernando contratando sus servicios, había fundado en el pueblo una empresa dedicada a la fabricación de electricidad y harina; al menos uno de sus dos socios era tan ambicioso y emprendedor como él: Juan José Martínez, bisabuelo materno de

Javier Cercas, un hombre que había salido de la nada y que, aunque ni mucho menos era el mayor propietario de tierras del pueblo, se había convertido en uno de los que mayor poder acumulaba en él. La alianza comercial entre Juan José Martínez y don Juan Bernardo se rompió al cabo de un tiempo, y los dos hombres se enemistaron. Todo indica que esa animadversión fue la causa de que el médico conservador fuera apartado de su cargo y de que se buscara a don Eladio Viñuela para sustituirlo; todo indica igualmente que don Juan Bernardo no aceptó de buen grado su destitución y que la interpretó como una represalia de su antiguo socio. Es posible incluso que la interpretara como una señal palmaria de que las familias fuertes de Ibahernando lo consideraban un personaje ingobernable y de que estaban resueltas a frustrar sus ambiciones. Conjeturas aparte, el hecho es que a partir de aquel momento don Juan Bernardo abjuró de su tradicionalismo monárquico, se convirtió a un republicanismo apasionado y empezó a reivindicarse como médico y adalid de los pobres y los oprimidos, y que, aunque en la guerra se convirtió en un devoto franquista tras haber virado bajo mano a la derecha en los meses anteriores al conflicto —cuando la situación política y social se enconó y en el pueblo se respiraba el mismo revoltijo prebélico de miedo y de violencia que en todo el país—, a lo largo de la mayor parte del período republicano fue el líder ideológico de la izquierda local.

Pero faltaba todavía algún tiempo para que todo esto ocurriera. En mayo de 1931, cuando don Eladio Viñuela sustituyó a don Juan Bernardo, el optimismo fundacional de la II República dominaba Ibahernando. Don Eladio era un hombre culto, laico y cosmopolita, de talante e ideas liberales; no bebía, no le interesaban el campo ni la caza ni la vida de sociedad, tampoco los entresijos y tejemanejes de la política local, y durante los casi quince años que vivió en el pueblo nadie le conoció jamás otros vicios que jugar su partida diaria de cartas después de comer y dedicar varias horas después de cenar a la lectura: profesaba una lealtad contradictoria por Miguel de Unamuno y por José Ortega y Gasset y la *Revista de Occidente*, su biblioteca abundaba en publicaciones científicas en alemán y con los años aprendió inglés para leer en su lengua original a George Bernard Shaw. Cuando llegó al pueblo contaba veinticuatro años. Lo acompañaba su madre, doña Rosa, y ambos se instalaron en una casa lindante con la de Blanca Mena, madre de Javier Cercas, que en su vejez lo recordaba como un hombre alto, fino, moreno y con gafas, dotado de una sencillez de sabio y una apostura de galán. No es extraño que su llegada al pueblo desatara un revuelo expectante entre las jóvenes en edad de merecer, que empezaron a disputarse el privilegio de su compañía y a prodigarle sus atenciones. Don Eladio no tardó en decidirse; su fallo pareció una declaración de principios: para sorpresa de todos, la afortunada no resultó ser una rica heredera o lo que en el pueblo se consideraba una rica heredera, sino una muchacha pobre, protestante y con estudios llamada Marina Díaz, con quien don Eladio se casó tras un largo noviazgo por el rito luterano y se fue a vivir junto a la Plaza.

Para ese momento el médico ya había organizado su rebelión particular contra el atraso inveterado del pueblo. Además de llevar hasta allí una radio y de proyectar o hacer proyectar las primeras películas ante el pasmo general, desde su dispensario casero impuso normas de higiene elementales pero desconocidas, como la de lavarse las manos con asiduidad, fomentó una alimentación ecuánime y saludable e implantó nuevos hábitos de vida, empezando por el de llevar en verano a los niños a las playas portuguesas para que el agua y el aire del mar los protegiesen el resto del año contra las enfermedades; de igual modo batalló sin cuartel contra los males que asolaban el pueblo, como el paludismo, la tuberculosis y la elevada mortalidad infantil. Don Eladio trabajaba para las familias que lo habían contratado y le aseguraban el sustento, pero también para todo aquel que requería sus servicios, de modo que su revolución silenciosa llegó hasta el último recoveco del pueblo, lo que le ganó un respeto y una admiración unánimes y rodeó su nombre de un aura perpetua de benefactor.

Las novedades que don Eladio introdujo en Ibahernando no fueron sólo sanitarias y tecnológicas; también fueron educativas. Por consejo o instigación de su prometida, que estaba estudiando la carrera de filosofía y letras, en el otoño de 1933 don Eladio fundó una academia. Al principio los únicos profesores del centro fueron los dos jóvenes; don Eladio impartía las clases de ciencias y doña Marina las de letras, incluida la de francés. No obstante, su doble magisterio empezó en seguida a atraer nuevos alumnos, primero del pueblo y más tarde de los pueblos colindantes –de Ruanes, de Santa Ana, de Santa Cruz–, y al cabo de poco tiempo se vieron obligados a incrementar su nómina de profesores, en la que pronto se integraron doña Julia, la hermana de doña Marina, y don Severiano, un hombre apacible e inteligente que había sido desterrado al pueblo por razones políticas. El éxito de la nueva academia era previsible. Acostumbrados a la sordidez pueblerina, ríspida y sin futuro de la escuela de don Marcelino, los alumnos de don Eladio notaron un cambio descomunal: primero, porque ya no recibían las clases en la lóbrega y helada covachuela de las traseras de la iglesia, sino en una casa de la calle de Las Cruces provista de tres salas limpias, aireadas y bien iluminadas, así como de un gran corral donde los alumnos salían a jugar al aire libre durante los recreos; y segundo —y sobre todo—, porque don Eladio y doña Marina poseían vocación pedagógica, amor por el saber y capacidad para crear una atmósfera propicia al estudio, sin contar con que sus conocimientos eran muy superiores a los de don Marcelino. Todo esto explica que, a diferencia de los desdichados alumnos de don Marcelino, los alumnos de don Eladio y doña Marina terminaran sus estudios en el pueblo con una preparación suficiente para aprobar sin dificultades los exámenes oficiales del bachillerato, y que de la academia del joven médico y su mujer salieran los primeros universitarios de la historia del pueblo.

Manuel Mena hubiera podido ser uno de ellos; de hecho, sólo el estallido de la guerra impidió que llegara a serlo. Dos años apenas estudió Manuel Mena en la academia de don Eladio, pero fueron suficientes para cambiarlo de raíz: no perdió su carácter alegre y extrovertido, pero al cabo de ese tiempo el niño díscolo, arbitrario, un poco repelente y sin el menor interés por los estudios, víctima de un orgullo mal administrado y de una inteligencia sin desbastar, se convirtió en un adolescente industrioso, reflexivo y responsable, con una idea precozmente clara de lo que quería hacer con su vida y con tal pasión por el conocimiento y la lectura que, según recuerdan sus compañeros de academia, adquirió la costumbre de levantarse de madrugada para leer y estudiar. Nadie recuerda, en cambio, sus gustos de lector; su biblioteca, si es que llegó a reunir una, se perdió o se dispersó; en julio de 1936, cuando la guerra puso patas arriba el país, se había matriculado en la carrera de derecho, pero eso no es indicio de nada o de casi nada. Una sola cosa es segura: su curiosidad intelectual pudo saciarse en la biblioteca de don Eladio, y no parece aventurado suponer que el médico le iniciase en sus lecturas favoritas y que Manuel Mena se beneficiase de ellas. Porque don Eladio no fue sólo para él —éste es otro hecho seguro— un profesor decisivo, acaso el único que tuvo de verdad en su vida brevísima. Fue más que eso: fue un *maître à penser* a quien visitaba en su casa, con quien conversaba sin límite de tiempo, a quien ayudaba en sus clases y a quien acompañaba en sus paseos por el campo. Pudo incluso ser más que eso: una figura vagamente paterna, un vago sucedáneo del padre perdido, o quizá, dado que apenas doce años de edad le separaban de él, ese amigo mayor que orienta la insumisión de los adolescentes cuando sienten la urgencia de emanciparse de su pasado infantil y su entorno inmediato, el hombre capaz de fascinarle con su prestigio radiante de modernidad y cultura, de mostrarle que existía una vida más allá del pueblo sin horizonte en que había nacido y de inculcarle el deseo de conocer y viajar, la ambición subversiva de llegar a ser quien era. Pudo ser más: pudo ser, aparte de un maestro del pensamiento, un maestro de la vida.

En el otoño de 1933, mientras abría sus puertas la academia de don Eladio y Manuel Mena empezaba su relación providencial con aquel médico providencial, la II República entraba en una crisis que dos años y medio más tarde desembocaría en una guerra, o más bien en un golpe militar cuyo fracaso desembocó en una guerra que terminó llevándose la II República por delante.

El origen de la crisis se remontaba al origen mismo del nuevo régimen. La República contaba en su arranque eufórico con dos apoyos básicos: por un lado el proletariado urbano y rural, obreros y campesinos cada vez más conscientes de la injusticia feroz que los había condenado a una servidumbre humillante y una miseria inmemorial y cada vez más deseosos de liberarse de ambas; por otro lado, una parte muy importante de la clase media y mayoritaria en el país, incluido un número cada vez mayor de campesinos con tierra: esta clase media entendía con razón que sus intereses no divergían en lo esencial de los del proletariado (y que la República podía defenderlos) aunque, a diferencia del proletariado, se definía por su apoliticismo y su conformismo, por su apego a los hábitos y rutinas tradicionales, por su recelo instintivo ante lo nuevo, su confianza en las autoridades fuertes y su devoción fetichista por el orden público y la estabilidad. No obstante, la II República también padeció desde su primer segundo de vida el acoso inflexible de la oligarquía y la Iglesia católica. Acampadas a su antojo en el país desde el medievo, acostumbradas a considerarlo propiedad privada, ambas fuerzas sintieron peligrar su poder incontestado con la llegada de las nuevas autoridades y se lanzaron a una conspiración permanente contra ellas. A esta conspiración se sumó otra: la orquestada por una coyuntura histórica funesta, con un país de anémica tradición democrática, con la crisis mundial de 1929 todavía haciendo estragos en su maltrecha economía y con el fascismo y el comunismo extendiendo su sombra totalitaria sobre Europa. En estas circunstancias la II República no podía permitirse el lujo de cometer errores, por lo menos grandes errores; el hecho es que cometió bastantes, grandes y pequeños: obró con candor, con torpeza, a veces con dogmatismo y casi siempre con más buena voluntad y ambición que prudencia, emprendiendo las reformas descomunales que necesitaba el país de forma simultánea y no sucesiva o escalonada, sin medir con realismo la propia fortaleza y la fortaleza de sus oponentes y generando unas expectativas imposibles de satisfacer entre sus partidarios, sobre todo entre algunos de sus partidarios, los más menesterosos e izquierdistas, la doliente muchedumbre de humillados y ofendidos por la prepotencia de los poderosos. Fue un error fatal. Porque, frustrados y exasperados por la lentitud de las reformas y por la intransigencia sin fisuras de la derecha, los humillados y ofendidos empezaron a desconfiar de los métodos democráticos de la República e iniciaron un proceso de radicalización que los condujo al enfrentamiento violento y el motín sin esperanza, y que condujo a la República a perder a chorros el favor de aquella parte de la clase media que, aunque compartía muchos más intereses reales con los humillados y ofendidos que con la oligarquía y la Iglesia católica, compartía con la Iglesia católica y la oligarquía su amor supersticioso por el orden y las tradiciones y su miedo cerval a la revolución.

Este proceso suicida empezó a acelerarse a partir de noviembre de 1933. El día 19 de ese mes se celebraron las segundas elecciones generales de la República, que ganó la derecha. Era ya una derecha que apenas creía en la República y casi no creía en la democracia y que, en cuanto llegó al poder, consagró sus mejores esfuerzos a desmontar las incipientes reformas realizadas por el nuevo régimen, mientras surgían de sus mismas entrañas organizaciones que imitaban el fascismo triunfante en Europa; la más importante fue Falange Española, un partido político que, con su síntesis ultramoderna y fraudulenta de patriotismo berroqueño y retórica revolucionaria, iba a constituirse de facto en la milicia armada de la reacción, en el violento expediente de urgencia segregado por la oligarquía para terminar con una democracia que intentaba reducir sus privilegios y a la que consideraban incapacitada para evitar la revolución. Por su parte, la izquierda cometió el error de echarse a la calle con el fin de recuperar allí el espacio perdido en el Parlamento y de detener por la fuerza a la derecha, olvidando que carecía de fuerza suficiente para hacerlo. La revolución de octubre del 34, con la posterior y salvaje represión militar, fue el primer gran testimonio sangriento del fracaso gradual de una democracia que se estaba quedando sin demócratas; un fracaso que las elecciones de febrero del 36 no fueron capaces de frenar. Para entonces la sociedad española se había escindido y, aunque la izquierda agrupada en el Frente Popular consiguió la victoria, la derecha no aceptó el resultado y a partir de aquel momento alimentó con todo el carburante del que disponía una oleada de desorden que creó el clima ideal para que los poderosos antirrepublicanos de siempre se lanzaran al golpe de Estado con el apoyo de una clase tradicional espantada por el caos y la violencia y hábilmente conducida por la oligarquía y la Iglesia católica a la falsedad flagrante de que sus intereses eran irreconciliables con los del proletariado y a la certidumbre ilusoria de que sólo era posible terminar con el desbarajuste terminando con la República.

El desmoronamiento de la convivencia pacífica y la crisis de la fe en la democracia infectaron de arriba abajo el país, pero en pocos lugares se dieron con tanta virulencia como en Extremadura, donde la mayor parte de sus habitantes seguían viviendo en condiciones ancestrales de servidumbre, embrutecidos por el hambre y las vejaciones, y donde la República tuvo que enfrentarse desde el principio a conflictos sociales de cierta intensidad. Es lo que ocurrió en la comarca de Trujillo, una de las más pobres de la región; es lo que ocurrió en Ibahernando. Igual que en La Cumbre, en Santa Marta de Magasca, en Miajadas o en el mismo Trujillo, en Ibahernando se declararon a finales de junio y principios de julio de 1931, recién instaurado el nuevo régimen, numerosas huelgas campesinas con el objetivo de protestar por el raquitismo infame de los jornales y por el empleo de maquinaria en sustitución de mano de obra, y la Asociación de Propietarios de Trujillo elevó a las autoridades repetidas protestas por la actitud amenazante de obreros en huelga que recorrían los campos inutilizando por la fuerza las máquinas segadoras. Dos meses más tarde, a principios de septiembre, se produjo en Ibahernando una serie de invasiones de fincas que derivó en la convocatoria de una huelga en la que grupos de campesinos armados con estacas obligaron a un paro general; según informaba días más tarde el gobernador civil de Cáceres al ministro de la Gobernación, «en las primeras horas de la noche del 10 de septiembre, los obreros se congregaron en la plaza del pueblo y resistieron a las intimaciones de la guardia civil, que les exigía su disolución. Los guardias fueron agredidos con piedras y uno de ellos resultó herido; se efectuaron varias cargas. Rehechos nuevamente los grupos, los obreros opusieron nueva resistencia, y la guardia civil realizó un disparo al aire. La agresión partió del Centro Obrero. Varios individuos fueron detenidos y entregados al alcalde, que los puso en libertad; también intervienen e influyen el médico, Juan Bernardo, y el maestro nacional. He ordenado la clausura del Centro Obrero y las detenciones de los individuos mencionados». El Centro Obrero era en realidad la Casa del Pueblo, adscrita a la Federación de Trabajadores de la Tierra de la UGT, el sindicato socialista; en cuanto al maestro nacional, no se trataba de don Marcelino, el maestro de Manuel Mena, sino de don Miguel Fernández, un hombre culto, juicioso, circunspecto y muy apreciado en el pueblo. El choque entre obreros y guardias civiles se saldó con una protesta del alcalde y del presidente de la Sociedad Agraria, «en nombre de la mayoría de los vecinos, por los atropellos cometidos por la guardia civil el día 10» y, aunque algunas de las huelgas de junio y julio fueron calificadas por sus organizadores como revolucionarias, lo cierto es que todas fueron breves (y el calificativo ornamental). Así que es verdad que al principio de la República Ibahernando no era una sociedad idílica, carente de conflictos, y que la gente de orden se alarmaba por ellos; pero también es verdad que no era una sociedad dividida ni enfrentada, que los conflictos no eran frecuentes ni inmanejables y que la gente de orden podía cargar sus temores naturales (en la cuenta) de crédito todavía intacta de la República y podía resignarse a ellos como a un efecto secundario del advenimiento bienhechor del nuevo régimen.

Las cosas empeoraron a partir de noviembre de 1933, cuando en el pueblo ganó las elecciones generales la derecha, igual que en toda España. Un año más tarde, durante la Revolución de Octubre, con el estado de guerra impuesto en todo el país y con el gobierno de la provincia de Cáceres en manos de un comandante militar, los incidentes se multiplicaron. Por entonces las Juventudes Socialistas del pueblo pidieron la supresión de los festejos religiosos de Semana Santa, y un día la guardia civil detuvo a tres personas por intentar pegarle fuego a la iglesia; otro día detuvo a otras cinco personas, éstas acusadas de intimidar a rivales políticos con disparos de armas de fuego, y les intervino una escopeta y una pistola. Pero el hecho que causó una impresión más honda en el pueblo estuvo protagonizado por Juan José Martínez, bisabuelo materno de Javier Cercas, y ocurrió el 7 de octubre de 1934. Según la sentencia que un año más tarde dictó un juez de Cáceres, aquella noche Juan José Martínez se disponía a entrar en su casa del Pozo Castro después de haber pasado unas horas de tertulia con unos amigos; no iba solo: le acompañaba su mujer. Eran las diez, y el Pozo Castro, que carecía de alumbrado público, se hallaba a oscuras. En aquel momento dispararon sobre él. La descarga se realizó a una distancia de doce metros, con una escopeta de caza, y, aunque Juan José Martínez encajó ciento diez perdigones en su cuerpo, al cabo de cuarenta días ya estaba curado de las heridas: el disparo le había alcanzado en la parte posterior de las piernas y «en la región dorso-lumbo-glútea»; es decir: en la espalda y el culo.

El atentado provocó tal conmoción en Ibahernando que ochenta años después de ocurrido todos los supervivientes de la época lo recuerdan, sin duda porque Juan José Martínez era el cacique o algo muy parecido al cacique del pueblo. Cinco vecinos de Ibahernando fueron juzgados por la agresión; sólo dos resultaron condenados: el agresor, a doce años y un día de cárcel, y el inductor, antiguo juez municipal del pueblo, a catorce años, ocho meses y un día; ambos recibieron también el castigo adicional de una multa de quinientas pesetas. De acuerdo con el veredicto del juez, el móvil del crimen frustrado fue el odio, «el gran odio […] debido a rivalidades políticas» que el inductor del crimen sentía por Juan José Martínez. Esa clase de odio empezó rápidamente a extenderse por el pueblo, y a partir de las elecciones de febrero del 36 se transformó, allí como en todo el país, en un veneno cuyo consumo masivo nadie quiso o pudo frenar, y cuyos efectos resultaron letales.

A mediados de marzo de aquel año infausto, después de la victoria del Frente Popular en las elecciones de febrero, las nuevas autoridades de izquierdas destituyeron a todos los concejales de derechas del pueblo, entre ellos el abuelo paterno de Javier Cercas, Paco Cercas, y su abuelo materno, Juan Mena; la maniobra era un reflejo invertido de la realizada por las autoridades de derechas tras la revolución del 34, cuando destituyeron a todos los concejales de izquierdas y clausuraron la Casa del Pueblo. Para entonces Ibahernando ya había ingresado de pleno en la ficción, en una inducida fantasía de desigualdad básica según la cual, mientras los campesinos sin tierra seguían siendo siervos, los campesinos con tierras se habían convertido en patricios y por tanto los intereses de unos y otros divergían sin remedio y su enfrentamiento resultaba inevitable; para entonces Ibahernando se había partido por la mitad: existía un bar para la gente de derechas y un bar para la gente de izquierdas, un baile para la gente de derechas y un baile para la gente de izquierdas; a veces, jóvenes de derechas irrumpían de mala manera, protegidos por sus criados, en los bailes de la reabierta Casa del Pueblo, tratando de intimidar a diestra y siniestra con su matonismo de señoritos. Por su parte, jóvenes de izquierdas cada vez más leídos y politizados, cada vez más dispuestos a hacer valer sus derechos, más insumisos y mejor arropados por su sindicato y por las autoridades municipales, contestaban a estas provocaciones y, a diferencia de sus padres y sus abuelos, se negaban a aceptar los abusos y plantaban cara a los campesinos con tierra, que se vengaban de los más levantiscos negándose a contratarlos cuando llegaba la temporada de la siega de la hierba o el heno. «Comed República», les espetaban quienes apenas cuatro o cinco años atrás eran republicanos de una pieza. En venganza por aquella venganza, los jóvenes campesinos sin tierra quemaban cosechas, malograban olivares, robaban ovejas o corderos, invadían fincas y amedrentaban y hacían la vida imposible a la gente de derechas. La violencia alcanzó incluso a los niños, que se tendían emboscadas en las calles, se apedreaban entre ellos o se refregaban las piernas con ortigas. En la primavera de 1936 corrió entre las familias de derechas un rumor según el cual algunos jóvenes socialistas habían esgrimido una lista de nombres de personas de derechas durante una reunión celebrada en la Casa del Pueblo y habían propuesto sacarlas una por una de sus casas y asesinarlas; siempre según el mismo rumor, el propósito no había pasado a mayores gracias únicamente a que el alcalde socialista, un hombre llamado Agustín Rosas, había recurrido a toda su autoridad de veterano militante de izquierdas y a toda su sangre fría para frenar en seco la razzia dejándoles claro a aquellos exaltados que, mientras él estuviera al mando del Ayuntamiento, en aquel pueblo no se mataba a nadie. En otro momento, más o menos por la misma época en que se difundió ese runrún espeluznante, algunos derechistas acudieron a la guardia civil solicitando protección para sí mismos y para sus familias; la respuesta de la guardia civil consistió en asegurarles que ellos no estaban autorizados a hacer más de lo que hacían y en aconsejarles que se protegieran. Es muy probable que lo hicieran, o que intentaran hacerlo, lo que explicaría que algunos de esos derechistas —entre ellos Paco Cercas y Juan Mena, abuelos de Javier Cercas— pasaran una corta temporada en la cárcel de Trujillo, acusados de almacenar armas en la finca de Los Quintos. A esas alturas ya todo estaba preparado para que el país entero volase en mil pedazos.

Cabría preguntarse cómo vivió Manuel Mena aquellos meses de creciente zozobra: qué hizo, qué pensó, qué sintió mientras su pueblo y su país se dividían en dos mitades enfrentadas por un odio común. Un literato podría contestar a esas preguntas, porque los literatos pueden fantasear, pero yo no: a mí la fantasía me está vedada. Algunas cosas, sin embargo, son seguras. O casi seguras.

Manuel Mena no pasó en Ibahernando el año anterior a la guerra; lo pasó en Cáceres, donde estudió el último curso de bachillerato. No podía no ser consciente de las esperanzas que su madre y sus hermanos habían depositado en él, de los sacrificios económicos que estaban haciendo para que fuera el primer miembro de la familia que salía del pueblo y estudiaba y se preparaba para tener una carrera universitaria; dado su carácter, esto le obligaría a esmerarse en los estudios, a tratar de estar a la altura de su responsabilidad y dar la talla. Vivía en la calle Arco de España, junto a la Plaza Mayor, en casa de un sargento de la guardia civil que había trabado amistad con su familia cuando mandaba la comandancia de Ibahernando. Se llamaba don Enrique Cerrillo. Aparte de don Eladio Viñuela, Manuel Mena apenas había dejado amigos de verdad en el pueblo, porque sus nuevos intereses de adolescente le habían alejado de sus relaciones de infancia, pero volvía con frecuencia a ver a su madre y sus hermanos, y no hay duda de que estaba al corriente de la situación explosiva por la que pasaba Ibahernando, que era mutatis mutandis la explosiva situación por la que pasaba el país; tampoco hay duda de que estaba al corriente de la breve estancia de su hermano Juan en prisión o de los temores de su familia. ¿Consagró aquel curso de 1935 y 1936 exclusivamente a sus estudios o, a pesar de su gusto y su interés por ellos y su aguda conciencia de que no debía descuidarlos, la politización general del país le llevó a politizarse? No hay duda de que durante la guerra o durante la mayor parte de la guerra Manuel Mena fue un falangista convencido —un falangista mucho más falangista que franquista, suponiendo que realmente fuera franquista—, pero ¿lo era también antes de la guerra? ¿O se hizo falangista al empezar la guerra, como la mayoría de los falangistas?

Es imposible responder a esos interrogantes. A principios de 1936 Falange era todavía en España un partido muy minoritario; en las elecciones de febrero de aquel año apenas obtuvo un asiento de diputado: el de José Antonio Primo de Rivera, su líder. El partido como tal no existía en Ibahernando, y sus candidatos nacionales jamás cosecharon allí un solo voto. Pero nada de esto significa que Manuel Mena no hubiera podido ser atraído en Cáceres por el idealismo romántico y antiliberal, la radicalidad juvenil, el vitalismo irracionalista y el entusiasmo por los liderazgos carismáticos y los poderes fuertes de aquella ideología de moda en toda Europa; al contrario: Falange era un partido que, con su vocación antisistema, su prestigio jovial de novedad absoluta, su nimbo irresistible de semiclandestinidad, su rechazo de la distinción tradicional entre derecha e izquierda, su propuesta de una síntesis superadora de ambas, su perfecto caos ideológico, su apuesta simultánea e imposible por el nacionalismo patriótico y la revolución igualitaria y su demagogia cautivadora, parecía fabricado a medida para abducir a un estudiante recién salido de su pueblo que, con apenas dieciséis años, en aquel trance histórico decisivo soñara con acabar de un solo tajo redentor con el miedo y la pobreza que acechaban a su familia y con el hambre, la humillación y la injusticia que había visto a diario en las calles de su infancia y su adolescencia, todo ello sin poner en peligro el orden social y permitiéndole identificarse además con el elitismo aristocrático de José Antonio, marqués de Estella. No sabemos si don José Cerrillo, el amigo de su familia con el que convivía en Cáceres, pertenecía en aquel momento a Falange; lo más probable es que no. Pero no hay duda de que a principios de aquel año Cáceres era una de las provincias españolas con mayor número de afiliados al partido; tampoco de que Manuel Mena pudo asistir al segundo mitin de José Antonio en Cáceres, el 19 de enero de 1936, en el Norba, un teatro situado en el paseo de Cánovas. Allí pudo ver cómo el joven jefe de Falange se dirigía a una muchedumbre de camaradas venidos de toda Extremadura, enfundado en su camisa azul reglamentaria e interrumpido por el estruendo reincidente de sus ovaciones, con palabras como éstas: «La gran tarea de nuestra generación consiste en desmontar el sistema capitalista, cuyas últimas consecuencias fatales son la acumulación de capital en grandes empresas y la proletarización de las masas». O como éstas: «El proceso de hipertrofia capitalista no acaba más que de dos maneras: o interrumpiéndolo por la decisión, heroica incluso, de algunos que participan en sus ventajas, o aguardando a la catástrofe revolucionaria que, al incendiar el edificio capitalista, pegue fuego de paso a inmensos acervos de cultura y de espiritualidad. Nosotros preferimos el derribo al incendio». E incluso como éstas: «Para cerrar el paso al marxismo no es votos lo que hace falta, sino pechos resueltos, como los de estos veinticuatro camaradas caídos que, por cerrarle el paso, dejaron en la calle sus vidas frescas. Pero hay algo más que hacer que oponerse al marxismo. Hay que hacer a España. Menos "abajo esto", "contra lo otro" y más "Arriba España". "Por España, Una, Grande y Libre." "Por la Patria, el Pan y la Justicia"».

Aunque todo lo anterior no son más que conjeturas. Lo único seguro es que Manuel Mena pasó las vísperas de la guerra civil en Cáceres, preparándose para ingresar al año siguiente en la universidad, y que la primera cosa que hacía al volver a Ibahernando era visitar a don Eladio Viñuela. Ambos se veían en casa del médico o, más a menudo, en su academia; así lo recordaban los alumnos que por entonces asistían a ella. Recordaban que Manuel Mena les traía los apuntes de sus cursos de Cáceres, unos apuntes minuciosos, impecables y redactados a propósito para ellos con el fin de que pudieran perfeccionar las enseñanzas de la academia. Recordaban que Manuel Mena ayudaba a menudo a don Eladio en las clases, que don Eladio sentía predilección por darlas en el campo, al aire libre, y que aquella primavera de malos presagios lo hizo a menudo, auxiliado por Manuel Mena. Recordaban que algunas veces, durante esas salidas de estudio, don Eladio y Manuel Mena se repartían a los alumnos, y que, una vez concluida la explicación, los alumnos regresaban por su cuenta al pueblo mientras maestro y discípulo se quedaban a solas en el campo. Y también recordaban que otras veces don Eladio les ponía ejercicios y que, durante el tiempo que ellos empleaban en hacerlos, él y Manuel Mena paseaban a distancia, charlando. ¿De qué hablaban durante aquellas conversaciones peripatéticas?, se preguntaban años más tarde quienes les observaban pasear a lo lejos, cabizbajos y con las manos enlazadas en la espalda o enterradas en los bolsillos de los pantalones, mientras las tardes doradas caían en silencio contra el horizonte ininterrumpido, sobre las cercas de piedras y los encinares sin nadie. ¿Desahogaba Manuel Mena sus dudas con don Eladio? ¿Le contaba sus angustias, sus perplejidades, sus temores y ambiciones de adolescente trasplantado a la capital? ¿Compartían lecturas? ¿O se informaban uno al otro de lo que ocurría en Cáceres y en Ibahernando, comentando el lúgubre cariz que tomaba la realidad? Es tentador imaginar a Manuel Mena tratando de persuadir a don Eladio de las bondades revolucionarias, novísimas y recién aprendidas en José Antonio, y a don Eladio defendiéndose de la retórica imberbe y fogosa de Manuel Mena y del hechizo utópico del ideario falangista y su flamante sugestión de juventud y modernidad con el viejo escepticismo _dépassé_

racionalista y los viejos y apacibles argumentos del viejo
ideario liberal, que Manuel Mena consideraría caduco. Es
tentador imaginarlo o fantasearlo así. Tal vez un literato
diría que fue así. Pero yo no soy un literato y no puedo
fantasear, sólo puedo atenerme a los hechos, y el hecho es
que no sabemos si así fue, y que es casi seguro que nunca
lo sabremos. Porque el pasado es un pozo insondable en
cuya negrura apenas alcanzamos a percibir destellos de verdad, y de Manuel Mena y su historia es infinitamente menos lo que conocemos que lo que ignoramos.

5

David Trueba filmó más de dos horas de conversación en el zaguán de la casa de El Pelaor, pero la película que montó apenas dura cuarenta minutos. Se titula *Recuerdos* y está dividida en cinco capítulos, cada uno de los cuales anuncia con un rótulo el tema que tratará. La mayor parte de la película consta de un único plano contrapicado de El Pelaor, en el que sólo se ven, cubiertos por una camisa blanca, su torso y sus hombros de campesino, todavía fuertes a pesar de sus más de noventa años, y su cabeza de cráneo poderoso, senatorial, casi sin pelo, con una mancha en la sien y una excoriación en la mejilla; su silueta se recorta contra un zócalo de azulejos con adornos florales de colores vivísimos.

Durante toda la película permanece sentado. Las imágenes no recogen la presencia física de Carmen, su hija, ni la de su yerno, pero a menudo se oye la voz de ella aclarándole mis preguntas, o reforzando o matizando o apostillando sus respuestas. Al principio El Pelaor está a la expectativa, desasosegado y receloso; poco a poco, sin embargo, parece relajarse, aunque nunca da la impresión de relajarse del todo; a veces sonríe, en una ocasión incluso se ríe (y entonces su semblante se infantiliza y sus ojos se estrechan hasta convertirse en ranuras); la mayor parte del tiempo su expresión es de una seriedad resignada y un poco ausente, pero cada vez que se abre uno de los muchos silencios que puntúan la entrevista sus ojos se hunden en una tristeza tan sólida, tan pesada y tan profunda que parece imposible que un hombre solo pueda cargar con ella. Experimenté esa sensación mientras le hacía la entrevista, pero al ver la película la sensación es todavía más viva. El Pelaor tiene siempre a mano su muleta, como si se sintiera huérfano o indefenso sin ella; a veces la deja recostada en el respaldo de una silla próxima; lo más frecuente es que apoye su mano o su brazo o su axila en la parte superior, moviéndola de un lado a otro, impaciente o nervioso. Durante una secuencia muy breve aparece tocado con una gorra de pana que yo no recordaba.

Al principio de la entrevista hablamos de su oficio, que consistía en esquilar a los animales de Ibahernando y de los pueblos de la comarca. Luego hablamos de mi familia, de mi bisabuela Carolina y de sus hijos, entre ellos mi abuelo Juan, y también de la mujer y las hijas de mi abuelo Juan, entre ellas mi madre; según cuenta, todos fueron desde siempre vecinos suyos, a todos los conoció bien, de todos guarda un recuerdo afectuoso, que no parece impostado. También habla de otras personas del pueblo; una de ellas es mi abuelo Paco, el padre de mi padre, a quien recuerda con admiración porque trabajó muy duro, dice, para dar una carrera universitaria a sus tres hijos. En determinado momento se inicia, tras un corte fugaz, un capítulo titulado «La foto». Es el tercero, y su primera imagen muestra a El Pelaor calándose unas gafas de carey; en seguida se me oye preguntar:

—¿Habéis visto esa foto?

Aunque las imágenes no lo muestran, acabo de poner en manos de Carmen una copia de una vieja foto colectiva de los niños que asistían a la escuela de don Marcelino, un antiguo maestro del pueblo; en la foto aparece Manuel Mena, y casi junto a él, según me ha contado mi primo José Antonio Cercas, El Pelaor. Carmen responde con su voz cantarina:

—Uy, no, qué va. Nunca.

Mientras Carmen le entrega la foto a El Pelaor, se me oye insistir:

—A ver si tu padre la ha visto.

El Pelaor coge la foto y la observa con atención.

—No —repite Carmen, convencida—. Mi padre no ha visto esa foto.

Al cabo de unos segundos de silencio, durante los cuales El Pelaor no aparta la vista de la imagen, muy concentrado en ella, brotan por el extremo izquierdo del encuadre mi nariz, un mechón de mi pelo y mi dedo índice, señalando la foto.

—¿Reconoce usted a alguien ahí?

—No lo sé —contesta El Pelaor; en seguida se disculpa, como si aquello fuera un examen y temiera que su rendimiento no estuviese a la altura de lo esperado—: Es que cambia la gente mucho…

Tras un silencio aclaro, tratando de ayudarle:

—Es una foto de los alumnos de don Marcelino. —Añado—: Y yo creo que usted es uno de esos chicos.

Entonces El Pelaor levanta la vista de la foto y mira a su izquierda, que es donde yo estoy, aunque en la imagen no se me ve.

—No, eso es imposible —me corrige, aliviado. Y explica—: Yo a la escuela de don Marcelino no fui. Yo fui a la de don Miguel, un maestro que venía de Santa Cruz; cuando don Marcelino llegó al pueblo yo ya estaba trabajando. Es lo que nos pasaba entonces a los chavales: en cuanto teníamos doce o trece años, nos ponían a cuidar vacas o borregos en el campo.

El Pelaor sigue hablando en la imagen; fuera de campo, yo hago lo posible por digerir la decepción, o así me recuerdo en aquel momento. Al cabo de unos segundos, después de otro corte, empieza un nuevo capítulo, éste titulado «Manuel Mena». Se inicia con la imagen de la cara de El Pelaor muy próxima a mi cara, que ha irrumpido en el encuadre, y con el sonido de mi voz formulando una pregunta:

—¿Usted conoce a éste?

La imagen desciende hasta captar en primer plano las manos de El Pelaor. Son manos de hombre de campo, gruesas y trabajadas, y sostienen con la yema de los dedos la foto de los alumnos de don Marcelino mientras yo señalo con un índice tenso a un niño vestido con chaqueta a rayas y camisa blanca que luce un rizo de pelo díscolo en la frente, de pie y a la derecha de su maestro, y pregunto otra vez:

—¿Se acuerda usted de Manuel Mena?

El Pelaor mira a su izquierda y en su mirada filmada se advierte lo mismo que advertí aquel día en su mirada real: que su hija Antonia, con quien concerté por teléfono aquella entrevista, le ha puesto en antecedentes sobre su propósito exacto.

—¿Cómo no voy a acordarme? —contesta.

—¿Y no es ese chaval? —insisto, sin apartar el índice de la foto.

El Pelaor vuelve a mirar; un poco demudado, asiente varias veces antes de decir:

—Sí. Es él.

A partir de este momento cambia el sesgo de la conversación. Durante varios minutos trato de que El Pelaor me hable de Manuel Mena, de su relación con Manuel

Mena, pero el intento deriva en un forcejeo a lo largo del cual él responde a mis preguntas con monosílabos o con frases muy escuetas, o simplemente no responde o responde eludiendo la pregunta, incómodo y moviendo la muleta a un lado y a otro. El Pelaor cuenta que Manuel Mena y él tenían casi la misma edad, eran vecinos y de niños habían sido amigos, jugaban juntos en la calle de Las Cruces y en el corral de mi bisabuela Carolina. Le pregunto si siguieron viéndose cuando dejaron de ser niños, cuando se convirtieron en adolescentes, y dice que sí, aunque menos. Le pregunto si se acuerda de que Manuel Mena fue a la guerra y murió en el frente y dice que sí, que por supuesto, y que también se acuerda de que murió con diecinueve años, siendo alférez de Regulares, y de que cuando regresaba de permiso lo hacía con su asistente, un moro que no se separaba de él. Le pregunto si, cuando Manuel Mena regresaba a casa de permiso desde el frente, se veían, y dice que sí, que casi no podían no verse porque seguían viviendo uno al lado del otro. Le pregunto si en aquellos encuentros hablaban de la guerra y de la vida de Manuel Mena en el frente y dice que no. Entonces le pregunto si se acuerda del día de su entierro, que es un día del que todos los viejos del pueblo se acuerdan, y me dice que sí, que perfectamente, que él lo vio todo desde la puerta de su casa, pero al intentar que me dé detalles del acontecimiento empieza a hablar de un entierro distinto, un entierro también multitudinario ocurrido antes o después o casi al mismo tiempo que el de Manuel Mena, el entierro de un médico llamado don Félix, y, cuando vuelvo a preguntarle por Manuel Mena o por el entierro de Manuel Mena, él esquiva otra vez la pregunta y vuelve a hablar de mi bisabuela Carolina y mi abuelo Juan y mi familia. Aquel extraño tira y afloja se prolonga unos minutos, hasta que dejo de hacer preguntas, sin duda convencido de que El Pelaor se ha cerrado en banda y de que por esa vía es inútil seguir con mi interrogatorio. *imperturbable*

Entonces, tras un nuevo corte, empieza el mejor capítulo de la película, que también es el último. Se titula «Asesinato en Ibahernando» y se abre con la cara de tristeza impertérrita de El Pelaor y con mi voz formulando una pregunta en un tono extraño, un punto demasiado elevado:

—Entonces ¿a su padre lo mataron al principio de la guerra?

Está claro (o por lo menos lo está para mí) que en la película acabo de reformular como pregunta una afirmación que El Pelaor acaba de hacer fuera de cámara; también está claro que he intentado reaccionar como si las palabras de mi interlocutor no me pillaran por sorpresa, aunque no sé si he formulado la pregunta para darme tiempo a asimilarlas, para que El Pelaor no cambie de asunto, para cerciorarme de que la cámara recoge la noticia que *s'assurer de* acabo de escuchar o para las tres cosas al mismo tiempo. Sea como sea, la conversación cambia otra vez, y a lo largo de los minutos siguientes El Pelaor se sumerge en unos silencios todavía más intensos y más duraderos, en el curso de los cuales su tristeza se vuelve más profunda y su expresión más crispada, la vista fija en el suelo invisible, los labios sellados. La respuesta de El Pelaor a mi pregunta consiste en decir que sí en voz muy baja, casi inaudible.

—Cortaba el pelo —interviene Carmen, trocando su alegría natural por una pena genuina—. Era barbero.

En ese momento se oye por primera y única vez en la película la voz de David Trueba.

—¿Ah, sí? —dice—. O sea que los dos trabajaban en el mismo ramo.

Se refiere a El Pelaor y a su padre. No sé si David ha intervenido porque siente que ha llegado el momento crucial de la entrevista y que necesito ayuda, pero el caso es que su comentario parece infundir confianza en El Pelaor, igual que si el silencio previo de mi amigo le hubiese intimidado (o quizá lo que le intimidaba era la cámara). Buscando mis ojos cuenta El Pelaor:

—Aquí, al principio de la guerra, mataron a unos pocos. A un maestro de escuela que se llamaba don Miguel.

—¿Su maestro? —pregunto—. ¿El que venía de Santa Cruz?

—No —aclara El Pelaor—. Otro. Un buen hombre. También mataron a una chica. Sara, se llamaba. Sara García. Tenía a su novio en la zona roja. Dicen que por eso la mataron. —El Pelaor vuelve a callar; su vista vuelve a clavarse en el suelo. Somos cinco personas en aquel vestíbulo, pero la cámara no recoge el más mínimo ruido ambiental. Por fin añade El Pelaor—: Aquella noche mataron a unos cuantos.

A continuación, sin que ni yo ni nadie se lo haya pedido, El Pelaor cuenta el hecho que cambió para siempre su vida. Lo hace con la mirada extraviada, con palabras escasas que más que palabras parecen objetos, y con una frialdad que hiela la sangre. Su madre había muerto años atrás, cuenta, y su padre, su hermana y él cenaban como cada noche en el comedor de su casa. «Ahí mismo», aclara, señalando vagamente a su derecha. No recordaba qué estaban cenando. No recordaba de qué estaban hablando, si es que estaban hablando de algo. Lo único que recordaba es que en determinado momento llamaron a la puerta y que su padre le pidió que fuera a abrir. La guerra acababa de estallar, pero no recordaba haber percibido inquietud en la voz de su padre; tampoco se recordaba a sí mismo inquieto. Obedeció, se levantó de la mesa, abrió la puerta. En el umbral, mal perfilados contra el aliento caluroso de la noche de agosto recién caída, había unos hombres. No recordaba cuántos eran ni cómo eran. No conocía a ninguno. Los hombres le preguntaron si su padre estaba en casa, él dijo que sí y varios de ellos entraron y se lo llevaron. Eso fue todo. No recordaba si su padre salió voluntariamente de su casa o si opuso resistencia y los desconocidos tuvieron que llevárselo a la fuerza. No recordaba si su padre pudo vestirse para salir o si salió a la calle con la ropa que llevaba puesta. No recordaba si su padre estaba asustado o no. No recordaba si le dijo algo antes de salir, o si le dirigió una última mirada. Sólo recordaba lo que acabo de contar: lo demás se había borrado de su memoria, o nunca lo registró. Tenía dieciocho años, uno más que Manuel Mena, y no volvió a ver con vida a su padre. *de glace / de pierre*

Cuando El Pelaor termina de hablar se produce un silencio pétreo, sobrecogido, que sólo Carmen se atreve a romper.

—Es la primera vez que oigo a mi padre hablar de esto —dice con una voz sin perplejidad, sin siquiera pena: una voz vacante—. Yo lo sabía por mi madre, pero nunca se lo había oído contar a él.

Ahora tardo en reaccionar, supongo que porque no sé cómo reaccionar y quizá porque estoy diciéndome lo que vuelvo a decirme al ver las imágenes: que no es sólo la primera vez que El Pelaor le cuenta esa historia a su hija, sino, probablemente, la primera vez que la cuenta a secas, al menos tal y como acaba de contarla. *tout court*

—¿Sabe usted por qué lo mataron? —acierto a preguntarle.

El Pelaor también tarda en responder. Da la impresión de estar desconcertado, aunque es difícil adivinar por qué: quizá porque no acaba de entender cómo ha sido capaz de contar lo que acaba de contar; quizá porque siente con extrañeza que no lo ha contado él, sino otra persona.

—No —contesta por fin, y durante un segundo sus ojos brillan y parece a punto de romper a llorar. Pero es sólo un segundo; cuando vuelve a hablar lo hace con su triste sequedad habitual—. Entonces se mataba por cualquier cosa —prosigue—. Por rencillas. Por envidias. Porque uno tenía cuatro palabras con otro. Por cualquier cosa. Así fue la guerra. La gente dice ahora que era la política, pero no era la política. No sólo. Alguien decía que había que ir a por uno y se iba a por él. Y se acabó. Eso es como yo te lo cuento: ni más más ni más menos. Por eso tanta gente se marchó del pueblo al empezar la guerra.

A partir de este momento y durante varios minutos El Pelaor da la impresión de hablar de forma casi espontánea, libre de restricciones o de grandes restricciones, al final incluso con cierta calidez. Cuenta que un día, poco después de que mataran a su padre, su hermana y él averiguaron dónde estaba su cadáver, lo recogieron y lo enterraron a escondidas, sin funeral ni ceremonia ni ayuda de nadie. Cuenta que más tarde le llamaron a filas y tuvo que hacer la guerra con el ejército de los que habían matado a su padre. Cuenta que hizo la guerra en Ávila y en algún lugar de Asturias. Cuenta que al volver al pueblo se encontró a su hermana viviendo con una mujer —una mujer generosa que la había acogido— y que él se fue a vivir con su novia y futura esposa, o más bien fue ella la que se fue a vivir con él. «La criticaron mucho por eso —dice con una especie de furia—. Tú sabes cómo son los pueblos; y en aquella época para qué te voy a contar… Pero a ella le dio igual: se vino

a vivir conmigo porque no consentía que viviera solo.»
Y luego cuenta que, aunque él y su mujer eran muy jóvenes, pelearon mucho, que él aprendió su oficio, que ella
crió a tres hijos, que se sentía orgulloso de su trabajo y de
haber sacado adelante una familia. «Pregunta por mí en el
pueblo —me desafía—. Ya verás lo que te dicen.» Después
de pronunciar esa frase, El Pelaor se sume en un silencio
exhausto, que Carmen se apresura a llenar hablando de su
madre y del trabajo de su padre. Éste la escucha distraído,
moviendo la muleta y con la vista otra vez fija en el suelo.
Parece claro que ha dado por terminada la entrevista y que
no voy a conseguir más información de él, al menos esa
tarde, al menos sobre Manuel Mena y la guerra. Extraña-
mente, yo parezco no notarlo, o quizá es que no me resig-
no a aceptar su decisión; en todo caso, la única frase con
que me atrevo a cuestionarla es una evidencia formulada
como conjetura y en tono más bien solemne. La frase es:

—La guerra debió de ser terrible.

Apenas oye esas palabras, El Pelaor mira fugazmente hacia donde yo estoy sentado, pero no dice nada, como si no
entendiese lo que acaba de escuchar o como si acabara de
escuchar la observación de un niño o de un loco. La que
acude ahora en mi ayuda es Carmen. Dice:

—Eso que no vuelva.

A continuación se hace evidente que, en efecto, quiero
proseguir como sea con la entrevista, porque cambio la conjetura por una interrogación; el problema es que no cambio
nada más, y el resultado es que añado otra solemne evidencia
que ahora, por algún motivo, no suena como una estupidez:

—La guerra es lo peor que le ha pasado, ¿verdad?

Es en ese momento cuando, echándome de nuevo una
mirada rápida, El Pelaor se ríe por primera vez, de buena
gana, y cuando oigo en su risa imprevista su incapacidad

total para explicarme lo que querría o debería explicarme
y cuando vislumbro o intuyo en sus ojos achinados la alegría intacta del niño que ni siquiera podía imaginar que
una noche asesinarían a su padre, la alegría de El Pelaor
previo a la guerra que conoció Manuel Mena. No sé si oí
e intuí o vislumbré eso entonces, mientras escuchaba a El
Pelaor en el zaguán de su casa, pero estoy seguro de que lo
oigo y lo intuyo o lo vislumbro ahora, años después, mientras veo la película que rodó David Trueba. Pasado ese instante, El Pelaor baja otra vez la vista y se sumerge en su
tristeza usual. El silencio que se produce a continuación
vuelve a ser sólido, y tan largo que mientras veo las imágenes me acuerdo de los silencios ilimitados de *Gran Hermano*, de los ilimitados silencios de *La aventura*. Esta vez no es
Carmen sino El Pelaor quien lo rompe, mirando a la cámara con sus ojos secos e inexpresivos y murmurando como
si para él la entrevista hubiera terminado hace rato:

—Bueno, bueno.

Tras otro silencio, éste mucho más breve, constato:

—No le gusta a usted hablar de la guerra.

—No —dice El Pelaor—. Nada. —Y añade—: Anda y que la
jodan.

—¿No le gusta o tiene miedo? —pregunto, medio en serio
y medio en broma.

El Pelaor amaga una sonrisa.

—No me gusta y soy prudente —contesta.

—¡Pero si ya no pasa nada, padre! —exclama Carmen, re-
cuperando su alegría cantarina—. ¡Eso era antes!

—¿Ni con su mujer hablaba usted de esto? —insisto.

—Ni con mi mujer —dice El Pelaor, sin abandonar su
conato de sonrisa.

—Es verdad, Javi —dice Carmen—. Mi padre nunca habla
de la guerra. Mi madre sí lo hacía. Me acuerdo de que nos

contaba que, durante la guerra, a las mujeres de los rojos les rapaban el pelo y las sacaban a pasear por el pueblo. Cosas así. Pero mi padre nunca nos contó nada. Nunca. Nunca. Nunca. —Y repite de nuevo—: Es la primera vez en mi vida que le oigo hablar de estas cosas.

## 6

El 20 de julio de 1936, tres días después de que el ejército de Franco se sublevara contra el gobierno legítimo de la República en sus guarniciones de África y casi al mismo tiempo que los sublevados de Cáceres tomaban el poder en la capital y declaraban el estado de guerra en toda la provincia, la derecha de Ibahernando se sumó a la rebelión y se hizo con el mando del pueblo sin la menor resistencia. Conocemos bastante bien lo ocurrido en España al estallar la guerra. Conocemos bastante bien lo ocurrido en Extremadura, incluso en Cáceres. Pero apenas conocemos lo que ocurrió en Ibahernando: ningún historiador se ha ocupado de averiguarlo; las actas de los plenos del Ayuntamiento, escritas de puño y letra por don Marcelino –antiguo maestro de Manuel Mena y por entonces secretario municipal–, sólo permiten la reconstrucción de algunos hechos; la mayoría de las personas que podría recordar el resto está muerta, y la minoría que está viva no lo recuerda o apenas lo recuerda. Como la mayor parte de cuanto atañe a esta historia, aquellas jornadas pavorosas se hunden a toda prisa en el olvido.

Pero todavía quedan hechos que se resisten a perderse en él. He dicho que, al producirse la sublevación militar, la derecha del pueblo tomó de inmediato el poder; aclaro que abuelo pat. Paco Cercas      Juan José Martínez tío

Javier Cercas    matinal

no lo hizo por iniciativa propia, sino a instancias del comandante del puesto de la guardia civil, que a su vez obe-
decía órdenes de Cáceres; aclaro también que, cuando hablo
de la derecha, me refiero en realidad a la familia de Javier
Cercas, o a parte importante de su familia. El 20 de julio el
Ayuntamiento celebró un pleno extraordinario en el que
el último alcalde republicano, un dirigente socialista llamado Agustín Rosas, entregó el poder a una Comisión Ges-
tora formada por cuatro vocales; dos de ellos pertenecían a
la familia de Javier Cercas: uno a su familia paterna –su
abuelo Paco Cercas– y otro a su familia materna –su tío
Juan Domingo Gómez Bulnes, yerno del cacique del pueblo: Juan José Martínez–. Pero inmediatamente después de
ese pleno se celebró otro, en el que los cuatro nuevos vocales eligieron mediante votación secreta a su presidente; el
elegido, por tres votos a uno, resultó ser Paco Cercas. Éste
era al empezar la guerra un labrador instruido y con fama
de hombre cabal, dotado de una autoridad congénita y de
una congénita capacidad para ejercerla; también era un hombre interesado por la política: había militado en Acción
Republicana –el partido progresista de Manuel Azaña,
presidente de la República–, había sido concejal en repre-
sentación de éste y en algún momento había simpatizado
con el socialismo; no obstante, a finales de octubre de 1935
ya estaba presidiendo la Sociedad de Agricultores, el sindicato conservador del campo, tras las elecciones generales de
febrero de 1936 fue destituido por el gobierno civil de su
cargo de concejal y, antes de la guerra, encarcelado con
otros conservadores o derechistas del pueblo por posesión
ilegal de armas. Vale decir que la evolución ideológica de
Paco Cercas no fue en absoluto insólita durante la República y que, unida a su prestigio personal, quizá constituyó
un incentivo para que lo eligieran primer alcalde franquis-

ta. Vale añadir que apenas permaneció unas semanas en el cargo.

Durante los días posteriores al golpe sopló en toda España un huracán de pánico y de violencia. Quien de lejos llevó la peor parte del ciclón en Ibahernando fue la gente de izquierda, porque el pueblo había caído en manos de la derecha. Los investigadores más fiables sostienen que a lo largo de la guerra y en los meses iniciales de la posguerra se cometieron en Ibahernando once asesinatos por motivos políticos; Javier Cercas ha contabilizado trece, casi todos al final y al principio del conflicto. Se dirá que, comparado con el número de asesinatos que produjo el terror franquista en otros pueblos de España durante los tres años de guerra, no es un número muy elevado; es verdad, pero esa verdad no alivió el terror ni perdonó a las víctimas. Muchas de ellas fueron sacadas a la fuerza de sus casas y fusiladas sin fórmula de juicio; muchas no supieron quién las mataba: los ejecutores materiales de los crímenes procedían a menudo de otros lugares, aunque los responsables —aquellos que señalaban a las víctimas y ordenaban o alentaban los asesinatos— residían en el pueblo. No sé si la familia o algún miembro de la familia de Javier Cercas se contó entre ellos; sé que, incluso en una guerra (quizá sobre todo en una guerra), todo el mundo es inocente hasta que se demuestre que es culpable, y que ninguna persona honesta incurriría en la abyección de condenar a nadie sin pruebas desde la confortable inmunidad de la paz, mucho menos cuando, como ocurre en este caso, ochenta años después resulta virtualmente imposible reconstruir los hechos con alguna precisión. Aclarado esto, parece imposible eximir a la familia de Javier Cercas de cualquier responsabilidad en las atrocidades cometidas aquellos días: primero, porque era ella quien ostentaba el poder en el pueblo y resulta difícil aceptar que todos sus miembros hicieran cuanto estuvo a su alcance para evitar lo ocurrido; y, segundo, porque en varias ocasiones protegieron de la violencia incontrolada a algunos izquierdistas, o los sacaron del pueblo porque corrían peligro dentro de él, a veces entregándolos a la justicia, como ocurrió con un republicano que, pese a estar enemistado con algunos de ellos, había sido su amigo y pertenecía a su clase o a lo que ellos consideraban su clase: don Juan Bernardo, el médico y líder izquierdista local, que fue encarcelado en Trujillo y juzgado y finalmente absuelto por un tribunal militar. En cuanto a los motivos de los asesinatos, eran por supuesto políticos, pero no siempre eran sólo políticos y no siempre estaban claros: nadie acabó de entender por qué al final de la guerra mataron a don Miguel Fernández, el maestro nacional, un hombre a quien todo el mundo en el pueblo consideraba una buena persona, a menos que su amistad con don Juan Bernardo fuera razón suficiente para matarlo; nadie entendió del todo por qué al principio de la guerra –para ser más exactos: el 26 de noviembre del 36, en un lugar de la carretera de Trujillo a Cáceres conocido como Puente Estrecho– mataron, junto a otros tres vecinos del pueblo, a una muchacha de veintidós años llamada Sara García, aunque algunos conjeturan que la mataron porque era la prometida de un joven líder socialista que después del golpe militar había escapado de Ibahernando por las mismas razones por las que lo habían hecho otros izquierdistas: para huir del clima de persecución que reinaba en el pueblo y sumarse a la resistencia republicana que se estaba organizando en Badajoz, provincia donde el golpe no había triunfado.

Así que en Ibahernando fueron sólo los republicanos quienes pusieron los asesinados de la retaguardia; el miedo, en cambio, lo pusieron también los franquistas, sobre todo

*arriere-garde*

95

al principio. De hecho, los días iniciales de la guerra fueron para ellos los de mayor ansiedad. Entre finales de julio y principios de agosto, Franco había conseguido desembarcar en el sur del país el grueso de sus tropas marroquíes con la ayuda de la aviación de Hitler, y a partir de aquel momento tres columnas plagadas de veteranos de las guerras coloniales de África y mandadas por el teniente coronel Yagüe subían a sangre y fuego hacia la zona de Ibahernando desde Andalucía, en dirección a Madrid. Mientras tanto, una violencia desbocada se había adueñado del país, en Extremadura el frente todavía no era estable y los republicanos de Badajoz intentaban recuperar las zonas que la sublevación militar había puesto en manos rebeldes. Ése fue el temor que se extendió entre los franquistas del pueblo durante los primeros días de la contienda: que volviesen los izquierdistas huidos tras el golpe y que, apoyados por correligionarios de Badajoz, reconquistasen el pueblo y ajustasen cuentas con ellos. Desde la capital de la provincia les llegaron instrucciones tajantes de que, si volvían los republicanos, hicieran lo posible por detenerlos hasta que tropas del Regimiento Argel acantonadas en Cáceres acudieran a socorrerles, y las nuevas autoridades optaron por montar guardias en los principales accesos al pueblo: en la calle del Agua, en el Barrero, en el Pozo Arriba y en la carretera de Robledillo. Convencidas de que el ataque republicano era inminente, las familias conservadoras tomaron la decisión de atrincherarse durante las veinticuatro horas del día en casas fuertes de la Plaza, con los hombres armados hasta los dientes y las puertas y ventanas protegidas por sacos terreros. Un hecho ocurrido el 2 de agosto, un par de semanas después del golpe, pareció avalar esa medida extrema. A las dos de la tarde de aquel día, una columna de catorce camiones Hispano-Suiza cargados de republicanos que se

irigían a Trujillo por la carretera de Madrid, procedentes
e Ciudad Real, irrumpió entre vítores a la República en
l pueblo de Villamesías, a sólo unos kilómetros de Ibaher-
ando; la columna, mandada por un tal capitán Medina y
uiada por un cura renegado conocido como el padre Re-
illa, estaba compuesta por milicianos armados, entre ellos
ineros de Peñarroya y Puertollano. Obedeciendo órdenes
le Cáceres, los guardias civiles del puesto y algunos dere-
histas locales presentaron resistencia suficiente para per-
itir la llegada al pueblo de tres compañías del Regimien-
o Argel al mando del comandante Ricardo Belda, quien
lispuso del tiempo necesario para emplazar sus ametralla-
loras a la salida de la localidad y acribillar a placer a aquel
lestacamento temerario de milicianos que circulaba como
ına banda de aficionados por aquella carretera en guerra,
in tomar la más mínima medida de seguridad. El resultado
fue una matanza en toda regla: en menos de una hora los
republicanos fueron aniquilados y la salida del pueblo quedó sembrada de más de un centenar de milicianos muertos.

La batalla de Villamesías constituyó un pequeño éxito
militar y un gran éxito propagandístico para los sublevados,
pero desató el pánico en Ibahernando, donde en los días
siguientes corrió el rumor de que algunos izquierdistas del
pueblo viajaban en la columna republicana desbaratada.
El pánico, sin embargo, duró poco tiempo. El 11 de agosto
las columnas de Yagüe tomaban Mérida; el 14, Badajoz;
poco después se instalaba Franco en Cáceres y el día 25 se
reunían en Trujillo, a escasos kilómetros de Ibahernando,
los jefes de las tres columnas de Yagüe –Tella, Castejón y
Asensio–, y los de otras dos de refuerzo: Barrón y Delgado
Serrano. Para los derechistas de Ibahernando, el peligro parece haber pasado, aunque hasta el final de la guerra los
republicanos resistan en Extremadura y siga inquietando el

pueblo un frente bastante próximo, si bien casi siempre dormido. Pero para los izquierdistas de Ibahernando el peligro persiste: muchos van a pasarse el resto de la guerra temiendo que el coche de los asesinos se detenga de madrugada a la puerta de su casa como un heraldo seguro de la muerte. tromper, chyover

Tampoco han burlado del todo el peligro algunos derechistas convertidos por el golpe, de la noche a la mañana en franquistas o en falangistas (o, más frecuentemente, en ambas cosas a la vez), para quienes por entonces empieza de veras la guerra. A finales de septiembre o principios de octubre se incorporan al ejército sublevado veinticinco de ellos; uno es Paco Cercas, quien parte al frente tras haber ejercido el cargo de alcalde durante poco más de dos meses. Al abuelo paterno de Javier Cercas le acompañan dos tipos de hombres: por un lado, siervos, campesinos con tierra o arrendatarios como él, casi todos los cuales eran hace sólo unos años republicanos, igual que él, pero ahora están asustados por la deriva revolucionaria de la República o por lo que consideran la deriva revolucionaria de la República y sobre todo por la atmósfera de violencia que desde hace meses se respira en Ibahernando; por otro lado, siervos de siervos, campesinos sin tierra, jornaleros adictos al orden, gente humildísima asustada por las tropelías sin esperanza ni propósito de otros siervos de siervos como ellos y traumatizada por el estallido en mil pedazos de la convivencia pacífica en el pueblo. La mayor parte de los integrantes de esta expedición tiene cierta edad, empezando por el abuelo de Javier Cercas, que en aquel momento contaba treinta y seis años y que tuvo que soportar una bronca tremenda de su esposa cuando le anunció que partía al frente: María Cercas le preguntó a voz en grito que si estaba loco, que si se le había olvidado que era un viejo y que tenía tres hijos

equeños, que qué demonios pintaba en la guerra un viejo
con tres hijos pequeños, le dijo que le iban a matar, que a
la guerra tenían que ir los jóvenes o los que no eran tan
viejos como él, que fuera quien quisiera pero que no fuera
él, le preguntó por qué tenía que ser precisamente él quien
fuera. Paco Cercas se agarró a esta última pregunta para
detener el vendaval con una sola respuesta:  *vent violent*

–Porque si no voy yo no va nadie, María.

No sé si la escena sucedió exactamente así, pero exactamente así la contaba un tío de Javier Cercas llamado Julio
Cercas, que se la oyó contar muchas veces a su madre y que
pudo presenciarla aunque no entendiera una sola palabra,
porque en aquel momento era apenas un recién nacido. En
cuanto a la respuesta de Paco Cercas, es posible que fuera
una exageración, el único recurso argumental que encontró a mano para quitarse de encima a su mujer, pero lo
cierto es que algunos hombres que en aquellos primeros
días partieron al frente quizá no lo hubieran hecho sin él y
que, en el curso del episodio de guerra que entonces arrancaba, el abuelo de Javier Cercas ejerció sobre sus veinticua- *24*
tro compañeros, si no una autoridad militar, por lo menos
una autoridad moral.

El grupo se integró en la 3.ª Bandera de Falange de Cáceres, o más bien en los grupos de voluntarios que con el
tiempo terminarían formando esa Bandera. Nada o casi nada
sabemos de estas unidades franquistas de primera hora, porque nadie o casi nadie las ha estudiado, como si no existieran
o como si no interesasen a nadie; los archivos tampoco
ayudan, al menos en este caso: en el Archivo Militar de
Ávila se conserva el Diario de Operaciones de la 3.ª Bandera de Falange de Cáceres, pero sólo a partir de septiembre
de 1937, que es cuando se constituyó de manera oficial. De
forma que, aquí como en otras partes de esta historia de

oscuridades, hay que proceder a menudo por palpación y contar por hipótesis. Algunas cosas, sin embargo, parecen seguras.

Los veinticinco voluntarios de Ibahernando eran un puñado heterogéneo de hombres sin la menor preparación para la guerra, mal vestidos con ropas de civil y mal armados con escopetas de caza que, apenas se encuadraron en su improvisada unidad, fueron enviados hacia Madrid con las columnas de Yagüe. Sus mandos eran militares profesionales, pero su papel era subalterno: en lo esencial consistía en avanzar a la zaga de las tropas coloniales asegurando su retaguardia y sus flancos, facilitando suministros y evacuaciones y respaldando la progresión de las columnas, que fue fulgurante hasta llegar a los alrededores de Madrid. Seguros de que la capital se hallaba a punto de caer y de que la guerra era cosa de unas pocas semanas, los veinticinco pasaron por Navalmoral de la Mata, por Talavera de la Reina, por Navalcarnero, en el mes de noviembre llegaron a Madrid y tomaron posiciones en el frente de Usera, al sur de la capital. Allí permanecieron un tiempo. Es dudoso que alguna vez entraran seriamente en combate; en todo caso, apenas tuvieron que lamentar un herido: un hombre llamado Andrés Ruiz. La campaña, por lo demás, fue breve, y en algún momento de aquel mismo invierno, hacia mediados o finales de enero de 1937, ya estaban todos de nuevo en el pueblo, licenciados y con su guerra particular concluida. Ignoro la causa de ese regreso tan temprano: es probable que, a medida que la guerra avanzaba y se endurecía, y a medida que arreciaba la sospecha de que iba a prolongarse más de lo previsto, para muchos de sus mandos resultara cada vez más evidente la ineptitud de aquellos campesinos entrados en años, inexpertos y armados de cualquier modo, y decidieran relevarlos con destacamentos de voluntarios más jóvenes, dotados de mejor armamento y preparación; pero cabe también la posibilidad de que aquel retorno precipitado fuera una muestra más de las ingenuas pretensiones de independencia que todavía alimentaban algunos falangistas puros al principio de la guerra, obsesionados con la ambición de no ser engullidos por el omnívoro conglomerado franquista: en determinado momento del otoño o el invierno de 1936, el capitán José Luna, falangista de primera hora y jefe provincial del partido en Cáceres, retiró del frente de Madrid, sin pedir permiso ni dar explicaciones a nadie, varias unidades de milicias que operaban bajo su jurisdicción, alegando que algunos oficiales del ejército regular maltrataban a sus integrantes, y la 3.ª Bandera de Falange pudo estar entre ellas. También es posible que ambas conjeturas no sean excluyentes sino complementarias y que las autoridades militares neutralizaran o maquillaran la peligrosa indisciplina de Luna y el retorno de sus voluntarios licenciando a quienes consideraban ineptos para la lucha. Lo cierto es que, durante aquel viaje de retorno a casa desde las trincheras de Madrid, Paco Cercas protagonizó un extraño incidente sobre el que guardó silencio durante el resto de su vida, y que sólo el azar rescató muchos años después, cuando hacía casi setenta de los hechos y el abuelo de Javier Cercas llevaba dos décadas muerto. No, el azar no: Delia Cabrera, la nieta del otro protagonista del incidente. No, Delia Cabrera no: Fernando Berlín, el periodista al que Delia Cabrera contó de viva voz el incidente. Sea como sea, a finales de agosto de 2006 Javier Cercas lo contó por escrito en un artículo titulado «Final de una novela», que dice así: «Fue el periodista Fernando Berlín quien, hace ahora más o menos un año, desenterró los hechos que me dispongo a narrar. Por entonces Berlín había creado una sección en un programa radiofónico donde invitaba a los

oyentes a que contaran historias de la guerra civil. Uno d
los primeros oyentes que llamó era una mujer: tenía alg
más de cuarenta años y su nombre era Delia Cabrera; llama
ba para contar una historia de su abuelo, Antonio Cabrera

»La historia es la siguiente:

»El 18 de julio de 1936 Cabrera era el alcalde socialist
de Ibahernando, un pueblo de la comarca de Trujillo, en l
provincia de Cáceres. Apenas un mes más tarde las tropa
del ejército de África comandadas por el general Franc
llegaron hasta allí después de haber cruzado el estrecho d
Gibraltar gracias a la aviación nazi y de haber arrasado cien
tos de kilómetros y pueblos y ciudades enteros, dejando ;
su paso una estela de miles de cadáveres. El pueblo habí;
caído en manos de los rebeldes a los pocos días de la sublevación, así que los soldados de Franco fueron acogidos con
entusiasmo y, después de abastecerse de víveres y de descansar durante un tiempo, se llevaron consigo a alguno:
falangistas del pueblo y obligaron a algunos republicanos y
simpatizantes o militantes de partidos de izquierdas a sumarse a sus filas en labores de intendencia. Uno de esos
republicanos fue Antonio Cabrera, quien se pasó el resto
de la guerra integrado como soldado raso en el ejército de
sus enemigos. Por entonces no era un hombre joven, pero
sí fuerte, de modo que consiguió sobrevivir a tres años de
marchas inhumanas por toda la geografía española, arras-
trando un mulo cargado de municiones. La derrota definí-
tiva de la República lo sorprendió en Talavera de la Reina,
a apenas ciento cincuenta kilómetros de su pueblo; sor-
prendentemente (o tal vez no: tal vez sólo habían olvidado
su pasado republicano, o consideraban que lo había redi-
mido en la guerra), lo licenciaron, le dijeron que podía
volver a casa, y durante varios días anduvo en busca de un
medio de transporte con que hacerlo, hasta que una mañana

e encontró por casualidad con un paisano de Ibahernando. Cabrera había envejecido, estaba seco y escuálido y presentaba síntomas de extenuación, pero su paisano lo reconoció; Cabrera también reconoció a su paisano: aunque no eran amigos, sabía que se llamaba Paco, sabía que era algo más joven que él, sabía que en los primeros años de la República había sido socialista y que antes de estallar la guerra se había afiliado a Falange, conocía a su familia. Los dos hombres hablaron. El paisano le dijo a Cabrera que al día siguiente partía en un camión de soldados hacia la zona de Ibahernando, y Cabrera le preguntó si habría sitio para él. "No lo sé", contestó el paisano, pero le citó en un lugar y a una hora. Cuando al día siguiente se presentó a la hora y el lugar convenidos, Cabrera comprobó que el camión rebosaba de soldados eufóricos de victoria; también comprobó, con aprensión, que algunos de esos soldados eran de Ibahernando, y que le reconocían. Por un instante debió de dudar, debió de pensar que era más prudente esperar a otro camión; pero cuando Paco le apremió para que montara, la impaciencia por volver a su hogar pudo más que sus cautelas, y montó.

»Al principio el viaje transcurrió sin sobresaltos, pero la progresiva cercanía de su tierra convirtió la euforia triunfal de los soldados en ebriedad y la ebriedad en una jactancia pendenciera que encontró la víctima perfecta: quienes conocían a Cabrera revelaron a los demás que había sido republicano y socialista y alcalde de su pueblo, se burlaron de él, lo injuriaron, le obligaron a celebrar la victoria, le obligaron a cantar el "Cara al sol", le obligaron a beber hasta embriagarse. Por fin, cuando estaban a punto de cruzar un puente sobre el Tajo, algunos soldados decidieron lanzar a Cabrera al vacío. Espantado, en aquel momento Cabrera pensó que iba a morir, y le pareció injusto o ridículo o absurdo correr esa suerte después de haber escapado con vida a tres años de guerra, pero comprendió que las fuerzas ya no le alcanzaban para oponerse a sus verdugos. Fue entonces, mientras el camión entraba en el puente y él sentía un montón de manos feroces levantándole en vilo, cuando oyó a su espalda una pregunta: "¿Qué vais a hacer?". Cabrera reconoció la voz; era la de su paisano Paco, quien tras un instante añadió: "A este hombre le hemos dicho que vamos a llevarle a su casa, y eso es lo que vamos a hacer".

»Ahí acabó todo: los soldados soltaron a Cabrera y él llegó sano y salvo a su pueblo.

»Eso fue todo: todo lo que le contó Delia Cabrera a Fernando Berlín. Bueno, todo no. Cuando terminó de contar su historia, Delia agregó: "El hombre que salvó la vida a mi abuelo se llamaba Francisco Cercas, todo el mundo le llamaba Paco y era el abuelo paterno de Javier Cercas, el autor de *Soldados de Salamina*".

»*Soldados de Salamina* es una novela que gira en torno a un minúsculo episodio ocurrido al final de la guerra civil, en el que un anónimo soldado republicano salvó la vida de Rafael Sánchez Mazas, poeta, ideólogo y jerarca falangista.

»Poco después de que Delia Cabrera le contara a Berlín la historia enterrada de su abuelo Antonio y mi abuelo Paco, hablé en la radio con ella, con Berlín y con Iñaki Gabilondo, director y presentador del programa radiofónico donde se emitía la sección de Berlín. A cierta altura de la conversación Gabilondo me preguntó si me había inspirado en aquella historia de mi abuelo para escribir *Soldados de Salamina*. Le dije que no. Luego me preguntó si, antes de que Delia Cabrera se la hubiera contado a Berlín, yo conocía la historia. Le dije que no. También me preguntó si la conocía mi padre –le dije que no– o alguien de mi familia –le dije que no–. Perplejo, Gabilondo preguntó entonces:

"¿Y por qué crees que tu abuelo no le contó a nadie esa historia?". Durante un segundo interminable no supe qué contestar. Recordé a mi abuelo Paco encerrado día y noche en su cobertizo, al fondo del corral de su casa de Ibahernando, muy viejo y enjuto y ensimismado en la tarea minuciosa de fabricar con madera de encina miniaturas inútiles de carros, arados y demás utensilios de labranza. Recordé un atardecer de hace treinta y cinco o cuarenta años, cuando yo era un niño: mis abuelos, algunas de mis hermanas y yo habíamos salido en un taxi desde Collado Mediano, un pueblo próximo a Madrid donde vivía mi tío Julio, hacia Ibahernando, y en algún momento, cuando pasábamos junto a Brunete y ya estaba cayendo la noche y yo empezaba a adormilarme en el regazo de mi abuelo, éste hizo un gesto hacia el horizonte y salió de su silencio como si no saliera de su silencio sino como si llevara mucho rato hablando conmigo: "Mira, Javi —dijo en un susurro—. Ahí estaban las trincheras". Recordé otro atardecer, éste más cercano en el tiempo, aunque tampoco mucho, más o menos por los años en que España empezaba a emerger de la sima de décadas de una dictadura que mi abuelo había contribuido a su modo a cavar y se asomaba insegura y con miedo a la democracia: como cada tarde de verano, mientras mi abuelo permanecía encerrado en su cobertizo, en el portalón de su casa nos reuníamos a conversar familiares, amigos y vecinos; aquella tarde se hablaba de política, y hacia el anochecer mi abuelo apareció en el portalón, dispuesto a salir a dar su paseo diario y, mientras se entretenía un momento saludando a quienes estábamos allí, alguien le preguntó qué opinaba de lo que estaba ocurriendo en España. Entonces mi abuelo hizo una mueca o un gesto levísimo, que no acerté a descifrar (algo que, me pareció, estaba a medio camino entre un encogimiento de hombros y una sonrisa sin alegría), y antes de seguir su camino dijo "A ver si esta vez sale bien". Recordé todo esto mientras Gabilondo aguardaba mi respuesta, mientras yo me preguntaba, como Gabilondo, por qué mi abuelo no le había contado a nadie que una vez había sido valiente y había salvado la vida de un hombre, y fue en aquel preciso instante cuando comprendí que las novelas son como sueños o pesadillas que no se acaban nunca, sólo se transforman en otras pesadillas o sueños, y que yo había tenido la fortuna inverosímil de que al menos una de las mías acabara, porque aquél era el verdadero final de *Soldados de Salamina*. Así que, con alegría, con un alivio inmenso, le contesté a Gabilondo: "No lo sé"».

Hasta aquí, el artículo de Cercas. O casi: he suprimido pasajes superfluos, realizado alguna indispensable precisión, atenuado algún énfasis sentimental; no he querido omitir, en cambio, cinco errores factuales, de bulto, que no hay que achacar a la novelería natural de su autor, a su incurable predilección de literato por la leyenda vagarosa frente a la historia segura, sino a su negligencia o su ignorancia. Primer error: Antonio Cabrera no era el alcalde socialista de Ibahernando en julio de 1936, al estallar la guerra; lo fue, pero de 1933 a 1934, mediada la República, y durante casi tres meses de 1936: exactamente, del 21 de febrero al 16 de mayo de 1936, cuando, poco antes del golpe de Estado, fue sustituido por Agustín Rosas. Segundo error: en su marcha hacia Madrid las tropas de Franco nunca pasaron por Ibahernando, sino por Trujillo, y no hicieron en el pueblo nada de lo que Javier Cercas dice que hicieron; es verdad, no obstante, que el antiguo alcalde socialista fue obligado a acompañar a sus enemigos y a asistirlos en labores de intendencia, aunque no lo hizo durante toda la guerra —éste es el tercer error—, sino sólo durante unos meses, lo que xplica que su regreso del frente coincidiera con el de Paco Cercas y sus compañeros, a finales de 1936 o principios de 1937. Cuarto error: no hay ninguna constancia de que Paco Cercas, que sin duda conocía al hombre a quien salvó la vida mucho mejor de lo que su nieta pensaba, fuese antes de la guerra un socialista de carnet, ni siquiera de que entonces se afiliase a Falange; sí la hay, en cambio, de que se afilió después, e incluso de que el 14 de abril de 1937, al cabo de pocos meses de su retorno a casa, fue nombrado jefe local de Falange. Quinto y último error: Paco Cercas no combatió en la batalla de Brunete, como siempre creyó Javier Cercas, sin duda porque lo dedujo del hecho de que, en el atardecer infantil que evoca el artículo, su abuelo fuera capaz de señalarle dónde se hallaban las trincheras, y porque nunca se ocupó de verificar si aquella deducción era exacta, ni nadie se la desmintió; la realidad es que Paco Cercas sólo estuvo en la batalla de Madrid, y que si conocía las trincheras de la de Brunete era porque, muchos años después de acabada la guerra, visitó varias veces las que se conservan entre Villanueva de la Cañada y Brunete con su hijo Julio, que vivía cerca de ellas, en Collado Mediano. Por lo demás, estos errores no agotan el desconocimiento que Javier Cercas tiene de la vida de su abuelo, o que al menos tenía cuando escribió su artículo. En aquel momento no sabía, por ejemplo, que en realidad su abuelo había sido jefe local de Falange durante un período bastante breve: más o menos dos años, desde la primera mitad de 1937 hasta la primera mitad de 1939. Tampoco sabía que, al terminar la guerra, por la época en que su abuelo abandonó el mando de Falange en Ibahernando, otra guerra se había desencadenado en el pueblo, una guerra política entre viejos y jóvenes, entre falangistas puros y franquistas pragmáticos, una despiadada batalla de poder que terminaron perdiendo los primeros, entre los que se contaba su abuelo. No sabía que hasta el final de sus días su abuelo consideró a los vencedores como una banda de arribistas y desaprensivos, sino de maleantes, y que nunca dejó de profesar por ellos un desprecio incondicional. No tenía ni idea de que, antes o después de esa derrota, su abuelo no sólo había abandonado su cargo en Falange sino la propia Falange, y que en toda su vida no había vuelto a pertenecer al partido único. Y menos aún sabía que su rechazo taxativo de la Falange se había doblado con un rechazo taxativo de la política, que nunca había vuelto a ocupar un cargo político y que, mientras los vencedores de aquella guerra de vencedores de la guerra monopolizaban el poder en el pueblo durante el resto de la dictadura, su abuelo se marchó con su mujer y sus hijos de Ibahernando y, aunque siempre conservó su casa en el pueblo, vivió primero en Cáceres y luego en Mérida, arrendando aquí y allá parcelas de terreno cultivable en las que trabajaba de sol a sol para satisfacer su anhelo intransigente de que sus tres vástagos estudiaran en la universidad. No sabía que, tras su desengaño de Falange, jamás permitió que sus hijos se afiliasen a esa organización ni tuviesen nada que ver con ella, a pesar de que era el primer instrumento de socialización juvenil durante la dictadura. No sabía en fin que, además de decepcionarse del franquismo, su abuelo se decepcionó de las ideas que le llevaron a la guerra (suponiendo que fueran las ideas y no un impulso mucho más elemental lo que le llevó a la guerra), aunque es imposible saber hasta dónde alcanzaron ambas decepciones. Por no saber, ni siquiera sabía que, a pesar de que le separaban de Manuel Mena casi veinte años de edad, en algún momento de la guerra su abuelo había trabado con él una amistad lo bastante firme como para invitarlo a comer en su casa cada vez que regresaba del frente.

*réussir /être reçu*

El estallido de la guerra sorprendió a Manuel Mena en Ibahernando. Había cumplido diecisiete años, acababa de aprobar con notas brillantes el último curso del bachillerato en Cáceres y se disponía a estudiar primero de derecho en Madrid. Pasaba las vacaciones en casa de su madre, con sus tres hermanos solteros y dos de sus sobrinos: Blanquita, que contaba cinco años y era hija de su hermano Juan, y Alejandro, que contaba siete años, era hijo de su hermana María y compartía habitación con él. El año vivido en Cáceres había terminado de alejarle de sus amigos de infancia, así que su verano debía de transcurrir entre conversaciones con don Eladio Viñuela, lecturas de libros y revistas sacados de su biblioteca y paseos con su mentor y con Alejandro, que lo acompañaba a todas partes; también se había vuelto inseparable de un chaval de su quinta, llamado Tomás Álvarez, que era hermano menor del cura de Ibahernando y que desde antes de la guerra pasaba largas temporadas en el pueblo. Es imposible que, por muy aislado que viviese en Ibahernando, Manuel Mena no respirase allí la atmósfera de preguerra que se respiraba en todo el país, que no intuyese que aquella situación no podía prolongarse mucho tiempo y que no sintiese la inminencia del estallido violento o del golpe militar que todo el mundo sentía; no hay duda de que, cuando por fin se sublevó el ejército, él aprobó la sublevación y celebró el fin de la legalidad republicana en el pueblo; tampoco hay duda de que decidió ir a la guerra en cuanto la desencadenó el fracaso del golpe.

Su madre lo adivinó de inmediato y, quizá sabiendo que no podría evitarlo, intentó evitarlo. Los diálogos entre madre e hijo de aquellas primeras semanas de guerra constituyeron durante años uno de los capítulos más nutridos de la leyenda de Manuel Mena. Cuentan que su madre le repetía que no tenía edad para pelear en la guerra y que ella estaba viuda y era pobre y le quedaban dos hijas por casar, y que no podía abandonarla en aquellas circunstancias; cuentan que le recordaba que era la gran esperanza de la familia, que ella y sus hermanos le habían preservado del trabajo en el campo para que no se quedase encerrado como ellos en el pueblo y saliese al mundo y estudiase una carrera universitaria y tuviese un futuro digno, y que iba a poner todo eso en peligro si se marchaba a la guerra; cuentan que le decía que era su hijo más querido y su paño de lágrimas, y que le preguntaba qué iba a ser de ella si lo mataban; cuentan que insistió, que rogó, que suplicó, que le coaccionó con todos los medios de que disponía. También cuentan que Manuel Mena se mostró sereno y resuelto y que, aunque intentó apaciguar su inquietud, jamás le dio la más mínima esperanza de que acabara cediendo a sus ruegos. Cuentan que Manuel Mena le contestaba a su madre que su obligación era ir a la guerra, que no podía esconderse en casa mientras otros como él se jugaban la vida en el frente, que debía estar a la altura y dar la talla y no arrugarse, que iba a defenderla a ella, a sus hermanas, a sus hermanos y a sus sobrinos, que sólo iba a hacer lo que ya estaban haciendo los demás, pelear por lo que era justo, por su familia, por su patria y por Dios; cuentan que le decía: «No te preocupes, madre: si vuelvo, volveré con honor; si no vuelvo, un hijo tuyo le habrá entregado su vida a la patria, y no hay nada más grande que eso. Además —concluía—, si me matan te darán una paga tan buena que no tendrás que volver a preocuparte por nada». Todo esto le decía Manuel Mena a su madre, pero la frase que más le repitió no era un intento anticipado de consolarla sino un ruego.

—Madre —le decía—, si me matan sólo te pido una cosa: que nadie te vea llorar.

Manuel Mena partió por fin hacia el frente un amanecer de principios de octubre de 1936, más de dos meses después del inicio de la guerra. No sé si alguien lo vio salir del pueblo; no sé si iba solo o si alguien lo acompañaba en su fuga. Sé que, antes de marcharse, intentó en vano que su amigo Tomás Álvarez lo acompañase. Sé que se marchó en secreto, sin pedir permiso a nadie ni despedirse de nadie, al menos de nadie de su familia: ni de su madre ni de sus hermanos ni de sus sobrinos. Horas o días después, el 6 de octubre, ingresó como voluntario en la 3.ª Bandera de Falange de Cáceres, precisamente la misma unidad en la que, meses atrás, habían ingresado los primeros veinticinco voluntarios del pueblo, entre ellos Paco Cercas. Ignoro si el hecho es casual. Hay quien sostiene que en alguna ocasión le oyó hablar (a él o a alguien próximo a él) de su presencia en el frente de Madrid al principio de la guerra; hay quien sostiene que Manuel Mena y otros jóvenes voluntarios como él fueron enviados a Madrid para tomar el relevo de Paco Cercas y de sus viejos voluntarios de primera hora; hay quien sostiene que fue entonces y allí cuando Paco Cercas y él se hicieron amigos. Tampoco lo sé. Éste es el tramo más incierto de la vida de Manuel Mena. Lo único que sabemos de él es lo poco que se sabe de los hechos de guerra en que tomó parte su unidad desde octubre de aquel año hasta julio del año siguiente, cuando dejó de operar con ella.

Durante esos nueve meses la actividad bélica de la 3.ª Bandera de Falange fue muy escasa. Suponiendo que llegara a combatir en Madrid, regresó muy pronto a Extremadura, y en seguida la destinaron a la zona de Miajadas, Rena y Villar de Rena, en la provincia de Badajoz, donde

se había estabilizado el frente extremeño al terminar e
descontrol de las primeras semanas de guerra con la paz de
cementerio que impuso el paso por la zona de las columnas
africanas de Yagüe. Era un frente inactivo, que apenas registró más que escaramuzas sin trascendencia hasta julio de
año siguiente, justo cuando Manuel Mena lo abandonó
Todo indica que en aquellos primeros meses de hostilidades, vibrantes de exaltación bélica y entusiasmo colectivo
Manuel Mena era un soldado tan sediento de gloria y de
batallas como el teniente Drogo en *El desierto de los tártaros*
un joven idealista e intoxicado con radiantes discursos sobre el romanticismo del combate y la belleza purificadora
de la guerra; todo indica que la pasividad y la atonía que
reinaban en el frente extremeño donde Manuel Mena pasó
aquel año esperando a los republicanos no debían de ser
muy distintos de la atonía y la pasividad que reinaban en la
fortaleza Bastiani, donde se le fue la vida al teniente Drogo
esperando a los tártaros. No era ésa la idea que Manuel
Mena tenía de la guerra, para eso no se había presentado
voluntario, así que debió de empezar a buscar muy pronto
un destino más acorde con sus expectativas.

Si así fue, no tardó en encontrarlo. El ejército franquista
padecía desde el principio de la guerra un déficit lacerante
de jefes y oficiales; para paliarlo, Franco improvisó un cuerpo integrado por jóvenes universitarios que, tras un cursillo
de apenas dos semanas de duración, alcanzaban el grado de
oficial. De este modo se crearon a lo largo de los tres años
de conflicto casi treinta mil alféreces provisionales, casi dos
tercios de la oficialidad de campaña franquista. Rodeado
desde muy pronto por una aureola épica, para la propagan-
da franquista el alférez provisional no tardó en convertirse
en el prototipo del héroe: era joven, valiente, idealista, ge-
neroso y arrojado y, con su disposición permanente al sa-

crificio, constituía la columna vertebral del ejército rebelde. «Alférez provisional, cadáver efectivo», se decía con razón: durante toda la guerra murieron más de tres mil alféreces provisionales, un diez por ciento del total. En marzo de 1938, meses antes de que Manuel Mena cayera en combate, José María Pemán, poeta oficial franquista y alférez provisional honorario, estrenó en el teatro Argensola de Zaragoza un drama titulado *De ellos es el mundo*, donde trató de inmortalizar la figura del alférez provisional con versos que en seguida corrieron de boca en boca:

> *Alférez… provisional.*
> *Triste y bella cosa por*
> *su misma fragilidad.*
> *Como una flor en el viento,*
> *como un vaso de cristal,*
> *soy español por alférez*
> *y más… por provisional.*
>
> *Yo aquí, ofreciéndote, España,*
> *veinte años, igual*
> *que veinte dalias frescas,*
> *y la Muerte*
> *de jardinero detrás.*

A principios de julio de 1937 Manuel Mena ingresó en la Academia Militar de Granada, de donde salió a principios de septiembre con el grado de alférez provisional; eso era lo que duraban por aquella época los cursillos de preparación: no dos semanas, como al principio de la guerra, sino dos meses. Para entonces Manuel Mena había cumplido dieciocho años y llevaba medio en el frente, dos de los tres requisitos exigidos para aspirar al grado de alférez; el otro consistía en poseer el título de bachiller, cosa que Manuel Mena poseía desde el verano anterior. Tras el tedio y la inacción del frente extremeño, la vida castrense en Granada debió de gustarle, rodeado como estaba por estudiantes como él y halagado por la gente de la ciudad, que se paraba a admirar a los cadetes y los ovacionaba cuando desfilaban por la Gran Vía en dirección a la Academia o al campo de instrucción mientras ellos cantaban:

*Cuando los cadetes – salen de instrucción*
*todas las muchachas – salen al balcón.*
*Si miras arriba – les vas a ver las ligas,*
*te van a castigar – corre, corre, corre con carrera mar.*

La Academia se hallaba ubicada en un antiguo seminario de jesuitas rodeado de bosque. Allí se preparaban los futuros alféreces con una disciplina estricta y una rutina invariable. Manuel Mena se levantaba cada día de madrugada, y a las seis de la mañana ya estaba realizando ejercicios de campaña, de tiro al blanco y de táctica en los cerros que se alzan detrás de la Alhambra, desde donde se veía, abajo, la ciudad, y arriba Sierra Nevada. Al mediodía regresaba a la Academia y almorzaba con sus compañeros en un vasto refectorio con un púlpito destinado a la lectura, que nunca se usaba. Las clases de la mañana eran prácticas y las impartían instructores alemanes que apenas chapurreaban el castellano, mientras que las de la tarde eran teóricas y las impartían instructores españoles que enseñaban táctica, logística, régimen interior, justicia militar y moral y religión. Los cadetes cobraban trescientas veinte pesetas al mes; Manuel Mena contó alguna vez que un veterano le advirtió al recibir su primer sueldo: «El primero es para el uniforme, pirulo; el segundo, para la mortaja». «Pirulo» era el nombre que los cadetes veteranos reservaban para los bisoños, a quienes durante las primeras semanas martirizaban a punta de novatadas; «padrecito» era el nombre que los cadetes veteranos reservaban para sí mismos.

Los últimos días en la Academia acostumbraban a ser de gran nerviosismo, porque una norma de la institución consistía en no aceptar repetidores y por tanto los aspirantes a oficial debían superar a la primera los exámenes; éstos, por fortuna para los cadetes, no se distinguían por su exigencia, así que la mayoría los aprobaba. Manuel Mena era religioso sin beatería, pero es más que probable que, una vez aprobado el cursillo, acudiera junto a sus compañeros al santuario de la Virgen de las Angustias con el fin de ofrecer su estrella de alférez a la Virgen y pedirle fuerza para él y para su familia, porque los cadetes consideraban un ritual casi obligado esa visita. No creo que solicitase como destino los Tiradores de Ifni, una unidad casi desconocida, pero es posible que solicitase los Regulares, un cuerpo creado en África y formado en lo esencial por tropas indígenas, al que pertenecían los Tiradores de Ifni: el cuerpo de Regulares era al fin y al cabo uno de los más codiciados por los alféreces; de todos modos, solicitase lo que solicitase al final no fue él sino el ejército quien, de acuerdo con sus propias necesidades, eligió su destino. Sin duda juró bandera en una ceremonia con misa de campaña, música militar, desfile y discursos patrióticos, pero no sé dónde tuvo lugar (pudo ser en la propia Granada, aunque también en cualquiera de las capitales andaluzas), y es casi seguro que a ella asistió el general Gonzalo Queipo de Llano, jefe del Ejército del Sur. Es casi seguro también que después de la jura se celebró un banquete de hermandad con la asistencia de los oficiales recién nombrados y sus instructores, y que por la noche, al terminar la fiesta, Manuel Mena emprendió viaje hacia

Ibahernando para disfrutar allí de una semana de permiso antes de incorporarse en el frente a su nueva unidad.

Dos anécdotas conseguí rescatar de aquel primer regreso a casa como alférez de Manuel Mena; más que dos anécdotas son dos escenas, dos momentos que, casi ochenta años después, aún sobrevivían en el recuerdo de dos de sus testigos. La primera la presenció Blanca Mena, la madre de Javier Cercas, en casa de su abuela Carolina durante la tarde dichosa en que Manuel Mena llegó de Granada con su diploma de oficial bajo el brazo. A sus ochenta y cinco años Blanca Mena conservaba un recuerdo intacto del comedor alborotado por la aparición deslumbrante de su tío, por el regocijo lloroso de su abuela Carolina y por el escándalo de las amigas y conocidas de Manuel Mena –Isabel Martínez, María Ruiz, Paca Cercas–, que acudían desde todos los rincones del pueblo para celebrar al héroe recién llegado, chicas de la edad de Manuel Mena que revoloteaban en torno a él con un guirigay de gineceo, nerviosas y risueñas, atosigándole a preguntas sobre la Academia y Granada y la guerra mientras su abuela intentaba atenderlas y compartía con ellas la exultación del retorno de su hijo; Blanca Mena se recordaba asida con una mano a la guerrera de Manuel Mena y con la otra a la empuñadura o la vaina de su sable de alférez, encandilada por aquel tumulto de bienvenida, y recordaba a Manuel Mena con el petate sin deshacer a sus pies, alto, joven y distinguido como un príncipe, enfundado en su impecable y blanquísimo uniforme –la gorra de plato con la estrella dorada de oficial, la corbata negra, los galones negros con estrellas y alamares dorados, la guerrera sin una arruga y los pantalones rectilíneos, la botonadura dorada y los zapatos relucientes–, prodigando sonrisas en medio del bullicio, quitándole importancia a sus meses de instrucción en la Academia, a su flamante grado de alférez y al horror de la guerra, y haciendo bromas que todo el mundo celebraba con estrépito. En cuanto a la segunda anécdota, fue Alejandro García, tío de Javier Cercas, quien hace poco se la contó al novelista. Ya he consignado que Alejandro García era sobrino de Manuel Mena y que durante años compartió habitación con él en casa de su abuela Carolina; también que, cuando Manuel Mena volvía de estudiar en Cáceres o de combatir en el frente, él le acompañaba a todas partes, cogido de su mano y fiel como un perro: Alejandro recordaba por ejemplo que a veces iba con su tío a escuchar la radio a casa de un hombre apodado Conejo, el único o casi el único del pueblo que poseía una, y que otras veces, a la hora de comer, le acompañaba hasta la casa de don Eladio Viñuela, en la Plaza, o hasta la de Paco Cercas, en la Fontanilla, y que, siguiendo al pie de la letra sus instrucciones, volvía a buscarlo al cabo de hora y media, o al cabo de dos, cuando la comida había terminado o cuando calculaba que habría terminado. Más o menos lo mismo es lo que debieron de hacer durante aquella semana de permiso que Manuel Mena disfrutó en el pueblo. De ella recordaba Alejandro dos cosas. La primera es que Manuel Mena le trajo un obsequio de Granada: una Alhambra de escayola. La segunda es la anécdota a la que me refería.

Ocurrió dos o tres días antes de que Manuel Mena regresara al frente, ya como oficial del Primer Tabor de Tiradores de Ifni. Aquella tarde Alejandro estaba jugando a la puerta de la casa de su abuela Carolina mientras Manuel Mena leía en el patio. De repente, contaba Alejandro, él sintió que algo anómalo sucedía en el aire o en el cielo —como si las nubes hubieran cubierto bruscamente el sol y hubiera cambiado el color de la tarde, provocando un anochecer prematuro o un presagio lumínico de cataclismo—, y se volvió hacia el poniente. Lo que vio le dejó atónito.

A pesar de que faltaban horas para la noche, el sol parecía querer esconderse detrás de los últimos tejados del pueblo; su resplandor, sin embargo, no había desaparecido, o no del todo: a la derecha quedaba todavía una pincelada de luz amarilla e irreal, pero la mayor parte del horizonte estaba teñida de rojo, un rojo no menos irreal que el amarillo, rosado a la izquierda y muy intenso a lo lejos y frente a él, cada vez más intenso y más invasor, igual que si se estuviera gestando en el cielo una tormenta de sangre. De pronto Alejandro salió de su hechizo y dio un grito de alarma que atrajo a un puñado de familiares y vecinos; entre ellos, naturalmente, se encontraba Manuel Mena. Alejandro contaba que de entrada la sorpresa enmudeció al grupo, pero que en seguida la gente empezó a comentar el espectáculo, a arriesgar hipótesis, a discutir en voz alta; el único que permanecía inmóvil y en silencio ante el horizonte incendiado era Manuel Mena. Alejandro se acercó a él y le cogió de la mano. Más ansioso que intrigado, preguntó:

—Eso es la guerra, ¿verdad, tío?

—No —contestó Manuel Mena—. Es la aurora boreal.

## 7

—¿Te fijaste? —preguntó David Trueba—. Cada vez que mencionabas a Manuel Mena, El Pelaor se ponía nervioso.

Ya hacía un rato que habíamos salido de casa de El Pelaor y habíamos abandonado Ibahernando cruzando el Pozo Castro y la Plaza, alumbrada a aquella hora por el resplandor esférico de un par de farolas y el resplandor cuadrado de las ventanas del bar, a través de las cuales vislumbré a hombres de pie frente a la barra y a hombres sentados y jugando a las cartas. Luego nos adentramos en la noche cerrada de la estrecha carretera de Trujillo y tomamos la autovía de Madrid en el cruce de La Majada, el restaurante donde habíamos comido al mediodía. Teníamos previsto dormir en Trujillo, pero aún no eran las nueve y calculamos que podíamos estar en Madrid a una hora razonable, así que al llegar al desvío de Trujillo decidimos seguir adelante por la autovía mientras dejábamos a nuestra izquierda Cabeza del Zorro, el promontorio sobre el que se levanta la villa, con las murallas y los torreones medievales del castillo iluminados en la oscuridad. Hasta entonces no habíamos dicho una sola palabra sobre las dos horas y media de conversación que acabábamos de mantener con El Pelaor, en presencia de su hija y su yerno, y yo había atribuido el silencio de David al desinterés por lo que había estado filmando; de su comentario deduje que la razón era la contraria, así que contesté en seguida que yo también me había fijado en lo que se había fijado él.

–No paraba de mover la muleta a un lado y a otro –añadí, refiriéndome a El Pelaor.

–Como para extrañarse –dijo David–. Matan a tu padre como a un perro, sin saber quién ni por qué, y tienes que enterrarlo a escondidas y sin que nadie le diga una miserable oración. Qué horror. En cambio, Manuel Mena fue a la guerra porque quiso, murió peleando como un hombre y a su funeral asistió el pueblo entero. En Ibahernando, Manuel Mena era un héroe, y el padre de El Pelaor no era nada, menos que nada, un rojo al que habían dado su merecido. Pobre Pelaor: casi ochenta años sin contarle esa historia a nadie, casi ochenta años con eso dentro. No sé tú, pero yo tuve todo el tiempo la impresión de estar delante de un hombre que lleva la vida entera enfermo y que ni siquiera sabe que está enfermo.

–Esa misma impresión tuve yo –reconocí–. Y también tuve la impresión de que hablaba de la guerra como si hubiera sido una catástrofe natural.

–Puede ser –admitió David–. Así hablan de la guerra muchos viejos que la vivieron, sobre todo en los pueblos. Pero me parece que eso El Pelaor lo hacía más bien adrede, para disimular.

–¿Para disimular?

–Tu familia era una de las familias de derechas del pueblo, ¿no? O sea: la gente que se había puesto del lado de Franco; en fin: la gente que había matado a su padre. Por mucho que El Pelaor hablase bien de ellos, por mucho que los apreciase, eso es lo que eran. ¿Y no querrás que le cuente lo que piensa de verdad de la guerra y de Manuel Mena a un miembro de esa familia, que es lo que tú eres?

¡Pero si no se lo cuenta ni a sus propias hijas…! Por eso ha hablado con el freno de mano puesto, hombre. Y no me digas que hace casi ochenta años de la guerra porque para ese hombre la guerra no ha pasado; o por lo menos el franquismo, que al fin y al cabo fue la continuación de la guerra por otros medios. Más claro no te lo ha podido decir.

—Sí —convine—. Yo también creo que ese hombre sabe más de lo que nos ha contado.

—Más no: muchísimo más —subrayó—. Como mínimo sobre la guerra y sobre Manuel Mena.

Volví a darle la razón y, quizá temiendo que David cambiase de tema, añadí lo primero que me pasó por la cabeza:

—¿No te pareció que podía echarse a llorar en cualquier momento?

David apartó la vista de la autovía para mirarme con cara de incomprensión o de sorpresa.

—¿Quién, El Pelaor? —preguntó; en seguida volvió la vista hacia delante—. Me juego mis pelotas a que no llora nunca.

Pensé en mi madre, que había llorado tanto al morir Manuel Mena que agotó de por vida sus reservas de llanto, y entendí que David tenía razón.

—Tienes razón —dije—. A ese hombre seguro que se le acabaron las lágrimas cuando mataron a su padre.

—Seguro —asintió David—. Y, por cierto, ¿no has pensado una cosa?

En silencio me pregunté si la diferencia fundamental que separa a las personas no es la que separa a las que todavía pueden llorar de las que ya no pueden llorar; también en silencio me pregunté cuántas personas habían dejado de llorar durante la guerra. En voz alta pregunté:

—¿Qué cosa?

—Que quizá El Pelaor no ha aceptado hablar contigo para contarte la historia de Manuel Mena.

Intenté procesar la afirmación de David, pero fue en vano.

—No entiendo —dije.

Chasqueó la lengua con cara de fastidio.

—Vamos a ver —empezó, pedagógico—. Ese hombre se ha pasado casi ochenta años callado, sin hablar de la guerra ni con sus hijas, ¿y de verdad crees que se va a poner a hablar del héroe franquista del pueblo así como así y por las buenas, y encima contigo, que eres el sobrino nieto del héroe franquista del pueblo? Y una mierda. Ha aceptado hablar contigo para contarte la historia de su padre, para que la historia del asesinato de su padre no se quede sin contar, para que cargues con esa historia y la cuentes. A lo mejor él no era del todo consciente de haberlo hecho por eso, pero lo ha hecho por eso. No te quepa duda. ¿O es que no ha sido él el que ha sacado a colación la historia? Y, por cierto, ¿quién hablaba de responsabilidad? ¿Hannah Arendt? Pues toma responsabilidad.

La autovía estaba casi desierta. Era una noche sin luna, y a izquierda y derecha de la calzada los campos de encinas se hallaban sumidos en una oscuridad casi hermética. Largas como cuellos de jirafa o girasoles gigantescos plantados en los márgenes de la autovía, las farolas propagaban una luz color butano, pero había trechos sin farolas, o en los que las farolas no estaban encendidas, donde las tinieblas colonizaban por completo la calzada y donde sólo parecían luchar contra su tiranía los focos de nuestro coche y los de los escasos coches que de vez en cuando brotaban de la oscuridad, viniendo de frente por el carril contrario, antes de perderse de nuevo a nuestras espaldas, o los focos de los coches aún más escasos que nos adelantaban por el carril de al lado. David había fijado el control de velocidad a ciento veinte kilómetros por hora y conducía sin tensión, recostado en su asiento, cogiendo el volante por la parte de abajo (o más bien acariciándolo), con la vista clavada fuera, en la autovía, aunque la impresión que daba era que no miraba fuera sino dentro: no lo que estaba viendo sino lo que estaba pensando. Debía de haber puesto la radio o un cedé, porque se oía a volumen muy tenue una melodía que me sonaba pero que no reconocí. Habíamos dejado de hablar de El Pelaor y hablábamos de Manuel Mena.

—Antes la gente tenía una idea muy distinta de la guerra —dijo en algún momento mi amigo; unida al resplandor del salpicadero, la luz intermitente de las farolas creaba en el interior del coche una atmósfera irreal de estanque o acuario—. Se nos ha olvidado, pero es así. En realidad, la gente casi siempre ha pensado que las guerras son útiles, que sirven para arreglar los problemas. Eso es lo que los hombres hemos pensado durante siglos, durante milenios: que la guerra es algo terrible y cruel pero noble, el lugar donde damos la auténtica medida de nosotros mismos. Ahora esto nos parece una gilipollez, un delirio de tarados, pero la verdad es que hasta los artistas más grandes lo pensaban. No sé, tú ves *La rendición de Breda*, con el campo de batalla todavía humeante y toda esa gente tan caballerosa, tan digna en la derrota y tan magnánima en la victoria, y te dan ganas de estar allí aunque sea como un derrotado: ¡joder, pero si hasta los caballos parecen inteligentes y generosos! En cambio, tú ves *Los fusilamientos del 3 de mayo*, o *Los desastres de la guerra*, y se te ponen los pelos como escarpias y de lo único que te entran ganas es de salir corriendo. Claro, nosotros ya sabemos que Goya está mucho más cerca de la realidad que Velázquez, pero lo sabemos desde hace poco;

o quizá simplemente es que Goya pinta la guerra tal como es, mientras que Velázquez la pinta tal como nos gustaría que fuera, o tal como durante siglos nos imaginamos que era. Sea como sea, seguro que cuando se fue a la guerra Manuel Mena tenía una idea de ella mucho menos parecida a la de Goya que a la de Velázquez, que es la idea de la guerra que siempre han tenido los jóvenes antes de ir a la guerra.

Fue entonces cuando David sacó a colación un cuento de un escritor serbio, Danilo Kiš, titulado «Es glorioso morir por la patria». Lo hizo, estoy seguro, porque la historia de Manuel Mena se lo recordó, aunque no sé exactamente por qué se lo recordó; lo hizo porque el protagonista del cuento de Kiš es un joven guerrero que muere joven y de forma violenta, como Manuel Mena, aunque quizá también lo hizo porque quería decirme algo que no acabó de decirme o que no se atrevió a decirme o que me dijo pero no abiertamente y que en aquel momento no entendí. Insisto en que no lo sé. Lo que sí sé es que el cuento le encantaba y que años atrás había pensado en adaptarlo al cine; por eso lo había leído muchas veces.

—La historia transcurre en un lugar y en un tiempo indefinidos —empezó a contar, eligiendo cada palabra con cuidado—. Indefinidos adrede, claro: estamos en Europa, se habla de un imperio y un Emperador y se insinúa que los dos son españoles, pero también se menciona a los *sans-culotte* y a los jacobinos, que existieron cuando ya no había ningún imperio español en Europa. En fin… El protagonista del relato, o más bien el protagonista visible, se llama Esterházy, es conde y tiene la misma edad que tenía Manuel Mena cuando murió. Más o menos. Esterházy pertenece a una familia tan noble y tan antigua como la del Emperador, que le ha sentenciado a la horca por intervenir en una insurrección popular contra él. La acción empieza poco antes de que la sentencia se cumpla. Un día Esterházy recibe en su celda de condenado la visita de su madre, una aristócrata altiva y orgullosa de la nobleza de su estirpe. Hablan un rato, y el chaval le anuncia a su madre que está preparado para morir. Eso dice. Aunque es posible que la madre no le crea. La prueba es que le da ánimos y que trata de infundirle coraje para que no se hunda, para que no desfallezca y mantenga la dignidad en aquel trance terrible; es más: le asegura que va a suplicar el perdón del Emperador y que está dispuesta a arrojarse a sus pies para conseguirlo; y le dice a su hijo que, si lo consigue, el día de su ejecución la verá vestida de blanco en un balcón, mientras a él lo llevan al cadalso, y que ésa será la señal de que está salvado y de que el indulto del Emperador llegará a tiempo. –David hizo aquí una pausa, igual que si hubiese olvidado cómo seguía la historia o igual que si acabara de darse cuenta de algo que hasta entonces había pasado por alto–. El caso es que durante su estancia en la cárcel –continuó– la principal preocupación de Esterházy consiste en mantener sus formas de aristócrata hasta el último instante, lo que le obsesiona es que nadie le vea derrumbarse ni tener miedo ni dar señales de debilidad cuando llegue el momento de la muerte. Así es que el día de su ajusticiamiento el conde se levanta al amanecer, después de pasar la noche en vela, y hace todo lo que tiene que hacer manteniendo la compostura: reza, se fuma un último cigarrillo, deja que le aten las manos a la espalda como a un salteador de caminos y sube al carruaje que conduce hasta el patíbulo. Y, sí, durante su trayecto hacia la horca hay momentos en que parece que el miedo va a poder con él, pero el chaval se sobrepone y los supera. Es lo que pasa en una de las mejores escenas del relato, cuando Esterházy llega a una avenida abarrotada por la multitud y, al verlo, la chusma se pone a gritar y levanta sus puños llenos de odio mientras él siente que el valor lo abandona y a su alrededor el populacho se exalta y ruge de alegría al notar su debilidad. Pero todo cambia otra vez en seguida, y el conde se endereza de nuevo y recupera la estampa noble y valiente de los Esterházy. ¿Y sabes por qué? —Aunque era evidente que no esperaba una respuesta a su pregunta, hizo otra pausa—. Pues porque al salir de la avenida ve en un balcón una mancha de un blanco brillante. Es su madre, vestida de blanco, inclinada sobre la barandilla con la señal salvadora que le había anunciado a su hijo… Así entiende el conde que no va a morir, que las súplicas de su madre han conmovido al Emperador y que en el último momento llegará el perdón para él; de modo que sube al cadalso y afronta la muerte con la dignidad que se espera de un hombre de su linaje. Bonito, ¿no? El único problema es que al final el perdón no llega. Y que Esterházy muere a manos del verdugo.

David guardó silencio, como dando tiempo a que la conclusión de la historia, o la que parecía la conclusión de la historia, hiciese efecto sobre mí.

—Es un relato estupendo —me limité a decir, sinceramente.

—Sí —contestó David—. Lo mejor es su ambigüedad, ¿no te parece? O sus ambigüedades, más bien, porque el cuento tiene varias: una explícita y otra implícita, una aparente y otra real. La ambigüedad aparente y explícita la describe el mismo Kiš en una especie de epílogo. Allí dice que la historia que acaba de contar tiene dos interpretaciones posibles. La primera es la interpretación heroica, que es la de los pobres y los perdedores; según ella, Esterházy murió como un valiente, con la cabeza bien alta y con plena conciencia de que iba a morir. La segunda es la interpretación prosaica, que es la de los vencedores; según ella, todo fue un montaje de la madre.

David se volvió un momento hacia mí y sonrió únicamente con los ojos. O eso me pareció.

—Pero todo esto es un cuento, y nunca mejor dicho —continuó—. Quiero decir que es mentira, que esa ambigüedad es sólo aparente. Porque nosotros sabemos que la versión heroica de la historia es la versión novelera y legendaria (o sea: falsa) con la que los pobres y los perdedores se consuelan de su pobreza y su derrota, o con la que intentan redimirse de ellas, y que la verdad es que todo fue un montaje de la madre, que eso fue lo que ocurrió de verdad aunque también sea lo que cuentan los vencedores y los historiadores oficiales para evitar el nacimiento de una leyenda heroica. Kiš es implacable, feroz, no deja un resquicio de consuelo o de esperanza: además de tener el poder, el poder tiene la verdad. Así que ahí no está la ambigüedad del relato, ni su verdadera genialidad. La ambigüedad está en la madre, en la actitud o la estratagema de la madre, que es la auténtica protagonista del relato. Porque su actitud sí permite dos interpretaciones. La primera es que ella se sube al balcón vestida de blanco y engaña a su hijo haciéndole creer que el Emperador le ha indultado porque le quiere como sólo quiere una madre y quiere ahorrarle la agonía de sus últimos segundos de vida, porque quiere que muera tranquilo y feliz, convencido hasta el último instante de que al final llegará el indulto del Emperador. La segunda interpretación es que la madre engaña a su hijo porque le quiere, pero no sólo porque le quiere: le engaña para que esté a la altura de su nombre y de su linaje, para que en el último momento no desfallezca y afronte la muerte con la entereza de un Esterházy.

—Para que tenga una buena muerte —le interrumpí—. *Kalos thanatos*, la llamaban los griegos. Eso es lo que quiere la madre para su hijo.

—Exactamente —dijo David.

—Los griegos pensaban que era la mejor muerte posible —expliqué—. La muerte de un joven noble y puro que demuestra su pureza y su nobleza muriendo por sus ideales. Como el Aquiles de la *Ilíada*. O como el conde Esterházy.

—O como Manuel Mena —propuso David.

Sólo entonces comprendí que mi amigo no había empezado a hablar del cuento de Kiš para dejar de hablar de la historia de Manuel Mena. Dije:

—Suponiendo que fuera un joven noble y puro. —Rápidamente añadí—: Y por cierto: ¿se puede ser un joven noble y puro y al mismo tiempo luchar por una causa equivocada?

David reflexionó un momento antes de contestar; cuando lo hizo tuve el presentimiento de que llevaba mucho tiempo pensando sobre ese asunto, quizá desde que había llevado al cine mi novela sobre la guerra.

—Se puede —contestó—. ¿Y sabes por qué?

—¿Por qué?

—Porque no somos omniscientes. Porque no lo sabemos todo. Hace casi ochenta años de la guerra, y tú y yo tenemos más de cuarenta, así que para nosotros está chupado saber que la causa por la que murió Manuel Mena era injusta. Pero ¿era tan fácil saberlo para él, que entonces no pasaba de ser un chavalito, que no tenía la perspectiva del tiempo y no sabía lo que pasaría después, y que para colmo apenas había salido de su pueblo? Y, por cierto, ¿era justa o injusta la causa por la que murió Aquiles? A mí me parece totalmente injusta: a ver si la pobre Helena no tenía derecho a largarse con Paris y a abandonar a Menelao, que por cierto era un plasta además de un vejestorio… ¿Te parece a ti que ése es motivo suficiente para montar una guerra, y encima tan bestia como la de Troya? Hablo en serio: no juzgamos a Aquiles por la justicia o la injusticia de la causa por la que murió, sino por la nobleza de sus actos, por la decencia y por la valentía y la generosidad con que se comportó. ¿No deberíamos hacer lo mismo con Manuel Mena?

—Nosotros no somos griegos antiguos, David.

—Pues a lo mejor deberíamos serlo, en esto como en tantas cosas. Mira, Manuel Mena estaba políticamente equivocado, de eso no hay duda; pero moralmente… ¿tú te atreverías a decir que eres mejor que él? Yo no.

Para no tener que contestar su pregunta formulé otra:

—¿Y si no fue ni noble ni puro?

—Entonces retiro lo dicho —contestó, tajante—. Pero antes tienes que demostrarme que no fue ni una cosa ni la otra. Porque de lo contrario…

En ese momento nos adelantaron dos coches fulgurantes, uno pegado al otro; sus luces rojas de posición huyeron con rapidez hasta que la oscuridad de la autovía se cerró sobre ellos, igual que si la noche los hubiera devorado. David maldijo a los dos conductores y comentó algo sobre su hijo Leo o sobre un amigo de su hijo Leo. A continuación preguntó de qué estábamos hablando.

—De *kalos thanatos* —contesté—. De la bella muerte, que era el ideal ético de los griegos y la garantía de su inmortalidad. Pero todo venía a cuento del relato de Kiš.

—Claro —recordó David—. De las dos interpretaciones del relato, ¿no?, de por qué la madre engañó al hijo cuando apareció en el balcón vestida de blanco. En la primera interpretación, la madre actuó sólo por amor, para que el hijo no sufriera; en la segunda actuó por amor pero también por honor, por orgullo familiar, para asegurarse de que el hijo estaría a la altura del nombre de los Esterházy. ¿Con cuál de las dos te quedas?

Mirando la negrura casi opaca que se extendía más allá de la zona iluminada por los focos del coche, con la línea blanca del centro de la calzada corriendo como una centella intermitente a nuestra izquierda, intenté concentrarme en la pregunta de David, pero por algún motivo volví a recordar la frase que me había asaltado aquella tarde en La Majada («Escribo para no ser escrito») y se me ocurrió que la madre de Esterházy había decidido el destino de Esterházy, que no había sido el joven Esterházy quien había escrito su destino de héroe sino su madre quien se lo había escrito a él, y entonces me pregunté si no le habría ocurrido lo mismo a Manuel Mena, si no habría sido también la madre de Manuel Mena quien, a pesar de que según la leyenda familiar no deseaba que su hijo fuera a la guerra, le había impulsado a hacerlo, aunque fuera de una manera secreta o inconsciente, si no habría sido ella quien, para que su hijo estuviese a la altura de su estirpe de patricios del pueblo, le había escrito a él su destino de héroe. Pensé lo anterior y volví a decirme, como había hecho mientras comíamos en La Majada (sólo que ahora me lo dije con una especie de orgullo), que escribiendo yo me había librado del destino de Esterházy y de Manuel Mena, que yo me había hecho escritor para no ser escrito por mi madre, para que mi madre no escribiera mi destino con el destino que ella juzgaba más alto, que era el destino de Manuel Mena. Quizá un poco avergonzado por lo que acababa de pensar, o por el orgullo con que lo había pensado, volví a concentrarme en el cuento de Kiš y en la pregunta de David. Entonces se me ocurrió.

—Hay otra posibilidad —conjeturé.

—¿Qué posibilidad? —preguntó David.

—No es la madre la que engaña al hijo, por lo menos no a propósito —expliqué—. Es el Emperador el que engaña a la madre.

David no tardó un segundo en asimilar mi conjetura, de lo que deduje que ya la había considerado. Preguntó:

—¿Estás diciendo que la madre fue a suplicarle al Emperador que perdonase a su hijo, que se humilló para conseguirlo y que, aunque lo consiguió, al final el Emperador no cumplió su promesa de perdonarlo?

—Exacto.

—Eso no es una posibilidad —dijo David—. Si lo fuese, el Emperador no sería un Emperador, y la madre no sería una Esterházy: una mujer así no se humilla ante nadie. Ni siquiera ante el Emperador. Ni siquiera para salvar a su hijo.

David dijo esto último con una convicción que no admitía réplica. No intenté dársela. Hubo un silencio, y sólo en ese momento reconocí la música que había estado fluyendo todo el tiempo de la radio o del cedé: era de Bob Dylan, o de un buen imitador de Bob Dylan. Pensé que David ya no tenía nada más que decir sobre la historia de los Esterházy; me equivoqué.

—No sé tú, pero si hay algo que detesto en un cuento son esos finales sentenciosos y concluyentes, que lo aclaran todo —prosiguió—. El del cuento de Kiš parece uno de ellos pero no lo es, porque en realidad no aclara nada. Me gusta tanto que me lo sé de memoria. «La historia la escriben los vencedores», dice; y luego continúa: «La gente cuenta leyendas. Los literatos fantasean. Sólo la muerte es segura».

David siguió hablando, aunque ya no recuerdo de qué, en todo caso no del relato de Kiš sino de algo que le sugirió el relato de Kiš o quizá el final del relato de Kiš, y durante un rato esas cuatro frases quedaron flotando en el interior del coche como un enigma diáfano y, mientras escuchaba la voz de mi amigo mezclada con la música de Bob Dylan o del imitador de Bob Dylan y con el ruido monótono del coche deslizándose por el asfalto nocturno e irregular de la autovía, me distraje pensando que era verdad que los literatos fantaseamos y que la muerte es segura, pero que también era verdad que, aunque Manuel Mena fuera un vencedor de la guerra, la gente se había limitado a contar leyendas sobre él y nadie había escrito su historia. ¿Significaba eso que Kiš no llevaba razón y que a veces los vencedores tampoco tienen historia, aunque sean ellos quienes la escriban? ¿Significaba eso que después de todo Manuel Mena no era un vencedor, aunque hubiera luchado en el bando de los vencedores?

Todavía estaba dándoles vueltas a las frases de Kiš cuando paramos a tomar café en un restaurante de carretera, poco después de la salida de Talavera de la Reina. Allí, inesperadamente (yo al menos no lo esperaba: no tenía ninguna razón para esperarlo), David empezó a hablar de su matrimonio roto y de su ex mujer, o quizá es que ya llevaba un rato hablando de ello y yo no lo había advertido hasta entonces. El caso es que al volver al coche siguió con el tema. Lo hizo durante mucho rato, y yo le escuché con el cuerpo vuelto hacia él, como si observar el atisbo blanquecino de barba que alfombraba sus mejillas y sus dos manos sobre el volante y su mirada fija en la noche de la autovía me permitiese olvidar a Manuel Mena y concentrarme en lo que mi amigo estaba diciendo. Hacía ya varios años que se había separado de su mujer, pero nunca le había oído hablar así de su separación, con aquella serenidad real, sin dolor o sin que el dolor se transparentase en sus palabras. En un momento dijo:

—¿Sabes lo que más echo de menos? —Esperó a que le preguntara qué era—. No estar enamorado —contestó—. Parece la letra de la canción del verano, pero la puta verdad es que todo es mucho mejor cuando uno está enamorado.

En otro momento, después de describirme con lujo de detalles la nueva vida feliz que llevaba su ex mujer con la renuente estrella de Hollywood al cuadrado, abrió un silencio pensativo.

—Es que no puedo entenderlo, Javier —dijo al final; y, con la vehemencia de quien denuncia una injusticia clamorosa, exclamó—: Pero ¿me quieres decir qué coño tiene Viggo Mortensen que no tenga yo?

Volviéndose un poco a su derecha, durante un segundo me miró con perfecta seriedad; al segundo siguiente rompimos a reír a carcajadas.

—Felicidades, tío —le dije, sin poder dejar de reír—. Estás curado.

Pasaban de las once y el tráfico se volvía cada vez más intenso. A los lados de la calzada escaseaban ya las tinieblas compactas de las grandes extensiones de campo abierto, disueltas por el fulgor creciente y suburbial de los hoteles, los restaurantes, las gasolineras y los polígonos industriales en penumbra; un profuso resplandor amarillento iluminaba a lo lejos el cielo, como las brasas de un incendio colosal: era Madrid. Durante un buen rato volvimos a hablar sobre Manuel Mena y El Pelaor.

—De una cosa puedes estar seguro —concluyó David mientras entrábamos en la ciudad por la carretera de Extremadura—. Ese hombre se va a llevar un montón de secretos a la tumba.

## 8

Manuel Mena se incorporó a su primer destino de alférez el 25 de septiembre de 1937, y hasta el día de su muerte, doce meses más tarde, vivió con una intensidad alucinada, acumulando ese tipo de vivencias extremas con las que, como sostienen en público algunos supervivientes de las guerras, tantas cosas esenciales se aprenden, y con las que, como saben en secreto todos los supervivientes de las guerras, no se aprende nada salvo que los hombres podemos llegar a ser mucho peores de lo que somos capaces de imaginar quienes nunca hemos estado en una guerra. Durante aquel tiempo Manuel Mena peleó en primera línea de combate por gran parte de la geografía española, se batió en las peores batallas, padeció a la intemperie temperaturas de más de cincuenta grados sobre cero y menos de veinte bajo cero, sobrevivió a marchas de pesadilla por desiertos pedregosos y cordilleras escarpadas, rechazó ataques por sorpresa, ejecutó golpes de mano, tomó o intentó tomar al asalto pueblos y ciudades vaciados por el miedo, cotas inhóspitas, líneas fortificadas y picachos inaccesibles, resultó herido por fuego enemigo en cinco ocasiones y vio morir y mató a un número indeterminable de hombres. Es muy posible, sin embargo, que terminara su vida sin haberse acostado con una mujer, a menos que perdiera la virginidad en alguna visita a un prostíbulo del frente; algunas personas sostienen que estaba enamorado de una muchacha bella, leída, delicada, elegante e inteligente llamada María Ruiz, hija del mayor propietario de tierras del pueblo, pero no existe el menor indicio de que ella le correspondiera, ni ninguna certeza de que ésa no sea sólo una más de las ficciones que aureolan su leyenda.

El último año de la vida de Manuel Mena puede reconstruirse con cierta precisión gracias a la ayuda de algunos documentos; no son infalibles −ningún documento lo es−, pero, manejados con imaginación crítica, ofrecen una guía fiable para salir de la niebla de la leyenda y adentrarse en la claridad de la historia. El más importante de ellos es sin duda el Diario de Operaciones de la unidad de Manuel Mena: el Primer Tabor de Tiradores de Ifni, perteneciente al Grupo de Tiradores de Ifni. El grupo era originario y tomaba su nombre de un pequeño territorio del occidente africano, situado frente a las islas Canarias, que en 1934 se había convertido de manera oficial en colonia española. Se trataba de una unidad de choque compuesta por indígenas y españoles −los soldados eran sobre todo indígenas; los mandos, sobre todo españoles− que a lo largo de la guerra las autoridades rebeldes enviaron a los frentes más duros con el fin de resolver situaciones comprometidas; el resultado de ese compromiso fue que al terminar la contienda la unidad había sobrepasado el cincuenta por ciento de bajas: casi cuatro mil heridos y más de mil muertos. Es posible que, después de haber dormitado durante meses en la modorra sin épica del frente de Extremadura, Manuel Mena deseara experimentar a fondo el idealismo temerario de la guerra en un destino fatigoso y expuesto; si así fue, la realidad satisfizo con creces sus deseos.

Manuel Mena se unió al Primer Tabor de Tiradores de Ifni justo en el momento en que la unidad, después de haber guerreado sin descanso durante casi un año, pasaba a la reserva en las proximidades de Zaragoza. La expresión «sin descanso» no entraña una hipérbole: desde principios del otoño anterior los compañeros de Manuel Mena habían tomado parte en los combates decisivos de la batalla de Madrid, habían entrado en Brunete, peleado en Villanueva de la Cañada y defendido Las Rozas, se habían apoderado del vértice de Cobertera, habían evitado con un golpe de mano la voladura del estratégico puente de Pindoque, sobre el río Jarama, habían perdido durante dos días de primavera trescientos tres hombres en la cabeza de puente de Toledo −entre ellos siete de sus trece oficiales−, habían luchado en el frente de Albarracín y contenido la ofensiva republicana sobre Zaragoza peleando en Zuera, San Mateo de Gállego y Fuentes de Ebro. Así que, cuando Manuel Mena ocupó su puesto de alférez a finales de septiembre, la unidad estaba exhausta y diezmada. Junto con el Grupo de Tiradores de Ifni al completo, el Primer Tabor pertenecía para entonces a la 13.ª División de Barrón, conocida como «La Mano Negra» porque en su insignia figuraba una mano negra sobre fondo rojo, con una leyenda escrita en caracteres arábigos que rezaba: «¿Quién entró en Brunete?». Los dos meses siguientes fueron para Manuel Mena un período de adaptación a su nueva vida de oficial, y para el Primer Tabor de Tiradores de Ifni un interregno sin hostilidades que sus mandos aprovecharon para descansar, para reorganizar el batallón y para instruir a nuevos reclutas tanto españoles como marroquíes que venían a cubrir las bajas ocasionadas por casi doce meses de constantes combates. Es más que probable que Manuel Mena participara en el adiestramiento de estos soldados bisoños. También es probable que él mismo fuera aleccionado en el manejo de las ametralladoras Hotchkiss –tanto la ligera M1909 Benet-Mercie como la media M1914, las dos armas de este tipo con que contaban los franquistas–, porque fue adscrito de inmediato a la compañía de ametralladoras del Tabor. Incluso es posible que durante esos días participara en alguna acción secundaria o auxiliar, con su propia unidad o con otra. Lo que es seguro es que a principios de diciembre el Primer Tabor se hallaba en Alcolea del Pinar, en las cercanías de Guadalajara, preparándose con la 13.ª División y con lo mejor del ejército franquista para el ataque definitivo sobre Madrid, que resistía desde noviembre del año anterior. No obstante, la operación –ideada por Franco tras la conquista del norte del país– nunca se llevó a cabo, y a principios de enero Manuel Mena fue trasladado de nuevo a Aragón con su unidad para tomar parte en una de las batallas más sangrientas de la guerra: la batalla de Teruel.

Allí tuvo lugar el primer combate de Manuel Mena con los Tiradores de Ifni. La batalla había empezado dos semanas atrás, cuando un ejército de ochenta mil soldados republicanos cercó aquella capital rebelde que casi desde el principio de la guerra había estado rodeada de líneas republicanas por todas partes menos por una, el valle del Jiloca, por donde circulaban la carretera y el ferrocarril que comunicaban la ciudad con Zaragoza y con el resto de la zona franquista. El cierre del cerco republicano se había llevado a cabo la noche del 15 de diciembre, cuando la 11.ª División de Líster rompió el frente en las estribaciones del Muletón y cortó el valle del Jiloca y las comunicaciones de Teruel con la retaguardia franquista bajando desde los altos de Celadas, tomando el pueblo de Concud y reuniéndose en el de San Blas con la 64.ª División, que llegaba desde Rubiales. Fue una maniobra tan rápida como eficaz, diseñada por el Estado Mayor republicano con dos objetivos principales: uno propagandístico y otro estratégico. Inferior en todas sus facetas al ejército franquista, el ejército republicano había ido de derrota en derrota desde el inicio de la guerra, incapaz siquiera de conquistar una sola capital de provincia, y su Estado Mayor pensó que la toma de la pequeña y mal defendida Teruel podía levantar la estragada moral de su bando y atraer la atención internacional sobre su causa, fomentando la esperanza de que, con ayuda exterior, la República todavía pudiera darle la vuelta a una guerra que cada vez parecía más perdida. Ése era el objetivo propagandístico. En cuanto al objetivo estratégico, consistía precisamente en evitar el ataque de Franco a Madrid con sus fuerzas de élite, entre ellas los Tiradores de Ifni, y en preparar al mismo tiempo el terreno para que el ejército republicano pudiera llevar a cabo su plan más ambicioso, el conocido como Plan P, basado en lanzar una ofensiva sobre el frente extremeño que alcanzase la frontera portuguesa y partiese en dos la zona franquista. Por lo demás, todo el éxito de la operación dependía de que la realidad confirmase una regla y una hipótesis complementarias elaboradas por el Estado Mayor republicano en el curso de la contienda: la regla sostenía que Franco no iba a hacerles la menor concesión de terreno sin tratar de recuperarlo de inmediato, dando la batalla allá donde los republicanos se la planteaban; la hipótesis aventuraba que Franco no aceptaría perder sin más una capital de provincia y se volcaría con sus mejores tropas para intentar reconquistarla. Tanto la hipótesis como la regla resultaron acertadas y, aunque hasta el 21 de diciembre Franco dudó si proseguir con sus planes iniciales de lanzarse de nuevo sobre la capital de la República, como le aconsejaban sus asesores, a la postre decidió suspender el ataque, y el 29 de ese mes emprendió, con las tropas en principio destinadas a atacar Madrid, una contraofensiva directa para acudir en auxilio de la Teruel asediada.

Cinco días más tarde, el 3 de enero, desembarcó Manuel Mena en la estación de ferrocarril de Cella, en pleno valle del Jiloca, a apenas veinte kilómetros de Teruel. La estación, o más bien el apeadero, era un edificio cuadrangular de piedra vista que se levantaba junto a una vía solitaria, aislado de cualquier rastro de civilización y rodeado por montes erizados de trincheras enemigas. Teruel no había caído aún en manos republicanas, pero desde el día 21 de diciembre se combatía en su interior con una fiereza bestial, casa por casa y cuerpo a cuerpo, a base de bombas de mano y de bayonetazos, entre una montaña de escombros en medio de los cuales resistían a la desesperada, sin apenas agua ni medicamentos ni víveres, unos miles de efectivos franquistas de la 52.ª División, mandados por el Rey d'Harcourt y agazapados en las ruinas de los edificios del Banco de España, del seminario y del gobierno civil, que se rindió aquel mismo día, igual que el convento y hospital de Santa Clara. No sé si Manuel Mena había visto alguna vez en su vida la nieve, pero durante las jornadas anteriores a su llegada había caído sobre Teruel y sus alrededores una tormenta tremebunda que había hecho descender las temperaturas hasta extremos inauditos, cubriendo por completo de blanco el valle del Jiloca; es muy probable que no conociera la nieve la mayor parte de los integrantes del Primer Tabor de Tiradores de Ifni, quienes, igual que Manuel Mena, tuvieron que aguardar al resto de la 13.ª División en aquella llanura perdida en medio de la nada.

Manuel Mena pasó la noche del 3 al 4 de enero allí, en los alrededores de la estación de Cella, durmiendo al raso y tratando de protegerse del frío. No estaba bien pertrechado para combatirlo —ni su calzado ni su ropa eran de invierno, y apenas podía abrigarse con la manta y el capote reglamentarios–, así que al caer la oscuridad abrió o mandó abrir con palas un agujero en la nieve; luego extendió en la tierra descubierta una manta y se arrebujó sobre ella junto a dos o tres compañeros con la esperanza de que el calor natural de los hombres tumbados junto a él, la protección de las prendas de abrigo que consiguió echarse por encima y la resistencia de sus dieciocho años le permitiesen conciliar unas horas de sueño y despertarse sin síntomas de congelación en sus miembros. No sé cómo pasó aquella noche. Tampoco la mañana que la siguió. Pero al atardecer del día siguiente la 13.ª División terminó por fin de desembarcar en el apeadero de Cella con todos sus efectivos y, sin perder un minuto de tiempo, se puso en marcha hacia el pueblo y los Altos de Celadas.

Manuel Mena iba con ella. Los hombres empezaron a avanzar en orden de aproximación por un camino enterrado en la nieve que en seguida empezó a ondular suavemente por la estepa, entre casas abandonadas y apriscos de pastores. Hacía un frío glacial, soplaba un viento helado y, por encima de la columna militar que cruzaba como una caravana fantasmagórica la blancura inmaculada del campo, el cielo era bajo y uniforme, de color tiza. A su derecha se hallaba la 150.ª División de Sáenz de Buruaga, que había tomado ya las alturas situadas entre Cerro Gordo y la carretera de Celadas y, más a la derecha aún, la 62.ª División de Sagardía, que desde la víspera de Año Nuevo dominaba el llano, incluido el pueblo de Concud; en cuanto a la 13.ª División, la de Manuel Mena, debía apoderarse de la cota 1207, una meseta llamada La Losilla que casi desde el inicio de la guerra los republicanos habían blindado con un sistema de trincheras escalonadas y que resultaba decisiva para que la 150.ª División pudiera tomar el Alto de Celadas, estratégicamente clave en la conquista de Teruel. No sé si, mientras marchaba por el valle del Jiloca hacia las posiciones republicanas, Manuel Mena conocía la misión que le había sido asignada a su unidad; sin duda la conoció al día siguiente, cuando el general Barrón reunió a sus oficiales en el pueblo de Celadas, a unos cinco kilómetros de La Losilla, y les expuso el plan de operaciones. Por la noche volvieron a dormir a la intemperie en refugios excavados en la nieve y, al despertar, Manuel Mena pudo ver a su alrededor el campo nevado y desierto, y en un segundo de extrañeza insuperable pudo pensar que la 13.ª División los había abandonado de madrugada, a él y a sus dos o tres compañeros de dormida, o que todavía estaba durmiendo y soñaba con aquella vertiginosa blancura sin nadie, hasta que comprendió que durante la noche había caído otra tormenta y que la nieve nocturna arropaba a los soldados y la impedimenta de su unidad como una sábana impoluta. Más tarde también pudo comprobar, ya casi sin extrañeza, antes de reemprender la marcha, cómo el frío había solidificado en un témpano marrón el café con leche de su cantimplora y cómo, según recordaría mucho después uno de sus compañeros, un incauto había convertido su propio cráneo en un balón encrespado de estalagmitas de hielo por intentar peinarse humedeciendo su cabello con nieve licuada.

Aquella misma tarde empezó la acometida de la 13.ª División contra La Losilla. Fue una acometida frontal, precipitada e insensata, porque el mando franquista quería romper a toda costa el cerco de Teruel y evitar así la caída de la ciudad, que parecía inminente, y con las urgencias del momento renunció a la preparación artillera indispensable para macerar una línea republicana muy sólida, defendida por hombres bien armados de la experimentada 39.ª División republicana al mando del mayor Alba Rebullida, que en las últimas semanas habían reforzado además su posición con fortificaciones y alambradas y habían cavado trincheras, pozos de ametralladoras y de morteros. Los ataques franquistas partían del Peirón, un alto situado frente a La Losilla en cuya contrapendiente había acampado la 13.ª División. Eran, insisto, ataques imprudentes, casi suicidas. Los primeros estuvieron a cargo de la 4.ª y 5.ª Banderas de la Legión y fueron detenidos por los republicanos en El Pozuelo, la hondonada que separaba las posiciones franquistas de las republicanas y que quedó sembrada de muertos, heridos y asaltantes frustrados que se pegaron al suelo y buscaron refugio en aquella vaguada sin refugios, ofreciendo blancos fáciles al enemigo con sus uniformes verdes contra el blanco de la nieve, hasta que la caída de la noche les permitió regresar a su base de partida.

Fue allí donde Manuel Mena resultó herido por vez primera en combate. El episodio tuvo lugar el 8 de enero. El día 6 y el 7 la 13.ª División había lanzado sobre La Losilla cinco nuevos ataques, que habían sido rechazados con pérdidas numerosas; era como darse de cabezazos contra una pared —los republicanos no sólo estaban bien armados, fortificados y desplegados, sino que gozaban de unas vistas inmejorables sobre El Pozuelo, el único lugar por donde los asaltantes podían atacarlos—, pero los franquistas no cejaban en su empeño y a primera hora del día 8 le tocó el turno de atacar al Primer Tabor de Tiradores de Ifni.

No sé cómo fue exactamente el ataque. Nadie lo sabe: no queda de él un solo testimonio escrito ni un solo superviviente capaz de contar lo que ocurrió; así que en este punto debería callarme, dejar de escribir, ceder la palabra al silencio. Claro que si yo fuera un literato y esto fuera una ficción podría fantasear sobre lo ocurrido, estaría autorizado a hacerlo. Si yo fuera un literato podría por ejemplo imaginar a Manuel Mena horas antes del ataque, ovillado en su refugio nocturno abierto en la nieve, desvelado por el frío polar y por la certeza de que está a punto de jugarse la vida. Podría imaginarlo con miedo y podría imaginarlo sin miedo. Podría imaginarlo rezando una oración en silencio, pensando en su madre y sus hermanos y sus sobrinos, sabiendo que el momento de la verdad ha llegado y juntando fuerzas para estar a su altura y dar la talla y no arrugarse, para no decepcionar a nadie, quizá sobre todo para no decepcionarse a sí mismo. Podría imaginarlo incorporándose a oscuras, seguro de que ya no dormirá más, asomándose a la cresta del Peirón y vislumbrando o imaginando frente a él, en la claridad titubeante del día que parece empezar a despuntar más allá de La Losilla, sobre las cumbres de Cerro Gordo de Formiche, las trincheras republicanas que se extienden hacia su derecha, silenciosas e insomnes, hasta el Alto de Celadas y quizá más abajo hasta Teruel, a esa hora todavía envuelto en sombras. Podría imaginarlo despertando a sus hombres, ordenándolos formar en la contrapendiente del Peirón, intentando que su estómago atenazado por la inminencia del combate tolere algún alimento, preparando a sus soldados para la lucha, dándole novedades a su capitán o su teniente y recibiendo las últimas instrucciones para el ataque. Podría imaginarlo rebasando la cresta del Peirón y acto seguido lanzándose agachado, entre la nieve flamante del amanecer, hacia la hondonada de El Pozuelo al frente de sus hombres, tragándose el miedo, primero a paso vivo y después a la carrera, hasta que los disparos de los republicanos que empiezan a salpicar la nieve le obligan a tirarse al suelo y a buscar un lugar seguro o teóricamente seguro donde emplazar sus ametralladoras y empezar a disparar contra las trincheras de enfrente para proteger el avance de la primera línea, guareciéndose tal vez en un pozo excavado en los días anteriores o tras un muro de piedras improvisado por los atacantes repelidos de la víspera y todavía aprovechable. Podría imaginarlo batiendo u ordenando batir con furia y durante horas las posiciones republicanas a base de ráfagas de ametralladora, tratando de protegerse del fuego contrario o de avanzar por la hondonada sin conseguirlo o buscando una posición mejor para sus armas en la ladera que asciende hacia La Losilla, ya a pocos metros de las alambradas enemigas. Y por supuesto sería capaz de imaginar el momento en que lo hieren: sé con certeza que se trata de una herida en el brazo derecho –aunque no sé si de fusil o de ametralladora o de mortero–, pero podría imaginar el alarido de dolor y el simultáneo instante de pánico, el desgarrón de la quemadura en la manga del uniforme y el rojo restallante de la sangre sobre el blanco de la nieve, igual que podría imaginar a algún subordinado practicándole un torniquete de urgencia para contener la hemorragia –pero tal vez fue él mismo quien se lo practicó– y podría imaginarle tumbado durante horas sobre la nieve resplandeciente, soportando el dolor desconocido de la herida, aguardando la oscuridad para ser evacuado de aquel infierno mientras envenenan el aire de la batalla las ráfagas de ametralladora y los disparos de fusil y de mortero, también de la artillería pesada, los gritos y los insultos que bajan de las trincheras a la hondonada y suben de la hondonada a las trincheras, los sollozos de los heridos de muerte pidiendo auxilio como niños aterrados y el silencio atronador de los cadáveres sobre la nieve.

Todo esto podría imaginarlo. Pero no lo imaginaré o por lo menos fingiré que no lo imagino, porque ni esto es una ficción ni yo soy un literato, así que debo atenerme a la seguridad de los hechos. No lo lamento, no demasiado: al in y al cabo, por mucho que fantaseara nunca alcanzaría a imaginar lo más importante, que siempre se escapa. Y aquí lo más importante —o lo que ahora mismo me parece lo más importante— sería determinar qué clase de sentimiento experimentó Manuel Mena aquella noche, al ser por fin retirado del campo de batalla tras su primera experiencia verdadera de combate y al ingresar en el hospital de campaña de la división y enterarse de que todo el espanto en que había estado inmerso durante las últimas doce horas había sido inútil porque no sólo había fracasado el enésimo ataque a La Losilla sino que se había suspendido la gran ofensiva sobre Teruel, cuyo último reducto franquista acababa de caer en manos republicanas.

# 9

A principios de 2015, cuando hacía justo un año que me había enterado por mi madre de la muerte de El Pelaor y dos o tres que recopilaba información sobre Manuel Mena, me llamaron de una productora audiovisual para contarme que estaban preparando una serie de televisión sobre catalanes nacidos en el resto de España y para proponerme grabar uno de los capítulos sobre mí. Como siempre que me piden que salga en televisión, por un instante me acordé de lo que una amiga de Umberto Eco le dijo en una ocasión a Umberto Eco («Umberto, cada vez que *no* te veo en televisión me pareces más inteligente»), así que dije que no; al instante siguiente, sin embargo, me acordé de mi madre y de Manuel Mena y de El Pelaor y dije que sí. Con una condición: que filmásemos en Ibahernando y con mi madre.

La productora aceptó, y durante tres días de finales de junio de 2015 estuvimos filmando en Ibahernando. Para ese momento yo ya conocía bastante bien la historia de Manuel Mena, había hablado con muchas personas que lo habían conocido o sabían cosas de él, había explorado archivos y bibliotecas, había viajado por los lugares donde Manuel Mena había combatido durante la guerra –por los alrededores de Teruel, por Lérida, por el valle de Bielsa y por los escenarios de la batalla del Ebro, en la comarca de la Terra Alta– y había entrado en contacto con historiadores profesionales, con historiadores aficionados, con eruditos locales, con asociaciones de historiadores y aficionados a la historia comarcal, con simples lugareños. A pesar de todo eso, yo seguía sin ver a Manuel Mena; quiero decir que Manuel Mena seguía siendo para mí lo que había sido siempre: una figura borrosa y lejana, esquemática, sin relieve humano ni complejidad moral, tan rígida, fría y abstracta como una estatua. Por lo demás, al principio de mis averiguaciones me había llevado algunos sobresaltos. Recuerdo por ejemplo mi primer intercambio de correos electrónicos con Francisco Cabrera, un guardia civil jubilado que poseía en su casa de Gandesa, la capital de la Terra Alta, un archivo con los documentos de veinte años de dedicación casi exclusiva a la historia de la batalla del Ebro, y que había publicado varios gruesos estudios sobre el tema. Conseguí su correo electrónico gracias a una amiga y colaboradora suya a quien yo había conocido por casualidad en una biblioteca de Barcelona, y de manera sucinta le conté por escrito lo que buscaba. Cabrera me respondió de inmediato, como si hubiese estado esperando mi pregunta o como si su único oficio consistiese en responder preguntas como la mía. «Lamento discrepar de lo que hasta ahora has podido averiguar de tu tío abuelo —escribía—. Según mi base de datos, falleció el 8 de enero de 1938 en la batalla de Teruel, y no el 21 de septiembre de 1938 en la batalla del Ebro. Espero que no te enfades conmigo porque mis documentos no confirmen lo que hasta ahora creías saber sobre la muerte de tu antepasado.» A continuación, bajo su respuesta, añadía una página de un historial del Primer Tabor de Tiradores de Ifni donde se sintetizaban los hechos de armas en que había participado la unidad de Manuel Mena desde el 3 al 27 de enero de 1938, en las proximidades de Teruel, y donde Manuel Mena figuraba entre las víctimas mortales de los combates de aquellas jornadas tremendas.

Más que perplejidad, la noticia me provocó un instante de vértigo. En seguida, sin embargo, recapacité. No hacía mucho tiempo que había empezado mis pesquisas sobre Manuel Mena y, aunque es posible que ya supiera que había combatido en Teruel, o que hubiese oído hablar sobre ello, no sabía qué había hecho en aquella batalla; lo que sin duda había visto, en cambio, era la partida de defunción de Manuel Mena, que se hallaba en el archivo de la iglesia parroquial de Ibahernando y que había tenido la buena idea de fotocopiar en una visita al pueblo. Me puse a buscarla y no tardé en dar con ella: el documento llevaba fecha de septiembre del 38, en plena batalla del Ebro, y no de enero del 38, en plena batalla de Teruel. En teoría aliviado, pero aún ansioso por desentrañar el malentendido, le expliqué a Cabrera lo que decía la partida de defunción; Cabrera me respondió a vuelta de correo. «Hola de nuevo, Javier —escribía, flemáticamente—. Te confirmo lo que te contaba sobre la fecha de fallecimiento del alférez d. Manuel Mena Martínez (8-1-1938), en Teruel y no en el Ebro.» Añadía: «Ver adjunto».

Abrí el archivo que me mandaba y lo examiné. Era un fragmento de un estadillo de las bajas sufridas a lo largo de toda la guerra por el Primer Tabor de Tiradores de Ifni; estaba dividido en cinco columnas verticales: según se aclaraba en una faja horizontal que recorría la parte superior del documento, en la primera columna de izquierda a derecha constaba el empleo de la víctima, en la segunda su número y en la tercera su nombre; en la cuarta y la quinta se especificaba si la víctima era un muerto o un herido, así como la fecha en que había muerto o había sido herido. Recorrí la lista de nombres de arriba abajo, y casi al final encontré el de Manuel Mena: a la izquierda figuraba su empleo de alférez; a la dere-

| EMPLEOS | NUMERO | NOMBRES | Muertos | | | Heridos | | |
|---|---|---|---|---|---|---|---|---|
| | | | Día | Mes | Año | Día | Mes | Año |
| | | Un herido de tropa | | | | 13 | 8 | 37 |
| | | Dos heridos más | | | | 14 | 8 | 37 |
| | | Tres heridos tropa | | | | 19 | 8 | 37 |
| Sargento | 4172 | Brahim Ben Lahssen | | | | 25 | 8 | 37 |
| otro | 3850 | Aomar Ben Mohammed | | | | 25 | 8 | 37 |
| otro | 3798 | Buselham Ben Hamed | 25 | 8 | 37 | | | |
| otro | 3834 | Brahim Ben Mohammed | | | | 25 | 8 | 37 |
| otro | 3928 | Abdeselam Ben Mohammed | | | | 25 | 8 | 37 |
| | | Dos muertos y 22 heridos tropa | 25 | 8 | 37 | 25 | 8 | 37 |
| | | Un muerto y tres heridos tropa | 26 | 8 | 37 | 26 | 8 | 37 |
| Sargento | 3827 | Mohammed Ben Embark | | | | 27 | 8 | 37 |
| | | 9 muertos y 17 heridos tropa | 27 | 8 | 37 | 27 | 8 | 37 |
| | | 16 heridos tropa | | | | 28 | 8 | 37 |
| | | Uno de tropa herido | | | | 6 | 9 | 37 |
| Sargento | 3134 | Masti Ben Hamed | | | | 10 | 9 | 37 |
| | | Tres de tropa heridos | | | | 12 | 9 | 37 |
| | | Tres de tropa heridos | | | | 13 | 9 | 37 |
| | | Uno de tropa herido | | | | 15 | 9 | 37 |
| Sargento | 3331 | Brahim Ben Lahssen | 23 | 9 | 37 | | 9 | 37 |
| | | Uno de tropa herido | | | | 5 | 10 | 37 |
| | | Un muerto y dos heridos tropa | 13 | 10 | 37 | 13 | 10 | 37 |
| | | Un muerto y dos heridos tropa | 14 | 10 | 37 | 14 | 10 | 37 |
| | | Un muerto y un herido | 15 | 10 | 37 | 15 | 10 | 37 |
| Sargento | 3127 | Said Ben Abdeselam | | | | 18 | 10 | 37 |
| | | Uno de tropa herido | | | | 20 | 10 | 37 |
| | | Uno de tropa herido | | | | 25 | 10 | 37 |
| O. Moro | | Sid Hamed Ben Kad-dur | | | | 27 | 10 | 37 |
| | | Un herido de tropa | | | | 10 | 11 | 37 |
| | | Uno de tropa herido | | | | 12 | 11 | 37 |
| | | Un muerto y un herido tropa | 18 | 11 | 38 | 16 | 11 | 38 |
| | | Un muerto de tropa | 25 | 11 | 37 | | | |
| | | Un herido de tropa | | | | 29 | 11 | 37 |
| Sargento | 3132 | Mohammed Ben Abdeselam | | | | 30 | 11 | 37 |
| | | Uno de tropa herido | | | | 30 | 11 | 37 |
| | | Uno de tropa herido | | | | 4 | 12 | 37 |
| | | Uno de tropa herido | | | | 6 | 12 | 37 |
| | | Uno de tropa herido | | | | 8 | 12 | 37 |
| | | Dos de tropa heridos | | | | 10 | 12 | 37 |
| | | Uno herido de tropa | | | | 17 | 12 | 37 |
| | | Uno de tropa herido | | | | 19 | 12 | 37 |
| Sargento | 3720 | Mohammed Ben Mohammed | | | | 23 | 12 | 37 |
| | | Uno de tropa herido | | | | 24 | 12 | 37 |
| Sargento | 3727 | Brahim Ben Lahssen | | | | 25 | 12 | 37 |
| | | Uno herido de tropa | | | | 26 | 12 | 37 |
| | | Dos heridos de tropa | | | | 1 | 1 | 38 |
| Sargento | 3128 | Mohammed Ben Kad-dur | | | | 2 | 1 | 38 |
| | | Uno de tropa herido | | | | 2 | 1 | 38 |
| Capitan | | Don Nicolás Baliño Carballo | | | | 4 | 1 | 38 |
| | | Uno de tropa herido | | | | 4 | 1 | 38 |
| Capitan | | Don Rafael Barros Manzanares | | | | 5 | 1 | 38 |
| Alferez | | Don Leoncio Dominguez Perez | 5 | 1 | 38 | 5 | 1 | 38 |
| Cabo | | Emilio Iglesias Prieto | | | | 5 | 1 | 38 |
| Sargento | 3138 | ...ssen Ben Mohammed | | | | 5 | 1 | 38 |
| | | 7 muertos y 30 heridos de tropa | 5 | 1 | 38 | 5 | 1 | 38 |
| | | Un muerto y ocho heridos | 6 | 1 | 38 | 6 | 1 | 38 |
| Sargento | 3333 | Abdeselam Be Mohammed | 7 | 1 | 38 | | | |
| Teniente | | Don Angel Gonzalez Coret | | | | 7 | 1 | 38 |
| | | 4 muertos y 27 heridos de tropa | 7 | 1 | 38 | 7 | 1 | 38 |
| Alferez | | Don Manuel Mena Martinez | 8 | 1 | 38 | 8 | 1 | 38 |
| | | Un muerto y 14 heridos de tropa | 8 | 1 | 38 | 8 | 1 | 38 |
| | | Un herido de tropa | | | | 9 | 1 | 38 |
| O. Moro | | Si Hamed Ben El Maki | | | | 10 | 1 | 38 |
| | | Dos heridos de tropa | | | | 10 | 1 | 38 |
| | | Dos heridos de tropa | | | | 11 | 1 | 38 |
| | | Uno de tropa herido | | | | 13 | 1 | 38 |
| O. Moro 2 | | Si Hamed Ben Mohammed | | | | 14 | 1 | 38 |
| | | Tres heridos de tropa | | | | 15 | 1 | 38 |
| Sargento | 3356 | Aomar Ben Tahar | | | | 17 | 1 | 38 |
| | | Cinco Heridos de tropa | | | | 17 | 1 | 38 |

cha, que había muerto el 8 de enero del 38. Me pareció una prueba irrefutable de que Cabrera tenía razón. ¿Ahora resulta que todo es mentira?, me pregunté. ¿Ahora resulta que Manuel Mena no murió en el Ebro sino en Teruel? ¿Es posible que su partida de defunción esté equivocada y que todo

lo que mi madre me ha contado siempre sobre su muerte y
la llegada de su cadáver al pueblo no haya ocurrido cuando
ella cuenta que ocurrió sino casi un año antes? Por supuesto,
era perfectamente posible que quien había redactado la partida de defunción de Manuel Mena hubiera cometido un
error o una cadena de errores, no digamos que la memoria
de mi madre hubiera confundido las fechas; pero, si ambas
cosas eran ciertas y el lugar y la fecha de la muerte de Manuel
Mena eran falsos, ¿qué otra parte de la historia era falsa también? ¿Acaso lo era toda la historia? Aún estaba intentando
salir de mi asombro cuando apareció otro mensaje de Cabrera en mi bandeja de correo electrónico. En éste el antiguo
guardia civil había pegado una página del Diario de Operaciones del Primer Tabor de Tiradores de Ifni, correspondiente
a los primeros días de 1938, donde su redactor dejaba constancia de que Manuel Mena había sido herido en los alrededores de Teruel. «Es posible que en principio resultase herido y falleciese posteriormente, como recoge el estadillo de
muertos y heridos», conjeturaba Cabrera. Sólo entonces
reaccioné: incrédulo, pensando que la partida de defunción no
podía estar equivocada y que toda la historia de Manuel Mena
no podía ser falsa, insistí, le rogué a mi corresponsal que con-
sultase, en el Diario de Operaciones del Primer Tabor de
Tiradores de Ifni, las fechas del 20 y el 21 de septiembre del
mismo año. «Está bien —me contestó, un poco impaciente—.
Este asunto da para una novela.» Se equivocaba: al cabo de
apenas unos minutos me contestó adjuntándome otra página del Diario de Operaciones donde constaba que Manuel
Mena había caído mortalmente herido el 20 de septiembre del 38, combatiendo durante la batalla del Ebro en la
cota 496, y que a continuación había muerto. «El estadillo de
bajas estaba equivocado —concluía Cabrera, sin ocultar su
decepción—. En vez de colocar a tu tío abuelo entre los he-

ridos de Teruel, lo colocaron entre los muertos. Para que luego te fíes de los documentos. En fin: caso cerrado, como diría el inspector Gadget.»

Me encantó que Cabrera citara a un personaje de dibujos animados (por un momento le imaginé viendo la televisión rodeado de un bullicio de nietos y pensando, digamos, en el ataque del Tercio de Montserrat a Punta Targa, la cota 481, defendida durante la batalla del Ebro por la 60.ª División republicana y por un batallón de la 3.ª), pero el caso, por supuesto, no estaba cerrado; en realidad, apenas estaba empezando a abrirse, como mínimo para mí. Y que hubiera empezado a hacerlo con un documento que contenía un error flagrante me inspiró una desconfianza total por los documentos, una conciencia muy viva de su falibilidad y de lo difícil que resulta reconstruir el pasado con precisión. La desconfianza era justificada: no se trata sólo de que, según comprobé a menudo, los textos de los historiadores estuvieran plagados de inexactitudes y falsedades; se trata de que lo estaban los propios documentos.

Pongo otro ejemplo. Un historiador de las guerras napoleónicas afirma que un historiador que no se molesta en visitar los campos de batalla es como un detective que no se molesta en visitar la escena del crimen; investigando sobre Manuel Mena supe que el símil es exacto. El Diario de Operaciones del Primer Tabor de Tiradores de Ifni no es el único documento que atestigua que Manuel Mena fue herido en Teruel; también lo hace un parte médico redactado en Trujillo por un comandante médico llamado Juan Moret. Lo encontré en el Archivo Militar de Ávila, tiempo después del frenético intercambio de correos electrónicos con Cabrera que acabo de narrar, y en él se lee entre otras cosas que Manuel Mena fue herido el 8 de enero de 1938 en la cota 1027 del frente de Teruel. La fecha es correcta, pero

# Hospital Militar de

## Diagrama hoja clínica de heridos de guerra y lesionados a los que se les considera como tales.

| ARMA O DEPENDENCIA | Número del nomenclátor patológico | MOTIVO DEL ALTA |
|---|---|---|
| Infantería. | | Curado. |

Hospital __Militar__ de __Trujillo__ Clínica __Oficiales__ Número __1__

| REGIMIENTO | Batallón | Compañía | CLASE |
|---|---|---|---|
| Tiradores de Ifni. | 1º Tº | Amet | Alférez. |

Estuvo sucesivamente en __Zaragoza y Logroño.__

| SALA | HERIDAS QUE PADECE | ENTRADO Día | ENTRADO Mes | SALIDO Día | SALIDO Mes | Nomenclátor |
|---|---|---|---|---|---|---|
| Ofic. | H.B.F. | 18 | 1 | 10 | II | |

Diagrama hoja clínica del herido de guerra __DON MANUEL MENA MARTINEZ.__

Hijo de __Alejandro__ y de __Carolina__ natural de __Ibahernando__, provincia de __Cáceres__, profesión _____, edad __18__ años. Empezó a servir el ____ de _____ de ____ del reemplazo de _____

Entrado el __18__ de __Enero__ de __1938__
Salido el __10__ de __Febrero__ de __1938__
Estancias causadas _____

Diagnóstico __Herido por arma de fuego en brazo derecho.__

(1) Pronóstico __Leve__, incluído en el artículo ____ de la ____ categoría
Lugar del hecho de armas __Cota 1.047 (Fuendetodos-Teruel)__
Fecha del hecho de armas __8 de Enero 1938__
Terminación o concepto de la salida __Alta por curación.__

(1) Nota de puño y letra del Jefe de la Clínica.

| ía | Mes | Año | Curso de curación | | | Pronósticos sucesivos |
|----|-----|-----|-------------------|---|---|----------------------|
| | | | | | | |
| | | | | | | |
| | | | EL JEFE DE L. CLINICA | | | |
| | | | Juan Vonat | | | |
| | | | =Rubricado= | | | |
| | | | | | | |
| | | | ES COPIA | | | |
| | | | EL COMANDANTE DE L. M. DIRECTOR | | | |
| | | | | | | |

(1) Cuando se agrave un herido, el Jefe de la Clínica modificará el pronóstico, señalando el artículo y la categoría en que se halla comprendido por su agravación.

no el lugar. Para descubrir este error tuve que viajar a Teruel y pasar un fin de semana dando vueltas por sus alrededores como un detective por la escena del crimen. Lo hice en compañía de Alfonso Casas Ologaray, un abogado turolense que se conoce palmo a palmo los escenarios de la batalla y que me demostró sobre el terreno que Manuel Mena no pudo ser herido el 8 de enero en la cota 1027 según constaba en el parte médico; la razón es simple: la cota 1027 había caído en manos franquistas días atrás, durante la noche del 30 al 31 de diciembre, a causa de la torpeza y la precipitación con que fuerzas de la 68.ª y la 39.ª divisiones republicanas relevaron a la 11.ª División de Líster, lo que permitió a la 62.ª División de Sagardía tomar aquella altura sin apenas complicaciones. De este modo comprendí que, en realidad, Manuel Mena no recibió un disparo en la cota 1027 sino en la 1207, más conocida como La Losilla, donde el día 8 habían tenido lugar duros enfrentamientos, y que quien redactó el parte médico había cambiado sin querer un número de sitio y en vez de 1207 había escrito 1027: un error ínfimo, comprensible y sin ninguna importancia aparente, que no obstante situaba el combate donde fue herido Manuel Mena en un lugar absurdo, a varios kilómetros de distancia del sitio donde en realidad ocurrió, y que falsificaba ese punto crucial de su historia.

Anécdotas como las que acabo de contar explican los escrúpulos y suspicacias que me acosaban cada vez que a lo largo de los años, entre libro y libro o al mismo tiempo que escribía otros libros, retomaba la persecución del rastro evanescente de Manuel Mena por la evanescente geografía de la guerra, intentando pisar exactamente donde él había pisado, ver exactamente lo que él había visto, oler exactamente lo que había olido y sentir exactamente lo que había sentido, compulsando con detallismo maniático la información contenida en libros, documentos y recuerdos relativos a él mismo y a su unidad, como si en aquella historia personal no pudiera fiarme de otra cosa que de mi experiencia personal. Es posible que este prurito obsesivo de veracidad explique en parte que, cuando la productora audiovisual me propuso filmar el programa de televisión, yo aceptase casi de inmediato, siempre y cuando filmásemos en Ibahernando: por una parte llevaba ya más de un año sin volver al pueblo; por otra, quería entrevistar a tres personas que habían conocido a Manuel Mena y hablar con otras dos que sabían cosas sobre él y sobre el Ibahernando de la República y la guerra. Ahora pienso que también pudo influir en mi decisión otro hecho. Tres años atrás, cuando David Trueba me acompañó a Ibahernando para filmar a El Pelaor, mi amigo había violado sin saberlo un veto que me había impedido hasta entonces abrirle a nadie aquel territorio íntimo, opaco y vergonzante, pero la violación había sido confidencial, había pasado casi inadvertida y no había tenido consecuencias, y es posible que tres años después me preguntase si un ruidoso tropel de forasteros armados de cámaras de televisión y dispuestos a difundir a los cuatro vientos imágenes del pueblo no terminarían de una vez por todas con el tabú, o convertirían el tabú en otra cosa. Ahora me pregunto si no es eso lo que ocurrió.

Fueron unos días un poco irreales. La productora desplazó hasta allí a un equipo de seis personas, todas muy jóvenes y capitaneadas por el presentador del programa, un versátil editor llamado Ernest Folch a quien yo conocía desde años atrás; le acompañaban un director de fotografía, un cámara, un técnico de sonido, un guionista y un encargado de producción. Por su parte, mi equipo constaba de cuatro personas: mi mujer, mi madre, mi hijo y mi sobrino

Néstor. Fui yo quien les pidió que vinieran. Mi mujer me
acompañaba siempre que podía; mi madre se me antojó
desde el principio indispensable: en nuestras conversaciones previas al viaje, yo había intentado explicarles a los responsables del programa que, si de lo que se trataba era de
hablar de la emigración desde el resto de España a Cataluña a través de mi biografía, el protagonista secreto del programa debía ser mi madre, porque era mi madre quien había vivido a fondo la experiencia de la emigración y quien
se había convertido a causa de ella, les expliqué, en una
variante viva del teniente Drogo de *El desierto de los tártaros*, instalada en la espera perpetua de un retorno imposible; los responsables del programa lo entendieron, o al menos obraron como si lo hubieran entendido. Por lo que se
refiere a mi hijo y mi sobrino Néstor, ambos rondaban los
veinte años, se llevaban muy bien, acababan de terminar
sus exámenes en la universidad y adoraban a su abuela:
ambos se reían con su bárbaro apetito de posguerra y con
su catolicismo granítico, a ambos les encantaba su forma de
hablar el castellano, las expresiones que usaba, su incorre-
gible acento extremeño y, aunque ninguno de los dos sabía
quién era Manuel Mena –lo que no impedía que física-
mente me recordaran cada vez más a él, quizá porque ambos rondaban la edad en que murió–, los dos la llamaban
Blanquita, que es como la llamaba Manuel Mena, y los dos
se separaban siempre de ella con un índice levantado y una
advertencia: «¡Pórtate bien, Blanquita!». Todo esto los con-
vertía en los *chevaliers servants* ideales para cuidar aquellos
días de mi madre, mientras mi mujer y yo estábamos ocupados con la filmación y con mis pesquisas sobre Manuel
Mena.

Los dos equipos nos instalamos en Trujillo: el de la productora, en no sé qué hotel; el mío, en el Parador, un viejo

onvento rehabilitado en el casco antiguo (habíamos decidido que no merecía la pena abrir por tan pocos días la casa
de Ibahernando, que por otra parte casi sólo era habitable
en verano). Como era previsible, la presencia de los seis
jóvenes forasteros del equipo de televisión alborotó un
poco el pueblo; los propios jóvenes parecían alborotados:
todo les sorprendía, todo les intrigaba, todo les fascinaba.
En cuanto a mí, diez días antes de emprender aquel viaje
había resuelto hacer una pausa en la novela que estaba escribiendo para sumergirme en el mar de informaciones
sobre Manuel Mena que había recogido en los últimos
años. La consecuencia de esa inmersión fue que al llegar a
Ibahernando yo estaba tan empapado de la historia de Manuel Mena que durante el rodaje del programa no dejé ni
un solo momento de pensar en él, ni de ponerme en su
piel, a ratos de identificarme con él (y ahora pienso que la
consecuencia de esa consecuencia fue la irrealidad de aquellos días). Quiero decir que, mientras el equipo de televisión nos filmaba a Ernest Folch y a mí caminando por las
calles blancas del pueblo entre la expectación de los vecinos, por momentos yo debía de imaginarme a Manuel
Mena caminando por aquellas mismas calles casi ochenta
años atrás, con su paso de oficial de Regulares y su aire un
poco extraviado, pálido, ajeno y jovencísimo, tratando de
aparentar la alegre extroversión de siempre pero oscura-
mente henchido de violencia y de muerte, intentando ser
fiel a la imagen victoriosa, idealizada y romántica que estaba obligado a proyectar un alférez franquista mientras se
debatía con una incipiente y difusa sensación de desencanto, y debía de preguntarme, por ejemplo, si aquel adolescente que antes de marcharse a la guerra ya sabía o intuía
que no encajaba en el pueblo no sentiría una extrañeza
multiplicada por mil cada vez que volvía del frente, como

si regresara de otro mundo o más bien como si regresara
un mundo que ya no era el suyo, ni podía serlo. Quier
decir que, mientras nos filmaban a Ernest Folch y a m
conversando en el Prado de las Encinas –un pedazo d
tierra que todavía conservaba mi madre a las afueras de
pueblo–, con un aprisco en ruinas a nuestras espaldas y coi
las cámaras y micrófonos del equipo frente a nosotros en e
calor espejeante de la tarde, yo debía de preguntarme, poi
ejemplo, si durante aquellos fugaces retornos al pueblo Manuel Mena se sentiría mejor o peor que quienes le rodea-
ban: ¿se sentiría peor que los demás porque había matadc
a gente y había presenciado escenas atroces y degradantes
y había participado o sentía que había participado en ellas
o que no las había evitado? ¿O se sentiría mejor porque
había sido capaz de arriesgar lo mejor que tenía por una
causa que consideraba justa, por algo que juzgaba superior
a él y lo sobrepasaba, porque había demostrado que estaba a
la altura y daba la talla y no se arrugaba, que era capaz de
poner en riesgo su vida y de defender con ella sus ideales,
a su familia, su patria y su Dios? ¿O se sentiría al mismo
tiempo mejor y peor que los demás? ¿Se sentiría limpio y
luminoso por fuera y oscuro y sucio por dentro?

Éste era el tipo de preguntas que sin duda me hacía, éste
era el tipo de cosas que debía de pensar. Y es curioso: que
yo recuerde, a lo largo de las muchas horas de interrogatorio a que me sometió Ernest Folch en Ibahernando jamás
mencioné a Manuel Mena, ni siquiera cuando pasamos por
la calle que lleva su nombre; o quizá no es tan curioso: al
fin y al cabo, lo esencial suele ser invisible, pero no porque
esté oculto, sino porque está a la vista de todos. Sea como
sea, fue durante aquellos pocos días de rodaje cuando creí
entender algunas cosas sobre Manuel Mena que hasta entonces no había entendido. Sobre todo dos. La primera ya

a he insinuado, y es que, a partir del final de la infancia o del principio de la adolescencia, Manuel Mena había palecido una creciente enajenación o extrañamiento de su pueblo. Al principio el extrañamiento había sido intelectual y le había revelado, en gran parte por influencia de don Eladio Viñuela, que sus intereses reales estaban lejos de los de la gente de su pueblo; después, durante su año de estancia en Cáceres, el extrañamiento había sido físico y le había permitido vislumbrar un horizonte más allá del minúsculo horizonte de su pueblo, lo que había acentuado su enajenación intelectual; por fin, el extrañamiento había sido moral, un extrañamiento provocado por la guerra que le había descubierto vertientes desconocidas de sí mismo y del mundo y había llevado a una efímera culminación sus extrañamientos previos.

Ésa es la primera cosa que creí comprender durante aquellos días: que al final de su vida Manuel Mena era un extranjero en su propio pueblo. La segunda cosa que creí comprender es que, como la guerra es un acumulador acelerado de experiencia, gracias a su paso por la guerra Manuel Mena había atesorado en sus diecinueve años de vida tanta veteranía como un hombre común en cincuenta, y que quizá en sus últimas visitas al pueblo, cuando regresaba de permiso desde el frente, su mirada era a la vez la de un viejo y la de un joven, la de un forastero y la de un oriundo, y que esa mirada suya de entonces no debía de ser muy distinta de mi propia mirada actual. Añadiré que no me cabe ninguna duda de que sólo Manuel Mena o mi obsesión de aquellos días por Manuel Mena explica muchas de las respuestas que di a las preguntas de Ernest Folch ante las cámaras. En determinado momento, por ejemplo, Folch me preguntó qué había significado para mí el hecho de que a los cuatro años mis padres me trasplantaran desde Extremadura a Ca-

taluña, y estoy seguro de que pensaba en Manuel Men
cuando le contesté que lo más probable es que significar
que desde niño había sido un desubicado, un tipo que no
encajaba ni en Cataluña ni en Extremadura, y que habí;
vivido siempre en ambos mundos con una sensación de
extrañeza, sintiéndome un forastero en ambos, como s
cada vez que regresara de Cataluña a Extremadura o de
Extremadura a Cataluña regresara de otro mundo o más
bien como si regresara a un mundo que ya no era el mío
ni podía serlo. En otro momento Folch me preguntó si me
sentía extremeño o catalán, una pregunta que desde niño
me habían hecho cientos de veces, y estoy seguro de que
también pensaba en Manuel Mena cuando me oí responder algo que no había respondido nunca; lo que respondí
es que durante toda mi vida me había avergonzado de ser
de Ibahernando y que, aunque me hubiera marchado de
Ibahernando de niño y sólo ocasionalmente hubiera vuelto a Ibahernando y en Ibahernando hubiera sido siempre
a la vez un forastero y un oriundo o un extranjero en su
propio pueblo y siempre hubiera encajado en Ibahernando
tan mal como en cualquier otra parte, la verdad es que uno
era de donde había dado su primer beso y de donde había
visto su primer western, y que yo no me sentía ni catalán
ni extremeño: me sentía de Ibahernando.

Las dos primeras personas con que me había citado para
hablar sobre Manuel Mena durante aquella visita a Ibahernando eran mi primo Alejandro Cercas y un amigo suyo
llamado Manolo Amarilla. Alejandro era uno de los seis
hijos de mi tía Francisca Alonso y mi tío Juan: la primera
había sido condiscípula de Manuel Mena en la escuela local
de don Marcelino; el segundo, primo hermano tanto de mi

padre como de mi madre, y quizá por este doble parentesco había mantenido hasta su muerte una estrechísima relación con ambos. Alejandro y yo no la habíamos heredado,
en parte porque nos separaban trece años de edad y en
parte porque habíamos llevado vidas muy dispares. Igual
que la mayoría de los habitantes de Ibahernando en los
años cincuenta y sesenta, Alejandro había emigrado del
pueblo con su familia; sin embargo, no lo había hecho a
Cataluña, como yo, sino a Madrid, donde desde muy joven,
en los años del final del franquismo y el principio de la
democracia, había destacado como dirigente socialista y
desempeñado cargos de responsabilidad en el partido y el
Congreso de los Diputados, hasta que en 1999 fue elegido
representante español en el Parlamento Europeo. Había
repetido en el cargo varias legislaturas y, después de haber
vivido más de una década en Bruselas, acababa de jubilarse
y de retirarse a vivir entre Ibahernando y Cáceres, en cuya
universidad daba clases sobre problemas de la integración
europea. En los últimos tiempos nos habíamos visto con
alguna frecuencia, casi siempre en Bruselas o en Ibahernando, y yo había descubierto sin sorpresa que, aunque se había
marchado a Madrid de adolescente, su relación con el pueblo seguía siendo intensa y apasionada, y que conocía abundantes pormenores de su historia.

Recuerdo la primera vez que le pregunté por Manuel
Mena. Debió de ser poco después de que yo empezara a
recoger información sobre él, aunque no recuerdo dónde
fue, ni siquiera si fue en persona o por teléfono. En cambio,
sí recuerdo muy bien su reacción. «¡Uf! −exclamó−. ¿Estás
seguro de que quieres escribir sobre eso?» «¿Quién te ha
dicho que voy a escribir sobre Manuel Mena?», me apresuré a contestar. «Nadie −dijo, y añadió con una ironía que
entonces quizá no capté−: Es que yo creía que los escritores

sólo preguntabais por cosas sobre las que vais a escribir. Aclarado el equívoco, quise saber por qué le parecía tan mala idea escribir sobre Manuel Mena. «No es que me parezca una mala idea –me contestó–. A lo mejor es muy buena. No lo sé. Lo que sí sé es que es muy jodida.» «¿Y eso?» pregunté. «¿Cómo que y eso? –contestó, cambiando en un instante la ironía por la pasión–. La guerra fue horrible, Javi. Horrible. Y en los pueblos todavía más. Tú eres una persona de izquierdas, como yo, y nuestra familia era de derechas. Si hurgas en la historia de Manuel Mena, a lo mejor averiguas alguna cosa que no te gusta.» «¿Sobre él?», pregunté. «Sobre él o sobre quien sea –contestó–. ¿Qué haces, entonces? ¿Lo cuentas?» «Claro –dije–. Si tuviera que contarlo, lo contaría.» «¿Y tu madre?», preguntó. No dije nada. Alejandro aprovechó mi silencio para explicar: «Mira, Javi. Yo nunca quise saber nada de mi familia; de la familia de mi padre, sobre todo, que es la tuya, ya sabes, los que mandaban en el pueblo. Me parecían horribles. Ahora, con la edad, creo que los entiendo mejor, pero…». «Eso es lo que debería intentar yo si contase la historia de Manuel Mena», intervine. «¿El qué?», preguntó Alejandro. «Saber», dije. «No juzgar», añadí. «Entender», aclaré. Y al final concluí: «A eso nos dedicamos los escritores».

Aquel mismo día Alejandro me confesó que el peor recuerdo que conservaba de su infancia era la estela silenciosa de odio, resquemores y violencia que había dejado la guerra; también me aseguró que él se había metido en política para terminar con aquello y para que nada semejante a aquello volviese a ocurrir. Luego me resumió lo que había oído contar de Manuel Mena (sobre todo a su padre y a su madre, que lo habían conocido), y a partir de ese día casi no volvimos a vernos ni a hablar sin que por uno u otro camino desembocáramos en la guerra y en Manuel

Mena. Manolo Amarilla debió de aparecer muy pronto en aquellas conversaciones, porque Alejandro asociaba siempre a su amigo con Manuel Mena, de manera que casi nunca hablaba de Manuel Mena sin hablar de Manolo Amarilla y sin animarme a conocerlo. Su nombre me sonaba mucho. Por Alejandro supe que Amarilla había nacido y vivía en Ibahernando, que era como él un viejo militante socialista, que había sido maestro de escuela en Las Hurdes y en Cáceres y que su mujer, aunque yo no la conocía o no la recordaba, era tía mía, porque era hija de Andrés Mena, uno de los hermanos de Manuel Mena. Así que no es raro que después de aceptar el rodaje del programa de televisión en Ibahernando llamara a Alejandro y le preguntara si Manolo Amarilla estaba en el pueblo y si podía aprovechar mi viaje para verlo. «Manolo no pasa por su mejor momento –me advirtió Alejandro–. Acaba de quedarse viudo. Pero seguro que le encantará verte y que hablemos. Se distraerá.» Fue sólo entonces cuando me contó que Manolo Amarilla conservaba en su casa algunos recuerdos de Manuel Mena, heredados de su suegro. «Entre ellos –precisó–, un texto escrito a mano por él.» Me quedé de piedra. «¿Por qué no me lo habías dicho antes?», pregunté. «No lo sé –contestó–. No sabía que era tan importante. ¿No me dijiste que no ibas a escribir sobre Manuel Mena?» En vez de responder a su pregunta formulé otra: «¿Y estás seguro de que es un texto escrito por él?». «Completamente –contestó–. Yo diría que son unas notas escritas para un discurso a los falangistas de Ibahernando. O algo así.» Alejandro habló del texto o de lo que recordaba del texto. «¿Sabes que no queda un solo papel escrito por Manuel Mena? –volví a preguntarle cuando terminó–. Ni una carta. Ni un recuerdo. Nada. Lo destruyeron todo cuando murió. Todo excepto un retrato.» «¿No te lo dije? –se reafirmó Alejandro–. Tienes que conocer a Manolo Amarilla.» Me dio el teléfono de su amigo, le llamé, hablamos un par de veces y, cuando hube acordado con el equipo de televisión las fechas exactas del rodaje, concerté una cita en Ibahernando con Alejandro y con él.

## 10

Más de un mes tardó Manuel Mena en recuperarse por completo de su primera herida de guerra. Según un informe redactado en el hospital militar de Trujillo por el comandante médico Juan Moret, después de sufrir el impacto en un brazo de una bala republicana el 8 de enero de 1938, a pocos kilómetros de Teruel, nuestro hombre fue atendido sucesivamente en los hospitales de Zaragoza y Logroño antes de llegar al hospital de Trujillo, donde permaneció ingresado desde el 18 de enero hasta el 10 de febrero de 1938, fecha en que se le concedió el alta. No sé cómo fue la vida de Manuel Mena durante aquel paréntesis bélico, ni cuál era su estado de ánimo, aunque estoy seguro de que en el hospital recibía las visitas de familiares y amigos que se acercaban desde Ibahernando para interesarse por la salud del héroe y para pasar un rato con él; también estoy seguro de que, una vez terminada la convalecencia, disfrutó en el pueblo de unos días de permiso, y de que en algún momento se enteró, quizá con más melancolía que satisfacción, de que Teruel había caído finalmente en manos franquistas el 22 de febrero, mes y medio más tarde de que él entrara por vez primera en combate con los Tiradores de Ifni para intentar conquistarla. Varios testimonios fidedignos, entre ellos el de la madre de Javier Cercas, recuerdan que las primeras veces que Manuel Mena regresaba de permiso desde el frente lo hacía acompañado por un asistente moro que le seguía o intentaba seguirle a todas partes —incluidos los paseos que daba al atardecer con sus amigas por la carretera de Trujillo— y que, en aquel pueblo donde nadie había visto un árabe en los últimos siete siglos, provocaba casi el mismo pavor que hubiera provocado un extraterrestre. Esta aprensión explica una anécdota ocurrida la primera noche que el asistente moro pasó en Ibahernando. La familia de Manuel Mena no sabía muy bien cómo tratarlo y, antes de que todos se retiraran a dormir, la madre de Manuel Mena le preguntó en un aparte precavido a su hijo si debía preparar la cama de su acompañante en el pajar o en la cuadra, junto a los animales.

—¿Cómo se te ocurre, madre? —le contestó escandalizado Manuel Mena, según recuerda Blanca Mena—. Este hombre es igual que yo, así que dormirá donde yo duerma y comerá donde yo coma.

También José Cercas, padre de Javier Cercas, guardaba una precisa reminiscencia infantil de los permisos de guerra de Manuel Mena. De acuerdo con ella, Manuel Mena nunca pasaba unos días de descanso en Ibahernando sin comer al menos una vez en su casa, con él, sus dos hermanos, su madre y su padre, Paco Cercas, que por entonces era el jefe de Falange del pueblo. José Cercas no recordaba que durante esas comidas familiares se hablase de la guerra, pero sí que, al terminar, Manuel Mena y su padre se encerraban a solas en el despacho de éste y se pasaban la tarde hablando y fumando mientras él y su hermana Concha intentaban cazar retazos de su conversación a través de la puerta cerrada. Nadie recuerda, en cambio, que Manuel Mena reanudase durante esas fugaces estancias en el pueblo su amistad de discípulo con don Eladio Viñuela; hubiera sido un recuerlo ilusorio, porque para entonces hacía ya tiempo que el mentor de Manuel Mena había sido reclutado por el ejército franquista y ejercía como médico de guerra en el pueblo de Vitigudino, en la provincia de Salamanca. Por lo demás, ignoro cuánto tiempo exactamente permaneció Manuel Mena en Ibahernando tras curarse aquel invierno la herida del brazo; pero, permaneciera el tiempo que permaneciera, no hay duda de que a principios de marzo ya se había reunido de nuevo con sus compañeros del Primer Tabor de Tiradores de Ifni, que por entonces se hallaba en reserva en los alrededores de un pueblo de la provincia de Teruel llamado Azaila, y que, integrado en la 13.ª División, a su vez integrada en el Cuerpo del Ejército Marroquí de Yagüe, se disponía a tomar parte en la gran ofensiva sobre Aragón y Cataluña que Franco y sus generales habían diseñado para aquella primavera.

La 13.ª División no se puso en marcha hasta el día 22, varias semanas después de que Manuel Mena se reincorporase a ella. La unidad del general Barrón llevaba algunos días acampada en el pueblo de Quinto, en la ribera derecha del Ebro, cuando recibió la orden de crear una cabeza de puente al otro lado del río para que pudiera cruzarlo el Cuerpo del Ejército al completo. Era una maniobra tan compleja como llena de riesgos, sobre todo al principio, porque en la ribera izquierda aguardaba, sólidamente atrincherada, la 26.ª División republicana, antigua Columna Durruti, y la cúpula divisionaria se la confió a la 4.ª Bandera de la Legión, al mando del comandante Iniesta Cano, y al Primer Tabor de Tiradores de Ifni, al mando del comandante Villarroya.

La operación se inició a las nueve de la noche. Si no hubiera sido por la oscuridad casi total, a esa hora Manuel Mena habría podido ver desde la orilla derecha cómo los pontoneros tendían los puentes de paso y cómo se lanzaban a cruzarlos en silencio los legionarios, bajo una lluvia mansa que mojaba sus armas y empapaba sus ropas. Hora y cuarto más tarde había atravesado el río sin contratiempos la 4.ª Bandera; tras unos minutos de expectativa, durante los cuales apenas se oiría el rumor de la lluvia y el tumulto de las aguas negras, caudalosas y apresuradas del Ebro, empezó a hacerlo el Primer Tabor de Tiradores de Ifni. El cruce concluyó poco más tarde de las once, y en la orilla izquierda la unidad de Manuel Mena se agazapó en el silencio húmedo de un cañaveral mientras trataba de agruparse y reorganizarse. Luego emprendió el avance con dificultad, chapoteando a oscuras en un barrizal surcado de acequias, hacia un lugar llamado Casa de Aznares (aunque en algunos mapas aparecía como Casa de los Catalanes), hasta que al cabo de un rato, no lejos de donde se hallaban, sonó un disparo. Después sonó otro. Y luego otro. Y en seguida se desencadenó un tiroteo mezclado de gritos, improperios y juramentos. Entonces comprendieron que los legionarios de la 4.ª Bandera habían topado con los soldados de Líster, pero recibieron orden de detenerse y aguardar mientras los disparos de fusil se mezclaban en la oscuridad con las detonaciones de los morteros y el tableteo de las ametralladoras. Aunque la refriega arreciaba, ellos continuaron esperando, sin sumarse a ella. Al cabo de un rato volvió poco a poco el silencio y recibieron la orden de intentar dormir. No pudieron hacerlo durante más de un par de horas, porque antes del amanecer el comandante Villarroya convocó a sus oficiales para informarles de la situación y para decirles que, como la 4.ª Bandera estaba en efecto delante de ellos, frenada por los republicanos, debían abrirse hacia el flanco derecho e intentar desbordar por allí las posiciones del enemigo. Con las primeras luces lanzaron el ataque. Las acometidas iniciales del Primer Tabor de Tiradores de Ifni fueron rechazadas, pero al cabo de un rato aparecieron varios aviones franquistas que, tras lanzar algunas bombas sobre sus propias posiciones, corrigieron el tiro y empezaron a bombardear las posiciones republicanas. Cuando los aviones se marcharon los relevó la artillería desde el otro lado del río. Por fin, otras dos unidades franquistas avanzaron por el sur para sorprender de revés al enemigo, quien antes de ser copado abandonó sus posiciones a la 4.ª Bandera.

La creación de aquella cabeza de puente en la margen izquierda del Ebro les costó la vida a doscientos sesenta y cinco franquistas y doscientos dieciocho republicanos, pero a partir de ese momento y hasta llegar a las puertas de la ciudad de Lérida, ya en Cataluña, el avance de la 13.ª División fue poco menos que un paseo militar. Al término de aquel primer día de ofensiva el Cuerpo del Ejército Marroquí había profundizado diez kilómetros en territorio republicano mientras el frente enemigo se desmoronaba, y en los días siguientes su progresión fue fulgurante: cruzando el desierto de los Monegros con el Primer Tabor de Tiradores de Ifni siempre en vanguardia –y con la 150.ª División a su izquierda y la 5.ª de Navarra a su derecha–, la 13.ª División ocupó el día 25 Bujaraloz, el 26 Candasnos y el 27 Fraga y las orillas del Cinca; al día siguiente la 5.ª de Navarra tomó Mequinenza, y el 29 Serós, Aytona y Soses, donde enlazó con la 13.ª División, que el 30 tomó Alcarrás. Allí se complicó todo. Allí, las vanguardias franquistas empezaron a recibir fuego de la artillería enemiga, lo que ralentizó su marcha, y al llegar a un lugar llamado Partida de Butsenit, a cuatro kilómetros de Lérida, ya con la ciudad y el castillo de Gardeny a la vista en la luz oxidada del atardecer, fueron atacadas por infantería y carros de combate republicanos, lo que obligó a sus hombres a bajar de los camiones, a desplegarse y a crear una línea de frente a lo largo del camino de Collastret, hacia Montagut y Serra Grossa.

Al día siguiente se desató la batalla de Lérida. Tres días atrás sus habitantes habían iniciado un éxodo masivo después de ser bombardeados por cuatro escuadrillas de Heinkel HE-51 alemanes procedentes del aeródromo de Sariñena, y a aquellas alturas la ciudad estaba prácticamente desierta; apenas quedaban en ella restos de tropas republicanas desmoralizadas que llevaban meses retirándose en desbandada, a las que en las últimas horas había venido a sumarse a toda prisa la 46.ª División de Valentín González, El Campesino. Éste sabía muy bien que, de los tres puntos clave para conquistar Lérida, el fundamental era Gardeny —los otros dos eran Les Collades y Serra Grossa—, un castillo templario levantado al final de la meseta que corona el cerro del mismo nombre, desde el cual se domina la ciudad. Su situación estratégica explica que ya al principio de la guerra los republicanos hubieran construido en la falda, la cumbre y la meseta del cerro un sistema escalonado de refugios, fortificaciones, alambradas, pozos de ametralladoras y caminos de evacuación que ahora El Campesino se apresuró a reforzar y a armar con ametralladoras, morteros, tanques y hombres, fiado en la esperanza de contener allí a los franquistas.

No lo consiguió. Durante la noche del 30 al 31 el Primer Tabor de Tiradores de Ifni acampó en la Partida de Butsenit, y a la mañana siguiente empezó a avanzar en orden de combate sobre Lérida siguiendo un camino que zigzagueaba, entre secas elevaciones del terreno, a la izquierda de la carretera. Iba en cabeza del Segundo Regimiento de la 2.ª Brigada, con el Primer Regimiento a su izquierda y la 5.ª de Navarra a su derecha, entre la carretera y la orilla del Segre, y en todo el día apenas consiguió progresar kilómetro o kilómetro y medio, hostigado sin descanso por la artillería republicana, que disparaba desde el otro lado del río, y por los hombres de la 46.ª División, que oponían una resistencia feroz. Aquella noche durmieron al raso, con los republicanos muy cerca, y el día 1 tomaron la Creu del Batlle, una masía situada a unos cientos de metros de Gardeny que apenas unas horas antes albergaba el cuartel general de El Campesino. Allí, en el curso de una reunión nocturna de oficiales a la que asistió Manuel Mena, el mando de la 13.ª División decidió que al día siguiente, mientras los dos Regimientos de la 1.ª Brigada atacaban Les Collades, la 2.ª Brigada atacaría Gardeny: el Segundo Regimiento lo haría de frente, por el lugar más abrupto y mejor protegido, y el Primer Regimiento intentaría rodearlo por el Camí de Gardeny, una zona más accesible situada al norte del castillo; también se decidió que en vanguardia del Segundo Regimiento, delante de los otros dos batallones que lo formaban —el de la Victoria y el 262—, se batiría el Primer Tabor de Tiradores de Ifni.

Fue otro ataque demente. Desde primeras horas de la mañana la artillería de la 13.ª División bombardeó sin piedad las posiciones de los republicanos mientras éstos replicaban con fuego de contrabatería sobre las posiciones franquistas, pero hasta el mediodía los Tiradores de Ifni no salieron de sus refugios alrededor de la Creu del Batlle y se lanzaron sobre Gardeny. Lo que siguió fueron seis horas de pesadilla. Manuel Mena emplazó sus ametralladoras al pie del cerro, tratando de cubrir desde allí el ascenso por la ladera de sus compañeros, quienes intentaban aprovechar las pausas de la artillería, los morteros, las ametralladoras y los fusiles enemigos para ganar unos metros gateando entre matojos quemados y buscar refugio en zanjas y socavones abiertos por las bombas en la tierra roja, tratando de escalar centímetro a centímetro aquel farallón arcilloso y erizado de alambradas y nidos de ametralladora donde se concentraba lo más duro de la defensa republicana. Finalmente hacia las tres de la tarde, los republicanos abandonaron sus trincheras en la cima del cerro ante el temor de ser rodeados por el Primer Regimiento, que había rebasado su flanco izquierdo por el Camí de Gardeny, y se replegaron hacia la meseta y el castillo, donde siguieron resistiendo a la desesperada apoyados por tres tanques rusos y parapetados tras un sistema de obstáculos sucesivos mientras los dos regimientos franquistas terminaban de escalar al mismo tiempo el cerro e invadían la meseta, los cañones de la 13.ª División los machacaban y una escuadrilla de Heinkel HE-51 ametrallaba sus posiciones con vuelos rasantes y en picado.

A media tarde el castillo había caído, y Manuel Mena contempló, todavía ofuscado por el estruendo, la sangre y el humo del combate, desde las murallas carcomidas por el impacto de las bombas, la ciudad de Lérida a sus pies, con la torre de la antigua catedral a la izquierda y el río Segre a la derecha. Aquélla era sólo una victoria parcial, así que la calma duró poco tiempo: dos batallones de republicanos recién llegados del frente de Madrid contraatacaron hacia las nueve de la noche. Lo hicieron iluminando la oscuridad con una bengala y lo hicieron con furia, mientras cantaban a voz en grito el himno de la 46.ª División e intentaban trepar por las laderas del cerro lanzando bombas de mano y disparando armas automáticas. El contraataque fracasó en apenas media hora, y durante el resto de la madrugada sólo se oyeron tiroteos dispersos entre el castillo y las primeras casas de la ciudad.

La conquista de Lérida se consumó al día siguiente. Hacia las doce de la mañana, después de varias horas de fuere preparación artillera, la 13.ª División se lanzaba en tromba sobre la ciudad, envolviéndola por los flancos con los dos regimientos de la 1.ª Brigada y asaltándola de frente con los dos regimientos de la 2.ª. A esa hora las ametralladoras de la compañía de Manuel Mena cubrían desde el cerro de Gardeny el descenso de su regimiento, con el Primer Tabor de Tiradores de Ifni a la cabeza, hacia las calles Academia y Alcalde Costa, donde arrancaba la ciudad y donde los defensores se habían parapetado alrededor de una gasolinera. Vencida la oposición republicana en ese punto, el resto fue más fácil. Mientras la compañía de ametralladoras de Manuel Mena los escoltaba abriéndoles camino y ayudándoles a eliminar los escasos focos de resistencia, los soldados del Primer Tabor de Tiradores de Ifni se adentraron en la ciudad en ruinas por Alcalde Costa, no sin tomar todas las precauciones para ponerse a resguardo de los disparos desesperados de los francotiradores y de los soldados republicanos que bajaban despavoridos de la catedral vieja con el fin de ponerse a salvo al otro lado del río antes de quedar encerrados en la ciudad por la voladura prevista del puente de la carretera. Así, avanzando con la máxima prudencia, cruzó Manuel Mena la avenida de Catalunya y la plaza de Sant Joan y pasó frente al Ayuntamiento, el hospital militar y cuatro iglesias quemadas desde los primeros días de la guerra, y al final, después de haber atravesado de punta a punta el casco urbano, él y el Primer Tabor de Tiradores de Ifni tomaron sin disparar un solo tiro su objetivo último: la estación del ferrocarril, un intacto edificio de aire neoclásico con un gran reloj en la fachada que en aquel momento marcaba las tres en punto de la tarde.

Lérida era prácticamente suya. Al cabo de un par de horas la 4.ª Bandera de la Legión y el Tabor Ifni-Sáhara se adueñaron de la catedral vieja e hicieron prisionera a su guarnición y, poco después, dos estampidos casi simultáneos estremecieron la ciudad con un temblor de hecatombe: los republicanos habían volado el puente de la carretera y la vía del ferrocarril para evitar que los franquistas cruzaran el Segre y prosiguieran su avance hacia Barcelona. Fue el final. Franco acababa de conquistar su primera capital de provincia catalana, y a partir de aquel momento la ciudad y el río Segre señalaron la línea del frente. En cuanto a la 13.ª División, después de haber sufrido más de mil bajas en los cuatro días anteriores necesitaba con urgencia un descanso, y durante los tres meses y medio siguientes, justo hasta que se desencadenó la batalla más descabellada de aquella guerra descabellada, todas sus unidades pasaron a la reserva.

Todas salvo algunas unidades escogidas, entre ellas el Primer Tabor de Tiradores de Ifni.

# 11

La reunión en casa de Manolo Amarilla fue una tarde en que Ernest Folch y el resto del equipo de televisión estaban ocupados filmando imágenes de recurso por Ibahernando y sus alrededores, y a ella también asistieron mi primo Alejandro y mi mujer. Quedamos a las cinco; a las siete y media tenía otra entrevista muy cerca de allí, en el mismo Ibahernando, con los dos únicos compañeros de colegio de Manuel Mena que quedaban con vida: mi tía Francisca Alonso, la madre de Alejandro, y doña María Arias, la maestra del pueblo.

Creí que reconocería a Manolo Amarilla en cuanto lo viese, pero me equivoqué. El hombre que nos abrió la puerta a mi mujer y a mí tenía unos setenta años; era muy flaco, usaba gafas, lucía un pelo corto y gris y una piel ligeramente rojiza, vestía tejanos gastados y camisa a cuadros. Después de saludarnos sin alegría (o con una alegría tan esforzada que casi no me pareció alegría), nos precedió por un patio muy bien cuidado hasta un salón de paredes decoradas a la manera tradicional del pueblo, con platos de cerámica, piezas antiguas de bronce, cuadros y placas de metal, algunas de las cuales, según nos explicó al pasar, eran obra suya. En el comedor esperaba Alejandro, sentado a una mesa camilla y tomando café. Nos sentamos con él y estuvimos hablando de generalidades mientras mi mujer se preparaba para filmarnos y nos servía café una hija de Manolo, una treintañera silenciosa y sonriente llamada Eva, que trabajaba como economista en Madrid y que intercambió unas frases con Alejandro y con su padre. Fue en ese momento cuando lo reconocí. Quiero decir que fue en ese momento cuando me acordé de haber visto a Manolo Amarilla otras veces, aunque no hubiera sabido precisar en qué lugar ni en qué época, y cuando pensé que al entrar no le había reconocido porque era como si llevase su cara escondida detrás de una máscara; entonces me acordé de lo que me había contado Alejandro sobre su mujer y comprendí que esa máscara no era la máscara de la vejez sino la de la viudedad.

En seguida intenté centrar la conversación sobre Manuel Mena. Apenas mencioné su nombre, Manolo comentó que, tras la muerte del alférez, él había frecuentado mucho su casa, con su mujer o con la que más tarde sería su mujer (que era a su vez sobrina de Manuel Mena), y que una cosa que siempre le había sorprendido mucho era que allí nadie hablaba nunca de él.

—A mí no me sorprende —intervino entonces mi mujer, que aún no había empezado a grabarnos pero ya tenía la cámara lista para hacerlo—. Si mi hijo hubiera muerto en la guerra con diecinueve años, lo último que querría es hablar de eso.

El comentario abrió de par en par las puertas de la conversación, y apenas nos adentramos en ella intuí que Alejandro y Manolo Amarilla llevaban toda su vida hablando de los años de la República y la guerra en el pueblo, y me pregunté si, aparte de su común militancia socialista, no era precisamente ese interés común el que había anudado una amistad tan estrecha entre ambos. El caso es que durante un buen rato hablamos del Ibahernando inmediatamente anterior a la República y luego del Ibahernando de la República, de la ebullición de la vida cívica, cultural y asociativa de la época, de mi bisabuelo Juan José Martínez y de don Juan Bernardo, de don Eladio Viñuela y de la comunidad de protestantes, de la fundación de la Casa del Pueblo y de mi abuelo Paco. Al comentar la imparable radicalización política y social de los meses previos a la guerra, Alejandro dijo:

—Me acuerdo de las primeras veces que vine al pueblo como socialista, en la segunda mitad de los setenta, cuando los socialistas acabábamos de salir de la clandestinidad. —Hablaba con la vehemencia contenida con que siempre hablaba de estos temas—. Yo era entonces un chaval obsesionado por la guerra y, cuando me encontraba con los viejos socialistas de la República, siempre les decía lo mismo: lo que no entiendo es que convirtierais en enemigos a gente que objetivamente no eran vuestros enemigos. Es decir, les decía, la República había venido a apoyaros a vosotros contra los que mandaban, que eran los grandes propietarios, la oligarquía. Pero la República no vino a apoyaros contra los pequeños propietarios y arrendatarios; al contrario: a ellos la República también había venido a protegerlos, y además de la misma gente. Y les preguntaba: ¿cómo es que no entendisteis que vuestros verdaderos enemigos eran, qué sé yo, la duquesa de Valencia, o el duque de Arión, o el marqués de Santa Marta, que vivían en Madrid, y no los pequeños propietarios y arrendatarios de Ibahernando? ¿Cómo es que no entendisteis que vuestro enemigo de clase no eran estos de aquí, sino aquellos de allí, y que, en vez de pelearos contra los de aquí, lo que teníais que hacer era aliaros con ellos para ir contra los de allí? —Dejó el interrogante en el aire un segundo y sonrió con melancolía, como riéndose en silencio de sí mismo—. Qué inocente, ¿verdad? ¿Cómo iba a entender eso la gente de aquí, si la mitad eran analfabetos y no tenían más horizonte que el del pueblo, si la inmensa mayoría no había salido nunca de aquí y sólo veían a los de aquí y no a los de allí? Eso quizá hubieran podido entenderlo los pequeños propietarios y arrendatarios, para ellos al menos hubiera sido más fácil entenderlo, sobre todo si se hubieran esforzado en entenderlo y si no hubieran tenido la mentalidad de señoritos déspotas y clasistas que tenían; aunque, la verdad, ni siquiera así estoy muy seguro de que hubieran podido… En fin. El caso es que tampoco lo entendieron y que, en vez de aliarse contra los ricos con los pobres casi tan pobres como ellos, se aliaron con los ricos contra los pobres más pobres que ellos. Y la jodieron.

—Esto no era Madrid ni Barcelona —le secundó Manolo con una frialdad un punto académica, que contrastaba con el ardor de Alejandro—. En el pueblo el enfrentamiento no era entre ricos y pobres, sino entre gente que podía comer y gente que no podía comer.

—Ésa era la diferencia fundamental —convino Alejandro—. Pero luego había otras. Estaba también la diferencia entre la gente de orden, la gente que no podía entender que se talaran árboles y se quemaran olivares y se intimidara a éste o al otro…

—Sí —le interrumpió con énfasis Manolo, abandonando por un segundo su desapego—. Pero que no se te olvide que la gente de orden se armó.

—No se me olvida —le tranquilizó Alejandro y, dirigiéndose únicamente a él, añadió—: Ya te he contado muchas veces lo de mi tío Manuel. —Ahora se volvió hacia mí—. Mi tío Manuel, la persona con la que se crió mi madre, su segundo padre, por decirlo así –aclaró, antes de explicar–: Una noche volvía a casa, poco antes de la guerra, y unos hombres lo atacaron. No pasó nada: le sacaron una navaja, le metieron miedo. Al día siguiente mi tío fue a denunciar lo ocurrido a la guardia civil. Y el cabo le dijo: «Lo siento. Yo no puedo protegerle. Ármese». Y eso hizo: le dieron un permiso de armas y se compró una pistola.

–Es verdad que en el pueblo había grupos de alborotadores –reconoció Manolo; la máscara seguía allí, pegada a su cara, pero, sobre todo cuando hablaba, sus ojos apagados parecían por momentos encenderse y sus facciones casi exangües se reanimaban–. Jóvenes que ya no eran analfabetos, que leían en la Casa del Pueblo y que no se achantaban ante los que mandaban, que se enfrentaban a ellos. Y, claro, luego los que mandaban no los contrataban, por republicanos o por izquierdistas o por ir a la Casa del Pueblo o por lo que fuese. Y los chavales todavía se encabronaban y alborotaban más. Y así se crispó la situación.

–Ése fue el problema: que el pueblo se partió por la mitad, y que la convivencia se volvió muy difícil –dijo Alejandro–. Mira, Javi: a mí no hay cosa que más me irrite que las interpretaciones equidistantes de la guerra, las del cincuenta por ciento, esas que dicen que aquello fue una tragedia y que los dos bandos tenían razón. Es mentira: aquí lo que hubo fue un golpe militar apoyado por la oligarquía y la Iglesia contra una democracia. Claro que aquella democracia no era ni mucho menos perfecta, y que al final había poca gente que creía en ella y que respetaba las reglas, pero seguía siendo una democracia; así que la razón política la tenían los republicanos. Y punto. Pero también me irrita mucho la interpretación sectaria o religiosa o infantil de la guerra, según la cual la República era el paraíso terrenal y todos los republicanos fueron ángeles que no mataron a nadie y todos los franquistas demonios que no paraban de matar; es otra mentira... Fíjate, yo siempre entendí muy bien que mi familia paterna, la tuya, fuera franquista: al fin y al cabo eran los que cortaban el bacalao en el pueblo; pero durante mucho tiempo me pregunté por qué mi abuelo Alejandro, el padre de mi madre, un hombre muy humilde un pastor, un simple jornalero, se había alistado como voluntario en el ejército de Franco y había salido hacia Madrid con tu abuelo Paco y con unos cuantos hombres de Ibahernando en los primeros días de la guerra. Y ahora, después de muchos años de hacerme esa pregunta, comprendo que la respuesta es evidente: era un hombre de orden, no aceptaba, no podía entender que no se recogiesen o se quemasen las cosechas, que se quemasen olivares, que se invadiesen fincas, que se robasen animales, que se amedrentase a la gente. Le parecía mal, le parecía simplemente intolerable. Mi abuelo Alejandro era un hombre traumatizado por el desorden y por la imposibilidad de convivir en paz, por el miedo. Igual que tu abuelo Paco. Ninguno de los dos fue a la guerra por pasión política, porque quisieran cambiar el mundo o hacer la revolución nacionalsindicalista; eso tienes que entenderlo, Javi. Fueron a la guerra porque sintieron que era su obligación, porque no vieron otra salida. ¿Y sabes qué sacaron en limpio de la guerra? Nada. Otros se pusieron las botas, se lo llevaron todo, pero ellos no. No se llevaron nada. Nada de nada. Tu abuelo hasta tuvo que marcharse del pueblo para sacar adelante a su familia, trabajando la tierra aquí y allá, de sol a sol, y mi abuelo ya ves: un modesto labrador toda su vida. Eso es así, y en este pueblo nadie te va a decir lo contrario, porque mentiría. Pero Manolo tiene toda la razón: Ibahernando no es Barcelona ni Madrid. Más allá de los enfrentamientos que produce el esfuerzo por modernizar el país que hace la República y todas esas cosas que cuentan os libros de historia, y que son verdad, lo que pasa aquí ntes de la guerra es algo mucho más elemental, como lo jue pasa en tantos pueblos de Extremadura, de Andalucía y le tantos otros sitios: es una situación de extremísima nece- sidad que enfrenta, como decía Manolo, a quienes no tienen jué comer y a quienes tienen qué comer; muy poquito, lo justo, pero lo tienen. Y aquí la cosa sí que empieza a pare- cerse a una tragedia, porque los que pasan hambre llevan razón al odiar a los que pueden comer y los que pueden comer llevan razón al tener miedo de los que pasan hambre. Y unos y otros llegan así a una conclusión aterradora: o ellos o nosotros. Si ganan ellos, nos matan; si ganamos nosotros, los tenemos que matar. Ésa es la situación imposible a la que los responsables del país condujeron a esta pobre gente.

Eva, la hija de Manolo, nos interrumpió en ese momen- to para ofrecernos otra taza de café; todos la rechazamos, pero aceptamos el agua que a cambio nos sirvió. Aún no había terminado de hacerlo cuando, impaciente por seguir, saqué a colación los asesinatos cometidos en el pueblo al estallar la guerra. Mencioné el del padre de El Pelaor; ellos mencionaron el de Sara García. Para entonces yo ya había leído y había oído hablar muchas veces sobre él, y les pre- gunté si sabían por qué la mataron.

—Era novia de un líder de las Juventudes Socialistas, uno de los hombres que se marcharon del pueblo después del golpe para unirse a los republicanos de Badajoz —contestó Alejandro; luego tragó saliva, pero, a juzgar por la mueca que hizo, lo que tragó bien hubiera podido ser vinagre—. Dicen que la mataron para vengarse de él. También se decía que lo hizo algún hijo de puta que la pretendía… No sé.

—Era muy guapa —dijo Manolo—. ¿Has visto alguna foto suya?

Sin esperar mi respuesta se levantó y volvió al cabo de unos minutos con un mazo de libros y papeles. Alejandro y yo estábamos hablando de los falangistas del pueblo.

–Antes de la guerra no había ninguno –terció Manolo sentándose de nuevo–. Me lo contó mi padre.

–Su padre era militar –me informó Alejandro.

–Y camisa vieja: tenía el carnet número 17 de la Falange de Cáceres –puntualizó Manolo–. Y me contaba que antes de la guerra vino muchas veces a Ibahernando para hacer proselitismo. Y que nadie le hizo ni caso. Aquí los de derechas eran de Gil Robles o de Lerroux. A la Falange se apuntaron al estallar la guerra, como en todas partes. Mira esto.

Me enseñó el diario de guerra que había llevado su suegro, el hermano de Manuel Mena, durante su estancia en el frente –un cuaderno no muy grueso escrito con letra cuidadosa–, me habló de la relación entre los dos hermanos y luego me contó lo que sabía de Manuel Mena. Al final puso en mis manos dos libros que Manuel Mena llevaba consigo cuando murió en el frente del Ebro: el primero se titulaba *Instrucción y empleo táctico de las ametralladoras de infantería* y era obra de varios autores; el segundo se titulaba *Legislación del gobierno nacional, 1936* y era obra de un tal José Pecharromán Colino. Mientras hojeaba este último, descubrí una flor marchita entre sus páginas; cogiéndola con sumo cuidado para que no se me desintegrase en las manos, se la mostré a la cámara.

–Es una margarita –dijo mi mujer, sin dejar de filmar–. A lo mejor lleva ochenta años ahí, ¿no? –Manolo no respondió, y un silencio pasmado se apoderó de la sala mientras los cuatro contemplábamos la margarita de Manuel Mena. Fue mi mujer quien deshizo el embrujo–. Oye, Javi –dijo en catalán–, deberíamos marcharnos: son casi las siee y media y seguro que tía Francisca y doña María ya están esperándonos.

Le pregunté a Manolo por el texto manuscrito de Manuel Mena del que me había hablado Alejandro, y Manolo sacó del mazo de papeles que acababa de traer cuatro hojas tamaño cuartilla escritas a pluma con una caligrafía un poco infantil, que empezaban: «Camisas azules de Ibahernando». Antes de seguir leyendo le pregunté si podía fotocopiarlas y por toda respuesta me entregó una carpeta de cartulina con los colores de la bandera republicana.

—Ahí dentro van las fotocopias —me dijo—. También te he metido una foto de Sara; verás que hay tres mujeres: Sara es la de la derecha. Y te he metido otra cosa. Léela también, para que veas que todo es todavía más complicado de lo que crees.

Antes de marcharnos Manolo nos hizo subir a su estudio, una buhardilla llena de libros y papeles en desorden, iluminada por un gran ventanal que se abría sobre la breve extensión de techumbres desportilladas del pueblo. De algún lugar sacó unas polainas y unas trinchas de cuero repujado.

—Eran un regalo para Manuel Mena —dijo mientras yo las examinaba—. De la familia. Las hizo un talabartero de Trujillo. Se las tenían preparadas para cuando volviese del frente, pero ya no volvió.

—¿No te lo dije, Javi? —comentó Alejandro al salir de la casa de su amigo—. Manolo estaba feliz con vuestra visita. Hacía mucho tiempo que no le veía tan animado.

No quise preguntarle cómo estaba Manolo cuando no estaba animado, porque en seguida llegamos a la casa de su madre, donde nos aguardaban ya las dos ancianas condiscípulas de Manuel Mena. Alejandro prometió que al cabo de un par de horas pasaría a buscarnos para despedirse de nosotros y nos dejó a solas con ellas. Cuando volvió a aparecer

estábamos terminando de hablar. Nos acompañó hasta e
coche mientras nos sonsacaba lo que nos habían contado
su madre y doña María Arias sobre Manuel Mena y la República y la guerra. Al llegar los tres al coche Alejandro le
dio dos besos de despedida a mi mujer.

—Joder —dijo, casi aliviado—. Esto de hablar de la guerra
todavía me revuelve las tripas. —Se quedó un segundo pensativo mientras mi mujer y yo le observábamos, esperando
que continuase. Eran más de las nueve y media de la noche, pero aún brillaba en el horizonte el último resplandor del día; los gritos de las golondrinas rasgaban como
cuchillas de afeitar el silencio de las calles. Dirigiéndose
sólo a mi mujer, Alejandro continuó—: ¿Sabes por qué me
metí en política, Mercè? Por vergüenza. Me daba vergüenza que mi familia no hubiera evitado lo que pasó en
este pueblo.

—¿Pudieron evitarlo? —preguntó mi mujer.

—No lo sé, pero tenían la obligación de hacerlo —contestó Alejandro—. O por lo menos de intentarlo. Eran los que
mandaban, y el que manda siempre es el responsable.

—Entonces esto tampoco fue una tragedia —dedujo mi
mujer, volviendo contra él su propio argumento.

—Tampoco —reconoció Alejandro—. Tienes razón. Sea
como sea, yo me hice político para que no volviera a pasar.

La frase de Alejandro sonó con el timbre inconfundible
de la verdad, y en aquel momento me aborrecí un poco, porque supe que siempre que se la había oído pronunciar —y se
la había oído pronunciar muchas veces— había pensado que
era una frase de político o de politicastro, hueca, para la ga-
lería. De golpe reparé en el aspecto de Alejandro. Vestía
unos pantalones hasta las rodillas, unas sandalias sucias de
tierra y una camiseta granate, también un poco sucia; una
barba entreverada de canas parecía querer devorar su cara

curtida por la intemperie. Por un momento, a la luz cobriza de aquel atardecer prorrogado, me pareció que tenía el aspecto de un jornalero viejo, y me pregunté en qué momento de su vida había decidido que su sitio estaba al lado de los pobres y los perdedores de la guerra; también me pregunté qué aspecto habría tenido Manuel Mena si hubiera llegado a su edad.

—No sé si estoy de acuerdo con todo lo que has dicho en casa de Manolo —le confesé—. Tengo que pensarlo. Pero de una cosa sí estoy seguro.

—¿De qué? —preguntó.

—De que en la guerra nuestra familia se equivocó de bando —respondí—. No sólo porque la República tenía razón, sino porque era la única que podía defender sus intereses. No digo que en sus circunstancias fuera fácil acertar, y tampoco voy a ser tan frívolo y tan sinvergüenza como para juzgarlos ahora, ochenta años después de aquello, con la mentalidad y la comodidad de ahora y cuando ya conocemos el desastre que vino después. —Me acordé de David Trueba y dije—: No eran omniscientes. No lo sabían todo. No podían saberlo. Pero se equivocaron. De eso no hay duda. Se engañaron o les engañaron: su bando era el de la República.

—¡No te quepa la menor duda! —exclamó Alejandro, abriendo mucho los ojos y refrenándose visiblemente para que, en la quietud absoluta de la calle, su exclamación no sonase como un grito—. La prueba es que a nuestra familia no le fue mejor después de la guerra que antes de la guerra; al contrario: le fue peor. Y a la larga mucho peor. Igual que a Ibahernando. Mira. —Con un gesto pareció querer abarcar el silencio de las calles sin nadie, de las casas sin nadie, del pueblo colmado de fantasmas, donde los únicos seres vivos parecían las golondrinas que zigzagueaban en el crepúsculo emitiendo gemidos de niño aterrado o enfermo—. Antes de la guerra todo esto estaba lleno de gente, aquí había vida, el pueblo tenía un futuro, o podía tenerlo. Ahora no hay nada. El franquismo convirtió Ibahernando en un desierto, se llevó de aquí a los pobres y a los ricos, a los que comían y a los que no comían. A todos.

Mientras Alejandro hablaba pensé en mi madre, que siempre había vivido fuera de Ibahernando como una patricia en el exilio, pensé en Eladio Cabrera, el guardián de la casa de mi madre, que vivía en Ibahernando convencido de que, cuando él y su mujer murieran, Ibahernando se acabaría, y pensé que Alejandro se había retirado a Ibahernando para que Ibahernando no se acabase; también pensé en mi hijo y mi sobrino Néstor, que tenían más o menos la misma edad que siempre tendrá Manuel Mena, y me alegré de que nos estuvieran esperando con mi madre en Trujillo. Entonces pensé: «Eso es lo más triste del destino de Manuel Mena. Que, además de morir por una causa injusta, murió peleando por unos intereses que no eran los suyos. Ni los suyos ni los de su familia». Y pensé: «Que murió para nada».

Alejandro y yo nos despedimos con un abrazo que él prolongó un segundo más de lo normal, o esa impresión tuve. Cuando deshicimos el abrazo me dijo mientras se daba la vuelta para marcharse:

—Escribe un buen libro, primo.


Mi hijo y mi sobrino Néstor habían estado bañándose y tostándose al sol en la piscina del Parador, y a la hora de la cena habían acudido a buscar a mi madre a casa de su hermana Sacri, en el mismo Trujillo, donde ambas habían pasado la tarde conversando. Eso nos contaron por la noche, mientras picábamos algo ligero en el restaurante del Parador mi madre daba cuenta de un menú extremeño completo, con un plato de torrijas de postre. «Blanquita se ha portado muy bien», añadieron mi hijo y mi sobrino Néstor. Durante la cena hablamos de algo de lo que ya habíamos hablado en el viaje desde Barcelona: la casa de Ibahernando. Mi madre volvió a decirme que no quería marcharse sin echarle un vistazo y yo le contesté que se lo echaríamos a la mañana siguiente, porque era entonces cuando teníamos previsto filmar allí con el equipo de televisión. Luego mi madre dijo que no sé cuál de mis hermanas le había hablado otra vez de vender la casa; era algo que me decía de vez en cuando, para que yo le repitiese que, al menos mientras ella estuviese viva, la casa no se vendería. Se lo repetí.

—¿Y cuando yo me muera? —preguntó.

«La venderemos», pensé, y después pensé, pensando en Alejandro y en Eladio Cabrera y en su mujer: «Y entonces el pueblo desaparecerá». Mi sobrino Néstor acudió en mi rescate: aseguró que no entendía para qué queríamos aquella casa donde ya casi no se podía vivir; también mi hijo intentó echarme una mano.

—Abuela —proclamó—, ni Bill Gates mantiene una casa para usarla quince días al año.

Mi madre le miró con extrañeza.

—¿Y ése quién es? —preguntó.

Ya en la habitación sonó mi móvil; lo cogí: era Ernest Folch. Ernest me explicó que, por una serie de razones, les convenía aplazar el rodaje de la mañana hasta la tarde, y me preguntó si no nos incomodaba el cambio. Yo tenía la tarde siguiente ocupada con una cita, pero le contesté que, si no le decía nada en contra, nos veríamos al día siguiente por la tarde en Ibahernando y, aunque pasaban de las once de la noche, me apresuré a llamar a casa de mi tío Alejandro. Era la quinta persona con la que deseaba conversar sobre Manuel

Mena en aquel viaje, y quizá la más importante, porque había vivido sus primeros años en casa de mi bisabuela Carolina, igual que mi madre, y había compartido infancia y habitación con Manuel Mena. Yo ya había hablado varias veces por teléfono con él, largamente; en esta ocasión hablé con su mujer, mi tía Puri, que me dijo que no tenían ningún inconveniente en adelantar a las doce de la mañana la visita que habíamos concertado para la tarde en su casa de Cáceres.

Aquella noche apenas pegué ojo. A mis pesquisas sobre Manuel Mena solía llevarme las traducciones de la *Ilíada* y la *Odisea* que durante mi viaje a Ibahernando con David Trueba había encontrado en la casa de mi madre; ya había releído por entero la *Ilíada*, me había adentrado en la *Odisea* y aquella noche habría seguido con ella si no hubiera sido porque, con mi mujer dormida a mi lado en la cama, me dediqué a estudiar los documentos que Manolo Amarilla me había entregado por la tarde. El primero que leí fue el texto manuscrito de Manuel Mena, que empezaba: «Camisas azules de Ibahernando». Continuaba así:

Voy a dirigiros la palabra con frases sencillas y conmovedoras, si alcanzarlo pudiera, para que os deis cuenta una vez más de lo que significa este movimiento y esta organización que se fundó el 29 de octubre de 1932 por los mártires y libertadores (que así se los debe llamar) Ruiz de Alda, Sánchez Mazas y José Antonio Primo de Rivera.

Habiendo pasado días, años y yendo nuestra España, nuestra Patria, de mal en peor, no olvidando nuestro Jefe que:

Esclavo no puede ser,
Pueblo que sabe morir,

se lanzó a la calle para salvarnos a todos del yugo que nos oprimía.

Como sus buenas intenciones no podían alcanzarse de otra manera que con la revolución, ésta fue la causa de pronunciar nuestro camarada José Antonio la siguiente frase: «La paz ha de venir con la guerra, pero la guerra ha de ir por las veredas [por las] que la llevan los buenos españoles».

Deseosos como estábamos todos de elevar a España, de engrandecerla y de servirla, llegó un momento oportuno para lograrlo y éste fue el 18 de julio de 1936.

Es la hora de ostentar la camisa azul, es la hora de quitarse la careta y dar el pecho al enemigo, porque la Falange no quiere emboscados, porque la Falange no quiere vividores; Falange Española de las JONS quiere «almas limpias y corazones arrepentidos».

No olvidamos las palabras de «Españoles, la patria está en peligro, acudid a defenderla» y a pesar de faltarnos El Único, el Insustituible, El Profeta desde hace un año, el Caudillo que escribió con sangre de su propio corazón nuestra doctrina, no faltaron miles y miles de camisas nuevas para ir al frente de batalla, aunque cientos y cientos de camisas sucias y viejas tornaban a sus casas. Pero siempre cantando «si te dicen que caí, me fui al puesto que tengo allí».

Después de todo esto, no debemos consentir, ni podemos consentir, ni consentiremos, que la Falange se aniquile, porque es una organización sana, porque es una organización pura y porque ha sabido, como ninguna otra, ayudar a la patria cuando ésta lo ha necesitado.

Pero tened presente que para que la Falange progrese es necesario que vosotros os unáis, porque su programa aconseja la armonía entre las clases sociales. Para José Antonio «el trabajo en sí, como el capital en sí, no tiene valor; sólo vale el trabajo y el capital en función del fin que se quiere conseguir». Porque con razón decía «como dos manos necesita el sacerdote para alzar la forma divina, dos manos se necesitan para elevar la sociedad».

Camisas azules de Jbahernando:

Voy a dirigiros la palabra con frases sencillas y conmovedoras, si alcanzarlo pudiera, para que os deis cuenta una vez más de lo que significa éste movimiento o ésta organización que se fundó el 29 de Octubre de 1932 por los mártires y libertadores (que así se les debe llamar) Ruiz de Alda, Sánchez Maza y José Antonio Primo de Rivera.

Habiendo pasado días, años y yendo nuestra ~~Patria~~ España, nuestra Patria de mal en peor, no olvidando nuestro lema que:

Esclavo no puede ser,

Pueblo que sabe morir,

se lanzó a la calle para salvarnos a todos del yugo que nos oprimía.

Como sus buenas intenciones no podían alcanzarse de otra manera que con la revolución, ésta fué la causa de pronunciar nuestro camarada José Antonio la siguiente frase:

"La paz, ha de venir con la guerra,

Pero la guerra ha de ir,

Por las veredas que la lleven los buenos españoles."

Deseosos como estábamos todos de elevar a España, de engrandecerla, llegó un momento oportuno para lograrlo y ésto fué el 18 de Julio de 1936.

Es la hora de estrenar la camisa azul, es la hora de quitarnos la careta y dar el pecho al enemigo, porque la falange no quiere emboscados, porque la Falange no quiere viñidores; F.E. de las J.O.N.S quiere "almas limpias y corazones arrepentidos."

No olvidando las palabras de "Españoles, la Patria está en peligro, Acudid a defenderla." y a pesar de faltarnos ~~a~~ El Único, El Insustituible, El profeta de hace un año, El Caudillo que escribió ~~que~~ con sangre de su propio corazón nuestra doctrina, no faltarón"

Miles y miles de camisas nuevas,
para ir al frente de batalla, aunque
aunque cientos y cientos de camisas ~~viejas~~ sucias y rojas,
tornaban a sus casas.

Pero siempre cantando "Si
te dicen que caí, me fui al puesto que tengo allí".

Después de todo esto, no debemos consentir, ni podemos consentir, ni consentiremos, que la Falange se aniquile, porque
es una organización sana, porque es una organización pura y
porque ha sabido, como ninguna otra, ayudar a la patria
cuando ésta lo ha necesitado.

Pero tened presente que para que la Falange progrese es necesario que vosotros os unáis, porque su programa aconseja la armonía entre las clases sociales. Para José Antonio "El trabajo no el,

como el capital tampoco, no tiene valor; sólo vale el trabajo y el capital
en función el fin que se quiere conseguir, porque con razón decía"
como dos manos necesita el sacerdote para alzar la forma divina, dos manos necesitan para elevar la sociedad".

Y ahora lo único que debemos pedir todos es "Que la sangre derramada por nuestros camaradas en los distintos frentes, sirva de
substancia fértil para el semillero de los nuevos ideales" y " la vertida
por los enemigos de substancia corrosiva para las podridas raíces
que en esos corazones habían infundido"

De esta manera y de una vez para siempre haremos Hombres, haremos Historia y Haremos España.

Una
Grande y
Libre

¡ Arriba España !

Y ahora lo único que debemos pedir todos es «que l
sangre derramada por nuestros camaradas en los distinto
frentes sirva de sustancia fértil para el semillero de los nuevo
ideales» y «la vertida por los enemigos de sustancia corrosiva
para las podridas raíces que en esos corazones habían infundido».

De esta manera y de una vez para siempre haremos Hombres, haremos Historia y haremos a España Una, Grande y Libre
¡¡Arriba España!!

Al final del texto había una serie de anotaciones o de
fragmentos de anotaciones; la más larga (y la más interesante) rezaba:

Es hora ya que se una la clase obrera y patronal, porque,
camaradas: «Los obreros, los empresarios, los técnicos, los organizadores forman la trama total de la producción, y hay un
sistema capitalista que con el crédito caro, que con los privilegios abusivos de accionistas y obligacionistas se lleva, sin
trabajar, la mayor parte de la producción y hunde y empobrece por igual a los patronos, a los empresarios y a los obreros». José Antonio (19 de mayo de 1935).

He aquí otro fragmento: «... debemos elegir "lo mejor
entre lo posible"». Y otro: «Hay que trabajar "hasta levantar
España a las estrellas, donde vigilan los que nos enseñaron
a morir por la Patria, el Pan y la Justicia". Por España Una,
Grande y Libre». He aquí el último: «Luchamos al lado de
héroes como son: un Aranda en Oviedo y un Moscardó en
el Alcázar de Toledo». Al final venía la firma de Manuel
Mena.

Leí un par de veces todo lo anterior. La primera conclusión a que llegué es que mi primo Alejandro tenía razón y que

3

no deben, ni saben, ni pueden darla, debemos elegir
"Lo mejor entre lo posible."

Es hora ya que suma la clase obrera y patronal
porque camaradas.

"Los obreros, los empresarios, los técnicos, los organizadores, forman la trama total de la producción, y hay un sistema capitalista que con el crédito caro, que con los privilegios abusivos de accionistas y obligacionistas se lleva, sin trabajar, la mayor parte de la producción y hunde y empobrece por igual a los patronos, a los empresarios, a los organizadores y a los obreros."

José Antonio (12 mayo 1935)

Hay que trabajar
"Hasta levantar España a las estrellas, donde vigilan los que nos enseñaron a morir por la Patria, el Pan y la Justicia.

por

España Una, Grande y Libre.

Luchamos al lado de héroes como son:
"Un Aranda en Oviedo y
Un Moscardó en el Alcázar de Toledo."

aquello, más que una carta desde el frente, parecía un discurso o unas notas para un discurso o un mitin dirigido a los falangistas de Ibahernando. La segunda se deducía de la alusión a la muerte de José Antonio Primo de Rivera, ocurrida el 20 de noviembre de 1936; Manuel Mena la situaba un año atrás, lo cual significaba que el texto había sido escrito y pronunciado (suponiendo que en efecto hubiese sido pronunciado) en el otoño o el invierno de 1937, cuando en la zona franquista se disipaban las dudas sobre la ejecución de José Antonio en Alicante y cuando Manuel Mena había adquirido una cierta autoridad en el pueblo porque llevaba ya un año en el frente y acababa de obtener el grado de alférez y tal vez de incorporarse a los Tiradores de Ifni, pero también cuando aún no había entrado en combate con su unidad y aún no había experimentado a fondo la guerra y su exaltación política y su idealismo bélico permanecían intactos. La tercera conclusión era que aquel texto estaba pensado para infundir ánimo en los falangistas del pueblo y atraer nuevos militantes al partido y nuevos voluntarios al frente, para animar a antiguos republicanos e izquierdistas a que se unieran a la causa y para preservar la pureza e independencia de Falange: hacía unos meses, en abril del 37, Franco había disuelto o intentado disolver el partido fundiéndolo con el tradicionalismo carlista en el aguachirle nacionalcatólico del partido único, la Falange Española Tradicionalista y de las JONS, y en su texto Manuel Mena parecía apelar a los fundamentos ideológicos del partido de José Antonio para evitar que esa alianza política con los carlistas desactivase su potencial revolucionario. La cuarta conclusión se desprendía de lo anterior, y era la más relevante. En el texto Manuel Mena aparecía, por una parte, como un adolescente infatuado de lecturas, ávido de exhibir su repertorio de alusiones histórico-literarias entresacadas del ademécum patriótico del momento: dos versos mal citados de un celebérrimo poema de Bernardo López García («Oda al dos de mayo»), unas palabras pronunciadas o supuestamente pronunciadas por el alcalde de Móstoles llamando a la rebelión contra las tropas napoleónicas en el arranque de la guerra de la Independencia, quizá un versículo de un salmo bíblico (el 24:4), sin duda dos versos del «Cara al sol», el himno de Falange, y varias frases entresacadas de los discursos de José Antonio. Por otra parte, aunque cometía el error de adelantar en un año entero la fecha de la fundación de Falange, en su escrito Manuel Mena se revelaba como un joseantoniano puro, no como un franquista (de hecho, el discurso no contiene una sola mención a Franco), como un chaval intoxicado por el idealismo ponzoñoso del fundador de Falange y como un creyente a pies juntillas en la armonía de clases predicada por los revolucionarios de extrema derecha y extrema izquierda y en la doctrina joseantoniana consistente en aunar patriotismo a ultranza y revolución social en una síntesis imposible que sin embargo era el mejunje ideológico combinado por la oligarquía para detener el igualitarismo socialista y democrático. Ése fue el cuarto y último corolario que deduje de la lectura del manuscrito de Manuel Mena: que, bien leídas, aquellas pocas palabras conservadas gracias a la pasión por el pasado de Manolo Amarilla esbozaban un retrato moral, político e ideológico del personaje que inesperada y parcialmente lo revivía.

El segundo documento que estudié aquella noche era mucho más largo que el anterior. Constaba de cincuenta y siete páginas y era el sumario del consejo de guerra sumarísimo n.º 2.430, instruido a principios de 1940 en Cáceres contra un hombre de Ibahernando llamado Higinio A.V. En cuanto empecé a leerlo empecé a temblar. Tal y como se deducía del sumario, la historia era la siguiente:

El 29 de abril de 1939, recién terminada la guerra, m■
abuelo Paco, que por entonces era jefe de Falange en Iba
hernando, había enviado un oficio firmado de su puño ▪
letra al gobierno militar de Cáceres en el cual declarab■
sucintamente que Agustín R.G., un convecino recluido er
el campo de concentración de Trujillo como prisionero d■
guerra republicano, le había confiado que Higinio A.V. er■
el autor de un asesinato perpetrado en un pueblo de Cór-
doba durante la guerra. Mi abuelo no aclaraba que Higinio A.V. también era un convecino de Ibahernando y que
igual que Agustín R.G., estaba ingresado en el campo d■
concentración de Trujillo como prisionero de guerra. Sólo
concluía: «Es cuanto puedo informar a V. en honor a la
verdad». Acto seguido figuraba en el sumario una declaración de Agustín R. G., fechada un mes más tarde en Trujillo, en la que éste confirmaba su denuncia y la precisaba:
había sido el propio Higinio A.V. quien le había confesado
el asesinato —el «paseo», lo llamaba, en la jerga de entonces—, lo había hecho en Villanueva de la Serena, Badajoz,
en algún momento de 1936 y en presencia de otras cuatro
personas, dos de las cuales, afirmaba, se hallaban asimismo
encerradas en el campo de Trujillo. A continuación los dos
testigos mencionados por Agustín R. G. avalaban su relato
(sólo uno de ellos añadía un detalle: la confesión de Higinio A.V. se había producido en el invierno del 36, mientras
disfrutaba de un permiso militar). Después venía una serie
de declaraciones de autoridades de Ibahernando —el juez,
el policía municipal, el brigada de la guardia civil—, así como
de algún vecino; en ellas informaban de la pertenencia de
Higinio A. V. a las juventudes comunistas, de su participa-
ción en «cuantos atropellos se cometieron contra personas
de orden y propiedades» antes de la guerra, según escribía
el brigada, y de su huida al campo republicano al estallar la

Francisco Cerces Fernández (mayor) Jefe Local de
V.E.T. y de las J.O.N.S. de Hechemendo

Tengo el honor de Informar á V. que
el vecino de esta Higinio Agudo Villar perte
neció en este pueblo á las Juventudes Comunis
tas siendo elemento muy rebolucionario, pen
denciero y siempre insultando á las personas
de orden y por referencias de Agustín R. ▄▄▄
▄▄▄ actualmente en el Campo de Concentra
ción de Trujillo sé que Higinio A▄▄ V▄▄
fué el autor de la muerte del padre políti
co de Salazar Alonso para el pueblo de los
Blazquez.
   + Es cuanto puedo Informar á V. en honor
á la verdad
   Hechemendo á 29-4-1939. Año de la Victoria
               El Jefe Local
               Francisco Cerces

Teniente de Investigación de Prisioneros
Gobierno Militar de
                    Cáceres

guerra; algunos se hacían eco de los rumores sobre su par-
ticipación en varios asesinatos, entre ellos el denunciado por
Agustín R. G. Todos estos informes llevaban fecha de octubre del 39. De noviembre –del 11 de noviembre– era la
declaración del acusado, donde negaba todos los cargos que
se le imputaban, aunque admitía haber sido militante de
UGT, el sindicato socialista, y haber pasado «por miedo» a la
zona republicana tras el inicio de la guerra. Con esto terminaban las diligencias del juez instructor. El 4 de diciembre
se reunía por vez primera en Cáceres el tribunal del consejo de guerra; su primera petición fue que Agustín R.G. y
uno de los dos testigos que habían ratificado su testimonio

en Trujillo lo ratificaran en Cáceres. Así lo hicieron ambos ocho días después: volvieron a acusar a Higinio A. V. de haber cometido el asesinato o, más exactamente, de haber asegurado que lo había cometido. El 27 de enero de 1940 se reunió por segunda y última vez el tribunal del consejo de guerra y, tras las alegaciones del fiscal y el abogado defensor, condenó a muerte al reo. La sentencia se cumplió: el 8 de junio de aquel mismo año, Higinio A. V. fue fusilado al amanecer en un campo de tiro a las afueras de Cáceres.

Hasta aquí, los hechos consignados en el sumario. Ya digo que empecé a leerlos temblando, acostado junto a mi mujer en nuestro dormitorio del Parador; luego, todavía con el corazón en la boca, me levanté y seguí leyéndolos de pie; al final terminé de leerlos sentado a la mesa de la habitación con una extraña mezcla de horror y de alivio. «Para que veas que todo es todavía más complicado de lo que crees», me había dicho Manolo Amarilla al entregarme la copia del sumario. Al principio, cuando reconocí el nombre de mi abuelo Paco en el oficio inicial, pensé que Manolo se refería a él, y me acordé de un artículo que yo había escrito años atrás, después de enterarme de que durante la guerra mi abuelo había salvado de morir a un alcalde socialista de Ibahernando, y me dije con angustia que iba a descubrir que en una guerra un mismo hombre es capaz de lo mejor y de lo peor; cuando terminé de leer el sumario comprendí que, por fortuna, al menos en este caso estaba equivocado. Mi abuelo no había denunciado un delito político, sino un delito común: el asesinato de un hombre, o más bien el presunto asesinato de un hombre. De hecho, ni siquiera había denunciado un delito; había denunciado una denuncia, la de Agustín R. G., había solicitado por escrito que se investigase, cosa a la que estaba obligado desde cualquier punto de vista, empezando por el ético y terminando por el penal (no estaba obligado, en cam-

-io, a consignar en el oficio su opinión sobre Higinio A. V., unque fuera justa o aunque él la considerara justa: no estaba obligado a decir de Higinio A. V. que era un «elemento muy evolucionario, pendenciero y siempre insultando a las personas de orden»): lo que había hecho mi abuelo era un imperativo del código penal, tanto el de los vencedores como el de los vencidos, tanto el del franquismo como el de la República o el de cualquier democracia. O, dicho de otro modo, es posible que mi abuelo hubiese dudado si dar curso o no a la denuncia contra Higinio A. V., por temor a las consecuencias que su acto podía ocasionarle a éste; pero lo cierto es que estaba obligado a hacerlo y que, si no lo hubiera hecho, hubiera cometido él mismo un delito: se hubiera convertido en encubridor de un asesinato.

Ahora bien, me pregunté llegado a este punto, ¿y Agustín R. G.? ¿Por qué había denunciado Agustín R. G. a Higinio A. V.? Yo no sabía nada de Higinio A. V., ni siquiera había oído mencionar su nombre, pero sí había leído el nombre de Agustín R. G. en multitud de documentos conservados en el archivo del pueblo y había oído hablar muchas veces de él, un hombre que según el sumario contaba por entonces treinta y seis años (Higinio A. V. contaba veintisiete) y de quien sabía que durante la República había sido un importante dirigente socialista del pueblo y había desempeñado cargos de relieve en el Ayuntamiento y había adquirido un prestigio unánime de político justo, honesto, valeroso, eficaz, razonable y conciliador. No cabía duda de que este hombre conocía a mi abuelo Paco, ni de que cuando le presentó su denuncia sabía que era el jefe local de Falange, tampoco de que, quizá por medio de su familia, había conseguido que mi abuelo fuera a verle a Trujillo para denunciar lo que sabía y que mi abuelo tramitase la denuncia; pero ¿por qué había hecho eso? Por su-

puesto, Agustín R. G. estaba tan obligado como mi abuel
a denunciar el asesinato o el presunto asesinato, pero ¿po
qué no se lo había denunciado a las autoridades republica
nas en su momento, cuando supo de él por el propio Higi
nio A. V.? ¿Por qué había tardado más de dos años en de
nunciarlo? ¿Había sido por miedo a denunciar una práctic
muy frecuente al principio de la guerra en la retaguardi
republicana —aunque menos que en la franquista—, la prác
tica del paseo, del asesinato incontrolado? ¿O lo había he
cho para no perjudicar a un compañero de armas? Pero, er
este caso, ¿por qué lo denunciaba ahora, cuando era much
más comprometido hacerlo para el denunciado? ¿Lo hizo
porque ya no podía cargar por más tiempo en su conciencia con aquel secreto de sangre? ¿Lo habría hecho para
congraciarse con las autoridades franquistas? Yo sabía que
Agustín R. G. había regresado sano y salvo a Ibahernando
hacia 1946, al cabo de años de trabajos forzados, y que había muerto de viejo allí: ¿había salvado la vida gracias a su
denuncia? ¿Había buscado al menos con ella algún tipo de
beneficio penitenciario o procesal en aquel momento en
que su destino, como el de tantos otros combatientes republicanos convertidos en prisioneros de guerra, dependía de
la arbitrariedad y la sevicia de los vencedores? ¿Acaso buscaba vengarse de Higinio A. V. por diferencias personales o
políticas (en principio Agustín R. G. e Higinio A. V., que
en el sumario declaraba haber pertenecido al sindicato socialista, compartían militancia política, pero era verosímil
que Higinio A. V., nueve años más joven que Agustín R. G.,
perteneciera a los jóvenes socialistas radicalizados que desde antes de la guerra se unieron a los comunistas: eso explicaría que, en el sumario, varias personas le adscribieran a
las juventudes comunistas)? ¿O lo que perseguía Agustín
R. G. eran todas esas cosas a la vez, o varias de ellas? Me

pareció imposible que Agustín R. G. se hubiese inventado la historia de Higinio A. V., que se hubiese reafirmado en ella en dos ocasiones y que otros dos prisioneros republicanos hubiesen confirmado su veracidad, así que di por hecho que Higinio A. V. les había contado que había cometido el crimen; pero ¿lo había cometido o sólo había alardeado temerariamente de haberlo cometido? El tribunal de rebeldes franquistas contra la legalidad republicana que había juzgado a Higinio A. V. lo había condenado a muerte, con la doblez criminal con que en aquella época se condenó a tantos republicanos, por un delito de «adhesión a la rebelión» y, aunque había reforzado las razones de la condena con los agravantes de «peligrosidad social y trascendencia de los hechos», lo cierto es que nadie se había tomado la molestia de investigar si en efecto Higinio A. V. había cometido el crimen del que se le acusaba. ¿Lo había cometido de verdad?

Durante horas di vueltas a esas preguntas en mi dormitorio del Parador. De vez en cuando salía al balcón a respirar el aire nocturno de Trujillo o escrutaba por la ventana su noche punteada de luces o miraba a mi mujer dormida en la cama. De vez en cuando recordaba lo que me había dicho Manolo Amarilla sobre la complejidad de las cosas y lo que me había dicho Alejandro sobre las situaciones imposibles a las que los responsables del país habían conducido ochenta años atrás a su gente. Hasta que en determinado momento comprendí que nunca podría responder a aquellas preguntas, que seguramente era imposible responderlas, y que, por lo menos a aquellas alturas de la historia, casi ochenta años después de lo ocurrido, las preguntas eran más elocuentes que las respuestas. Fue entonces cuando recordé la foto de Sara. La saqué de la carpeta de cartulina con los colores de la bandera republicana que me había entregado Manolo y la miré. En realidad, era una foto de tres mujeres, como me había anunciado Ma-

nolo, una foto de estudio; dos de las mujeres estaban de pie
y una sentada; me fijé en la de la derecha. La observé con
atención meticulosa, casi con encarnizamiento, de arriba
abajo: miré su pelo peinado como el de una niña, su carita
ovalada de niña, sus redondeadas facciones de niña, sus ojos
y su nariz y su boca, todos de niña, sus pendientes y su collar
de niña, su inconfundible vestido de niña –largo y plisado y
con botones y cinturón de niña–, su abanico de mujer soste-
nido por su mano izquierda de niña, sus calcetines blancos y
largos de niña, sus zapatitos de niña. La imaginé muerta de
un tiro en un terraplén. Tuve ganas de llorar, pero pensé en
mi madre y en El Pelaor, que ya no podían llorar, y pensé que
yo no tenía ningún derecho a llorar, y me contuve. O lo intenté. Miré por la ventana. Amanecía.

## 12

Es muy probable que, pasada la batalla de Lérida, Manuel Mena disfrutase de un permiso de días o semanas en Ibahernando; es seguro que a principios de junio de 1938 se hallaba de nuevo combatiendo con el Primer Tabor de Tiradores de Ifni, esta vez contra la desesperación de unos miles de soldados republicanos que llevaban tres meses resistiendo los ataques franquistas en un reducto extraviado en lo más alto del Pirineo aragonés, muy cerca de la frontera francesa.

Era la llamada bolsa de Bielsa. A raíz de la ofensiva franquista de marzo contra Aragón y Cataluña, que había concluido a principios de abril en Lérida, la 43.ª División republicana había quedado aislada en el norte de la provincia de Huesca. Se trataba de una rocosa unidad básicamente comunista mandada por el mayor Antonio Beltrán, alias El Esquinazau, un aragonés que conocía al dedillo la zona y que había concebido la idea insensata de hacerse fuerte en los profundos valles y los picachos inaccesibles de la comarca de Bielsa hasta que la ayuda de Francia le permitiese lanzar un contraataque decisivo. Pero la ayuda de Francia no llegaba, y durante el mes de marzo la 43.ª División fue poco a poco replegándose hacia el este de Huesca, acosada por los franquistas de la 3.ª División de Navarra, hasta que

el 12 de abril el cerco se cerró por completo sobre ella y E
Esquinazau y sus hombres se convirtieron, para la propa-
ganda de una República que íntimamente empezaba a sa-
berse derrotada y que sentía una urgencia cada vez má
apremiante de héroes, en los protagonistas de una gesta
inaudita, en un símbolo de tenacidad indomable y resistencia a ultranza frente al fascismo. Esto explica que al cabo de
seis días visitaran a los valientes el jefe del Gobierno, Juan
Negrín, y el jefe del Estado Mayor del ejército republicano
general Rojo, con el fin de levantarles la moral, de darles
instrucciones y de fotografiarse para la prensa con ellos
también explica que al cabo de un mes, cuando ya llevaban
dos sometidos al tormento cotidiano de la artillería y a las
arremetidas ocasionales de la infantería rebelde, Franco de-
cidiera acabar con ellos, aunque aún tardó tres semanas en
conseguir desplazar hasta allí las fuerzas de élite necesarias
para hacerlo.

Entre ellas se contaba el Primer Tabor de Tiradores de
Ifni, la unidad de Manuel Mena. Ésta seguía acantonada
desde el mes de abril en Lérida o en los alrededores de
Lérida, y una mañana de principios de junio sus mandos
recibieron la orden de abandonar la placidez provisional de
la segunda línea para dirigirse a Tremp, en las inmediaciones del Pirineo. Allí se configuró durante las jornadas siguientes una agrupación especial mandada por el teniente
coronel Lombana, compuesta por las mejores unidades del
Cuerpo del Ejército Marroquí y pensada para extirpar de
Bielsa a los republicanos con la ayuda de la 3.ª de Navarra,
que los había perseguido hasta allá pero se había mostrado
incapaz de acabar por sí misma con ellos o de expulsarlos a
Francia.

El día 6 a media mañana partió la expedición hacia Bielsa. Fue una marcha penosa. Durante dos días y medio, va-

ios miles de hombres recorrieron a pie casi cien kilómetros le montañas por trochas de carro y caminos intransitables, lebatiéndose con el frío intempestivo de la primavera pirenaica, con los veinticinco kilos de su dotación personal y con un centenar de caballerías que cargaban con ametralladoras, munición, material sanitario y provisiones y que arrasraban nueve piezas de artillería de distintos calibres: dos del 55, tres del 105, dos del 155 y dos del 105 de montaña. Así, después de pasar por Fígols de Tremp, Puente de la Montaña, Benabarre, Graus y Castejón de Sos, llegaron al atardecer del día 8 al pueblo de Sahún, en Benasque, un valle previo al de Bielsa rodeado por una corona de picos nevados de dos y tres mil metros de altitud. Aquella noche, después de que los soldados comieran, se municionaran y se tumbaran a dormir unas horas, el teniente coronel Lombana reunió en una casa del pueblo a sus oficiales. Manuel Mena asistió al cónclave. De lo que allí se dijo debió de concluir que la batalla del día siguiente sería desigual, pero no que sería incruenta: los franquistas habían reunido a más de catorce mil combatientes frente a siete mil republicanos peor armados que ellos, desprovistos de aviación y casi de municiones adecuadas para su artillería; las únicas bazas con que contaban los defensores eran la altitud de su moral, la fortaleza de su disciplina, su conocimiento del terreno y su habilidad para aprovecharlo, así como las defensas que habían levantado durante aquel asedio de meses en las alturas naturales que los protegían. No hay duda de que Manuel Mena escuchó también, de labios de Lombana, el plan de operaciones para el día siguiente; era sencillo: en lo esencial, consistía en atacar el puerto de Sahún, donde los republicanos habían armado una sólida línea defensiva, ocupada por un batallón de la 102.ª Brigada Mixta, al mismo tiempo que la Agrupación Moriones, perteneciente a la 3.ª de Navarra,

atacaba por su izquierda el puerto de Barbaruens, en la sie
rra de Cotiella.

La batalla se desencadenó al amanecer. En ese momento
los cañones de la Agrupación Lombana iniciaron el bombardeo de las posiciones enemigas con el apoyo de los Jun
kers 52 y los Heinkel-45 y Heinkel-51 de la Brigada His-
pana, mientras los soldados emprendían la escalada hacia e
puerto de Sahún, con el Primer Tabor de Tiradores de Ifn
en vanguardia. Al principio, a la luz raquítica del alba, su-
bieron por un sendero que cortaba una suave ladera sembrada de robles, pero al cabo de dos horas o dos horas y
media de ascensión, con el sol ya bien alto, el sendero se
había transformado en un camino de cabras, los robles en
pinos y la suave ladera en un barranco casi vertical y más
tarde en una pradera pedregosa, nevada y desprotegida. Fue
al llegar a ella cuando empezaron a recibir disparos desde
los primeros nidos de ametralladoras y cuando tuvieron
que afrontar el combate. Éste se prolongó durante varias
horas sin pausa, a lo largo de las cuales consiguieron tener
varias veces las trincheras republicanas a distancia de asalto
y varias veces fueron rechazados a sus posiciones de partida
mientras reclamaban que la artillería y la aviación interví-
nieran de nuevo para ablandar las defensas enemigas. Por
fin, a primera hora de la tarde los republicanos no pudieron
soportar por más tiempo aquel martirio y los franquistas
tomaron sus posiciones recién abandonadas, haciendo apenas unos pocos prisioneros. Sobreviven algunos testimonios
orales y escritos del fin de aquella escabechina, de modo
que no es necesario recurrir a fantaseos de literato para
imaginar qué es lo que vio Manuel Mena: en algún testimonio se entrevén los últimos jirones de humo disolvién-
dose en el aire cristalino de la cima del Sahún y las armas y
pertrechos abandonados por el pánico entre las rotas alam-

·radas; en otro se atisban cadáveres jovencísimos tendidos
·obre la nieve sucia y revuelta; en otro se vislumbra el sol
·elado de junio en el inmenso cielo sin nubes. De todos se
·esprende una misma certeza, y es que, tanto para los ata-
·antes como para los defensores, la derrota republicana en
·quel punto inicial de la acometida franquista auguraba el
·in inmediato de la bolsa de Bielsa.

El augurio se cumplió. A la mañana siguiente el Primer
Tabor de Tiradores de Ifni y la Agrupación Lombana al
completo bajaron por un despeñadero nevado el puerto de
Sahún y marcharon hacia la cuenca del río Cinqueta, en el
valle de Gistaín; allí se unieron a la Agrupación Moriones,
que llegaba desde el puerto de Barbaruens, y durante los
dos días posteriores ambos destacamentos limpiaron de soldados republicanos las alturas del valle y conquistaron, tras
duros combates donde sufrieron casi cien bajas, los pueblos
de Plan, San Juan de Plan y Gistaín. Las dos agrupaciones
volvieron a separarse el día 13: la Moriones se dirigió hacia
las alturas que dominan el pueblo de Bielsa por el sur, cruzando la sierra de Cubilfredo, para intentar sorprender a los
defensores por el flanco, mientras la Lombana siguió el
curso del río Cinqueta hacia la izquierda del valle hasta
que, después de varias horas de marcha entre grandes fara-
llones de piedra desnuda durante las cuales fue hostigada de
continuo por fuerzas republicanas en retirada, llegó al cruce de carreteras de Salinas, donde se juntan el Cinqueta y
el Cinca. Hicieron noche allí, en la boca del valle de Bielsa,
a apenas diez kilómetros del pueblo, y durante la mañana y
la tarde siguientes continuaron avanzando, ahora junto a la
cuenca del Cinca, siempre con el Primer Tabor de Tiradores de Ifni a la cabeza, siempre tomando las máximas precauciones para no ser sorprendidos por los soldados de la
43.ª División que se habían quedado cubriendo la retirada

de sus compañeros. Hacia el crepúsculo las primeras van
guardias avistaron las casas de Bielsa, y las tropas recibieron
la orden de detenerse y acampar a escasos kilómetros de
pueblo, a la orilla del Cinca.

Aquella noche hubo preparativos de víspera de gran ba
talla. La batalla, sin embargo, no tuvo lugar, o lo que tuvo
lugar no puede en rigor llamarse batalla. Es verdad que a
amanecer los franquistas combatieron a brazo partido po.
el control de los puentes de entrada al pueblo con los republicanos de dos batallones de la 130.ª Brigada Mixta y
uno de la 102.ª, que habían sido encargados de su defensa
pero también es verdad que ahí acabó todo: vista la resistencia de los defensores, a las doce de la mañana los Hein-
kel-45 y Heinkel-51 hicieron su aparición en el cielo de
Bielsa y empezaron a derramar un diluvio de bombas sobre
el pueblo, lo que provocó un incendio colosal que iluminó
durante toda la noche el valle y las montañas que lo rodean
mientras El Esquinazau daba la orden final de retirada y
los republicanos huían desde el pueblo de Parzán hacia
Francia, alumbrados por el resplandor gigantesco de las
llamas. Me consta que el último soldado republicano cruzó la frontera francesa a las cuatro de la mañana del día 16,
pero no sé hasta qué hora ardió Bielsa. Me consta que Manuel Mena perdió en aquellos días a dos compañeros y
quizá amigos más o menos cercanos, dos alféreces como
él –Centurión se llamaba uno; el otro, García de Vitoria–,
pero no sé si murieron en la conquista del puerto de Sahún,
en los combates del valle de Gistaín o de Bielsa o en cualquiera de las escaramuzas en que se vio envuelto el Primer
Tabor de Tiradores de Ifni; tampoco sé si lloró sus muertes,
o si ya estaba tan acostumbrado a la muerte que no las
lloró. Me consta que Manuel Mena entró en el pueblo de
Bielsa con el Primer Tabor de Tiradores de Ifni, pero no sé

cuándo exactamente lo hizo. También me consta que en realidad lo que vio, con sus ojos de adolescente envejecido por el hábito de la destrucción y la cercanía de la muerte, no fue el pueblo de Bielsa sino un cementerio de edificios carbonizados donde no quedaba ni rastro de vida. Una leyenda contumaz sostiene que tras la toma de Bielsa flotó durante años en el aire transparente del valle un olor a quemado que ni siquiera las bárbaras nevadas de la posguerra conseguían disipar. Me consta, sin embargo, que no es una leyenda, que es un hecho. Sólo que aquel olor no era un olor a quemado. Era un olor a victoria.

# 13

A la mañana siguiente me levanté a las diez y media, con el cuerpo estragado por la falta de sueño y la mente aturdida por la confusión que me había producido la lectura de los documentos de Manolo Amarilla. Pero tenía una cita a las doce en casa de mi tía Puri y mi tío Alejandro, así que una hora después salía rumbo a Cáceres con mi mujer, mi madre, mi hijo y mi sobrino Néstor. En los últimos tiempos, desde que me enteré de la relación que de niño había mantenido mi tío Alejandro con Manuel Mena, había hablado varias veces por teléfono con él; siempre me contaba más o menos las mismas cosas, como si sus recuerdos de Manuel Mena estuviesen fosilizados o como si no contase lo que recordaba sino lo que otras veces había contado. A pesar de ello tenía mucho interés en hablar con él, porque albergaba la esperanza de que el diálogo cara a cara entre nosotros y el cotejo de sus recuerdos con los de mi madre deparasen alguna sorpresa.

La esperanza no resultó infundada. Mi tía Puri y mi tío Alejandro vivían en las afueras de Cáceres, en una calle tan reciente que no figuraba en el navegador del coche, de manera que nos costó más trabajo del previsto localizar su casa. Cuando por fin lo conseguimos, mi hijo y mi sobrino Néstor ayudaron a mi madre a bajar del coche y luego anunciaron que iban a dar una vuelta por la ciudad hasta las dos, hora en que pasarían a recogernos para volver a Trujillo. Dieron sendos besos de despedida a su abuela y, mientras mi hijo le acomodaba el pelo y la ropa, desordenados por el viaje, mi sobrino Néstor le dijo:

—¡Pórtate bien, Blanquita!

Fue mi tía quien nos abrió la puerta. Era una viejecita frágil, minúscula y sonriente, vestida con una bata casera y un par de coquetos pendientes de plata; tras ella, expectante, casi solemne, aguardaba mi tío. Hubo exclamaciones, saludos, besos y abrazos, y al final nos hicieron pasar a una estancia amueblada con el barroquismo inconfundible de los comedores de Ibahernando e inundada por el sol quemante del mediodía que entraba desde una ventana abierta a un descampado, donde unos niños jugaban al fútbol sobre una extensión de pasto amarillo. Nos sentamos en un sofá y tres sillones cubiertos de mantas, y mi tía nos sirvió café y agua. Como mi madre, mis tíos exhibían en su cuerpo las grietas de sus más de ochenta años; sobre todo mi tío, un hombre escuálido, disminuido y de salud precaria, que hablaba con una voz escasa y miraba con ansiedad desde sus ojos cercados por grandes ojeras. Los tres ilustraban la típica endogamia de las buenas familias del pueblo: mi madre era prima hermana de ambos; mi tía y mi tío, primos segundos entre sí. Hacía años que no se veían, y durante un rato los escuché hablar de sus cosas, hasta que sentí con vergüenza la misma vergüenza que había sentido tantas veces de adolescente en presencia de mi familia, la vergüenza de que en el pueblo fuesen o se creyesen patricios, pero lejos del pueblo no fuesen nada: pobres bien educados, ínfimos nobles sin título tratando de sobrevivir con dignidad a su destierro; luego pensé que en realidad no me avergonzaba de ellos sino de mí mismo, por haberme avergonzado de ellos.

Por fin reclamé su atención con unos golpes de cucharita en mi taza de café. Se callaron, les recordé que nos habíamos reunido para hablar de Manuel Mena, les pedí permiso para que mi mujer grabara en vídeo nuestra conversación y a partir de aquel momento intenté orquestar un diálogo sobre Manuel Mena o sobre sus recuerdos de Manuel Mena. No fue difícil. Durante más de un par de horas hablaron, se interrumpieron y matizaron o puntualizaron sus afirmaciones, de manera que yo no tenía más que espolear su memoria cuando desfallecía, corregirla cuando los engañaba o traerla de vuelta a Manuel Mena cuando se perdían en su laberinto. Consciente de que el protagonista de la reunión era él, quien más habló fue mi tío. Parecía deseoso de satisfacer mi curiosidad, y durante un buen rato repitió cosas que ya le había oído contar por teléfono, o que le había oído contar a mi madre, y retrató a Manuel Mena como un muchacho tranquilo, discreto y sin arrogancia, sin enemigos pero también sin amigos. «Salvo don Eladio Viñuela», aclaró, y aquí se entretuvo en ponderar al médico que había educado al pueblo. Mi madre y mi tía se sumaron al elogio, y los tres intercambiaron anécdotas de su paso por la academia de don Eladio y doña Marina. Cuando perdieron el hilo se lo devolví. Tímidamente intervino entonces mi tía, que no tenía ningún parentesco con Manuel Mena y que, antes de que empezáramos a hablar, había querido advertirme de que no lo había conocido; dijo:

—Yo con quien siempre oí que había tenido mucha amistad vuestro tío fue con el hermano del cura.

—Es verdad —se apresuró a confirmar mi tío—. Mucha.

—Ya lo creo —dijo mi madre. Como siempre que se encontraba con sus primos, su sordera creciente parecía disminuir hasta la irrelevancia, y ella rejuvenecía a ojos vistas; hacía rato que se daba aire con un abanico de encaje negro, pero de repente lo cerró enérgicamente y me señaló con él–. Ya te he hablado muchas veces del hermano del cura. –Al instante recordé la historia, o la leyenda–. Tomás, se llamaba. Tomás Álvarez. Mi tío y él tenían la misma edad. No era del pueblo.

–No –dijo mi tío–. Era de un pueblo de Badajoz.

Entre todos intentaron en vano recordar el nombre del pueblo. Mi madre continuó:

–Tomás pasaba largas temporadas en Ibahernando, con su hermano. Entonces fue cuando mi tío y él se conocieron. Al estallar la guerra se vino a vivir al pueblo, y mi tío Manolo se empeñó en que lo acompañase al frente; pero el pobre tendría miedo, o lo que fuese, y se quedó en casa. Luego mi tío murió y entonces sí, Tomás se marchó a la guerra. Decía que iba a sustituir a su amigo. –Se volvió hacia mi tío y mi tía y dijo con una mezcla resignada de ironía y de tristeza–: Esas cosas de chavales, tú verás… –Me miró de nuevo y concluyó–: El caso es que lo mataron al cabo de un par de meses.

Recordando de golpe, pregunté por María Ruiz.

–¿Quién? –contestó mi tío.

–María Ruiz –repitió mi madre, entrecerrando sin convicción sus párpados al tiempo que desplegaba otra vez el abanico y se daba aire con él–. La acompañante de tío Manolo. Eso decía la gente.

–Eso me dijeron ayer en el pueblo tía Francisca Alonso y doña María Arias –les informé.

Mi tía Puri se encogió de hombros.

–Es lo que decían –asintió.

–No sé nada de eso –dijo mi tío Alejandro, con aire escéptico–. Es la primera vez que lo oigo.

A continuación explicó, igual que hacía cada vez que hablábamos por teléfono, que él siempre recordaba a su tío leyendo y estudiando. Aún no había acabado de explicarlo cuando fue interrumpido por un ataque de tos. Solícita, mi tía le sirvió un vaso de agua y, al calmarse un poco la convulsión, su marido se lo bebió de tres sorbos seguidos mientras yo recordaba que de joven había superado una tuberculosis y que desde hacía tiempo padecía problemas de corazón; me fijé en sus manos: estaban llenas de manchas, y le temblaban un poco. Devolviendo el vaso vacío a la mesa, mi tío preguntó de qué estábamos hablando; su mujer se lo recordó y yo le pregunté si recordaba el título de alguno de los libros que leía Manuel Mena.

—No —respondió mi tío—. Lo único que recuerdo es que teníamos en la habitación los nueve volúmenes de la Enciclopedia Espasa. Y que siempre estaba consultándolos.

Más o menos en este punto empecé a preguntarles por los años de la República y la guerra y empezaron a contarme cosas que, con pocas variantes, yo ya le había oído contar a mi madre. Le pregunté a mi tío si, cuando Manuel Mena volvía a Ibahernando de permiso, hablaba de la guerra. Me dijo que no. «Nunca», añadió. Les pregunté a los tres si recordaban en cuántas ocasiones había vuelto Manuel Mena del frente. Me contestaron que no lo recordaban. Entonces, como tratando de compensarme por su flaca memoria, mi tío mencionó dos hechos que yo desconocía: el primero es que, cuando murió, Manuel Mena estaba a punto de ascender a teniente por méritos de guerra; el segundo es que había recibido cinco heridas en combate.

—Yo sólo tengo documentadas tres —dije—. Una en Teruel y dos en el Ebro.

—Pues fueron cinco —insistió mi tío—. A lo mejor por alguna no pidió la baja, pero eso es como yo te lo digo.

—¿Estás seguro?

—Completamente. Lo contó su asistente cuando vino al pueblo después de morir mi tío.

—¿También contó el asistente lo del ascenso?

—Creo que sí.

Mi madre tomó en este punto la palabra para desgranar sus recuerdos del asistente, muchos de ellos prestados por su abuela o por sus tías, todos o casi todos conocidos para mí. Aquel día me di cuenta, sin embargo, de que el asistente de Manuel Mena no era sólo un personaje legendario para mi madre; también lo era para mis tíos, que como ella guardaban recuerdos imborrables de su paso por el pueblo: mi tía por ejemplo contó que, como era musulmán, mataba con sus propias manos todos los animales que se comía; mi tío, que se negaba a entregarle a la madre de Manuel Mena las cartas que llegaban a nombre del alférez: tenía que entregárselas a él, personalmente.

—Pero ése fue el primer asistente —puntualizó a renglón seguido mi tío—. Luego hubo otro. Uno que no era moro. Un hombre de Segovia que estuvo en el pueblo después de la muerte de tío Manolo.

Mi tío Alejandro refirió que el segundo asistente había acompañado a Manuel Mena en sus últimos momentos de vida, que había viajado con su cadáver a Ibahernando y había asistido a su entierro. Hablamos del entierro de Manuel Mena, de la llegada del cadáver de Manuel Mena al pueblo, de las palabras exactas que su madre pronunció ante el cadáver de Manuel Mena y de las palabras exactas que le dijo Manuel Mena a su madre en vísperas de partir hacia el frente. Luego les pedí a los tres que me contaran cómo habían recibido la noticia de su muerte. Para mi sorpresa, ni mi madre ni mi tía recordaban nada; mi tío Alejandro, en cambio, lo recordaba todo.

—Aquel día comíamos en casa de mis padres, en la Plaza —empezó a contar, mirándome con las manos muertas sobre la manta que cubría el sofá, la cabeza recostada contra su respaldo—. Estábamos mi madre, mi padre, mi tía Felisa y mi tío Andrés, que acababa de llegar del frente. Creo que no había nadie más… No, no había nadie más. Total, que cuando terminamos de comer mi tía Felisa y yo nos fuimos juntos a casa de abuela Carolina, y al llegar la encontramos vacía. Eso nos pareció raro. Entonces alguien, no sé quién, nos dijo que todos estaban en casa de mi tío Juan. —Sin levantar la cabeza del respaldo del sofá, la giró hasta mirar a mi madre, aclaró—: En casa de tu padre, vamos. —Volvió a mirarme—: Y allí que nos fuimos.

La casa estaba abarrotada de gente, siguió contando mi tío, pero nada más entrar supieron que algo terrible había pasado, porque en el interior la atmósfera era tétrica y todos intentaban consolar a su abuela Carolina, que tenía cara de muerta. No recordaba quién les dio la noticia, si es que alguien se la dio, ni que nadie les dijera que había llegado con un telegrama. Lo que sí recordaba es que, muy nervioso, le preguntó a su tía Felisa si debía ir a contarles lo que había pasado a sus padres y su tío Andrés, y que su tía le dijo que sí. Y recordaba que a continuación atravesó el pueblo corriendo a todo lo que sus piernas daban de sí, y que abrió como un vendaval la puerta de su casa con un grito sin aliento que hizo saltar a sus padres y a su tío Andrés de las sillas donde todavía prolongaban la sobremesa:

—¡Han matado a tío Manolo!

Más que narrar esa escena, mi tío la interpretó, incorporándose de golpe en el sofá e imitando su grito infantil de ochenta años atrás mientras su boca sumida se abría de par en par y sus manos resucitaban unos segundos para remedar el dramatismo del momento; luego, bruscamente, volvió a la posición anterior y continuó su relato. Al otro día, recordó mi tío, partió hacia Zaragoza una expedición familiar en busca del cadáver de Manuel Mena. Y también recordó otra cosa: que poco antes de la partida de los expedicionarios llegó un telegrama anunciando que Manuel Mena sólo estaba herido. Tuve que componer una cara de incredulidad para que mi tío despejara el equívoco.

—Era un error —dijo—. Lo que había pasado es que ese segundo telegrama había salido antes que el primero, pero llegó después.

Mi tío contó que la expedición en busca del cadáver de Manuel Mena volvió acompañada por su segundo asistente, que permaneció en el pueblo unos días, en casa de su abuela Carolina. Fue aquel hombre quien les explicó cómo había muerto Manuel Mena. Mi tío reprodujo con detalle su relato y, cuando mencionaba de paso que la bala que mató a Manuel Mena le había pegado en la cadera, le corregí: le dije que le había pegado en el vientre.

—Eso decía el asistente —afirmó mi tío—. Pero no era verdad.

—Es lo que dice el parte médico de su muerte —le expliqué.

—Ya me lo imagino —dijo mi tío—. Pero tú hazme caso: donde le pegó la bala fue en la cadera.

Le pregunté cómo estaba tan seguro de eso y me contó la siguiente historia. Muchos años después de que Manuel Mena fuera enterrado en el cementerio viejo, casi a la entrada del pueblo, se construyó un nuevo cementerio un poco más allá de la laguna, y hubo que trasladar de un lugar al otro los restos de los muertos. La operación era sencilla pero laboriosa —había que abrir las tumbas, sacar los despojos, meterlos en sacos, llevarlos al otro cementerio y volver a enterrarlos allí— y, cuando les llegó el turno del traslado a los restos de sus familiares, mi tío quiso presenciarlo. Así descubrió que lo que quedaba de sus antepasados estaba metido en un sarcófago de hierro y cemento; la mayor parte era poco más que polvo, pero algunos huesos de Manuel Mena se encontraban en muy buenas condiciones, entre ellos los de la cadera, y decidió llevárselos a casa para estudiarlos. O más bien para que los estudiase el marido de su hija Carmen, que era traumatólogo y que, después de limpiar y examinar los restos, llegó a la conclusión de que la bala que mató a Manuel Mena le entró por el costado, le perforó la cadera y se alojó en su vientre.

—Eso es así —sentenció mi tío—. Digan lo que digan los documentos.

El teléfono de mi mujer había empezado a sonar antes de que acabara su relato mi tío y, mientras ella contestaba, mi tía salió del comedor y mi tío y mi madre se pusieron a hablar entre sí. Un poco confuso por la estampida, pensé que, por mucho que hubiese averiguado sobre la historia de Manuel Mena, no era sólo mucho más lo que ignoraba que lo que sabía, sino que lo sería siempre, como si fuese tan difícil atrapar el pasado como atrapar el agua en las manos; me pregunté si no era eso lo que ocurría siempre o casi siempre, si el pasado no es en el fondo una región escurridiza e inaccesible, y me dije que ésa era otra buena razón para no tratar de contar la historia verdadera de Manuel Mena.

Mi tía regresó al comedor con una bandeja cargada de un plato de patatas fritas, otro de aceitunas y otro de tacos de jamón, y preguntó qué queríamos beber. Consulté el reloj: eran más de las dos. Colgando el teléfono, mi mujer anunció que mi hijo y mi sobrino Néstor estaban esperándonos en la calle. Comprendí que la entrevista había terminado e intenté explicarles a mis tíos que teníamos que marcharnos. Fue imposible; no menos imposible fue convencer a mi hijo y mi sobrino Néstor de que subieran a compartir con nosotros la hospitalidad de mis tíos. Bloqueados entre dos intransigencias, optamos por hacer esperar en el coche a mi hijo y mi sobrino Néstor y tomar un aperitivo rápido. Mi tía nos ofreció la segunda cerveza cuando volvió a sonar el teléfono de mi mujer. Eran otra vez mi hijo y mi sobrino.

—Ahora sí —dije—. Tenemos que marcharnos.

Me levanté, mi madre y mi mujer se levantaron también, y aún estaba despidiéndome de mi tía cuando, incorporándose de nuevo en el sofá, mi tío me agarró del brazo con una fuerza insospechada.

—Espera un momento, Javi —me rogó—. Tengo que contarte una cosa de mi tío Manolo. —Las palabras de mi tío Alejandro frenaron en seco la despedida, o quizá fue el dramatismo con que las pronunció—. Es sobre la guerra —aclaró—. La dijo él, acabo de acordarme. Seguro que nadie te lo ha contado.

Un silencio anómalo se apoderó del comedor. Mi tío Alejandro me miraba con las pupilas dilatadas por la curiosidad, como intrigado por su propio recuerdo; mientras lo hacía, dos intuiciones contradictorias cruzaron mi mente. La primera es que mi tío intentaba sobornarme, que sus palabras eran una argucia para retenernos con el cebo de una historia nimia o inventada, una añagaza para aliviar unos minutos más su soledad y prolongar el agrado de la conversación y la compañía. La segunda intuición es que mi tío tenía un enorme interés en que yo contase por escrito la historia de Manuel Mena, quizá porque para él Manuel Mena también era Aquiles, y porque, a la manera de la gente humilde, sentía que las historias sólo existen del todo cuando alguien las escribe. No sé si la segunda intuición estaba equivocada; sin la menor duda lo estaba la primera.

—Me habías dicho que nunca le oíste hablar de la guerra —le recordé.

—Y es verdad —reconoció. Acababa de ponerse de pie con ayuda de mi tía y me miraba de frente, a escasos centímetros de mi cara; de golpe no parecía tan viejo ni tan escuálido ni tan disminuido; había cambiado la curiosidad por la exaltación, y hasta su voz sonaba más sólida—. Lo que te voy a contar no se lo oí decir a él, pero fue él el que lo dijo. Eso me contaron, y estoy seguro de que es verdad.

Mi tío, en efecto, no había presenciado la escena. No recordaba quién se la contó; tampoco sabía cuándo ocurrió, aunque de su contenido se desprende que debió de ocurrir durante uno de los últimos permisos que Manuel Mena pasó en el pueblo. Mi tío sí sabía, en cambio, que había ocurrido en una comida o una cena familiar, en casa de su abuela Carolina. Tal vez se tratara de una celebración, quizá de un aparte o un corrillo que se formó durante una celebración. Mi tío no podía precisar más. Según la persona que le había referido la anécdota, lo que ocurrió fue que Manuel Mena y su hermano Antonio se habían enzarzado en una discusión sobre un asunto trivial, y que la discusión fue subiendo de tono y cambiando de tema aunque en apariencia el tema fuese el mismo, como en una de esas clásicas disputas familiares en las que parece que se habla de una cosa cuando en realidad se está hablando de otra; hasta que en determinado momento Manuel Mena zanjó la controversia con las palabras que acababan de aflorar a la memoria asombrada de mi tío. Mira, Antonio, dijo Manuel Mena (o dijo mi tío Alejandro que dijo Manuel Mena), esta guerra no es lo que creíamos al principio. Manuel Mena dijo que la guerra no iba a ser fácil, que no iba a ser, fueron as palabras exactas que usó mi tío Alejandro, cosa de poco esfuerzo y poco sacrificio. Dijo que iba a ser dura y que iba a ser larga. Dijo que en ella iba a morir mucha gente. Dijo que ya había muerto mucha gente pero que todavía iba a morir mucha más. Y dijo que él sentía que ya había cumplido. Que estaba seguro de haber cumplido. Consigo mismo, con su familia, con todos. Ya he cumplido, repitió Manuel Mena. Se acabó, dijo. Ya he tenido bastante, insistió. Por mí, no volvería al frente, remató. Pero también dijo que, a pesar de todo, iba a volver. ¿Y sabes por qué?, preguntó. Se lo preguntó a su hermano Antonio, encarado con él, y el silencio que debió de acoger su interrogante no pudo ser muy distinto del silencio que ahora lo acogió, casi ochenta años más tarde, en casa de mi tío Alejandro, en mi presencia y en presencia de mi madre, de mi tía y de mi mujer. Según mi tío Alejandro, Manuel Mena contestó a su propia pregunta; lo que dijo fue: «Porque, si no voy yo, el que tiene que ir eres tú».

—Y llevaba razón, Javi —dijo mi tío Alejandro—. Por edad, quien debía estar en el frente no era mi tío Manolo sino mi tío Antonio, que era mayor que él. Si no le habían llamado a filas había sido porque mi abuela ya tenía dos hijos en el ejército, mi tío Manolo y mi tío Andrés, y por ley no podía tener más. Pero, si mi tío Manolo volvía a casa, a quien le hubiera tocado ir a la guerra era a mi tío Antonio, aunque tuviera mujer e hijos. Ése era el problema. Lo entiendes, ¿no?

En los ojos de mi tío la exaltación se había trocado bruscamente en zozobra o en algo parecido a la zozobra. Yo estaba tan perplejo como si acabara de exhumar un cofre atestado de oro que llevara casi un siglo enterrado en el océano. Por un segundo desvié la vista hacia la ventana: bajo el sol perpendicular de junio, los niños habían desapa-

recido y ya sólo quedaba la amarilla extensión de pasto er
el descampado vacío. Cuando volví a mirar a mi tío me d
cuenta de que lo que había en sus ojos no era zozobra sinc
alegría.

—¿Estás diciendo que Manuel Mena estaba harto de la
guerra?

—Exactamente —contestó mi tío—. Harto. —Y añadió—: Si
hubiera podido habría vuelto a casa. Pero estaba atrapado,
y no podía.

De golpe comprendí. Lo que comprendí fue que Manuel Mena no siempre había sido un joven idealista, un
intelectual de provincias deslumbrado por el brillo romántico y totalitario de Falange, y que en algún momento de
la guerra había dejado de tener el concepto de la guerra
que siempre han tenido los jóvenes idealistas y había dejado de pensar que era el lugar donde los hombres se encuentran a sí mismos y dan su medida verdadera. Por un
momento me dije que Manuel Mena no sólo había conocido la noble, bella y antigua ficción de la guerra que pintó
Velázquez sino también la moderna y espeluznante realidad que pintó Goya, y me dije que la condensación calen-
turienta de su vida fugaz de guerrero le había permitido
transitar en un puñado de meses desde el ímpetu exaltado,
utópico y letal de su juventud hasta el desencanto clarivi-
dente de una madurez prematura. También comprendí que
aquellas palabras descubiertas por azar en la memoria arrui-
nada de mi tío Alejandro no desmentían al Manuel Mena
que yo imaginaba o había reconstruido o inventado a lo
largo de los años, sino que lo completaban, pensando en
David Trueba comprendí que acababa de asistir al final
de un pequeño prodigio, que aquel recuerdo resucitado de
Manuel Mena, unido a las anotaciones que Manolo Amarilla me había confiado el día anterior y que yo había des-

cifrado de madrugada, era mucho mejor que cualquier grabación de Manuel Mena que hubiera podido encontrar,
mucho mejor que cualquier película casera donde Manuel
Mena apareciera moviéndose y hablando y sonriendo, comprendí que aquellas pocas palabras escritas por Manuel Mena
y guardadas por Manolo Amarilla y que aquel minúsculo
pedazo de memoria de mi tío Alejandro valían mil veces
más que mil imágenes animadas, tenían un poder de evo-
cación mil veces mayor, y sólo entonces sentí que Manuel
Mena dejaba de ser para mí una figura borrosa y lejana, tan
rígida, fría y abstracta como una estatua, una fúnebre leyenda de familia reducida a un retrato confinado en el silencio
polvoriento de un desván polvoriento de la desierta casa
familiar, el símbolo de todos los errores y las responsabilidades y la culpa y la vergüenza y la miseria y la muerte y
las derrotas y el espanto y la suciedad y las lágrimas y el
sacrificio y la pasión y el deshonor de mis antepasados, para
convertirse en un hombre de carne y hueso, en un simple
muchacho pundonoroso y desengañado de sus ideales y en
un soldado perdido en una guerra ajena, que ya no sabía
por qué luchaba. Y entonces lo vi.

En la calle nos aguardaban mi hijo y mi sobrino Néstor.

—¿Te has portado bien, Blanquita? —le preguntaron a mi
madre.

Durante el viaje de vuelta a Trujillo les conté a los dos
la historia de Manuel Mena.

## 14

He aquí la mayor batalla de la historia de España. Durante ciento quince días con sus noches del verano y el otoño de 1938, doscientos cincuenta mil hombres lucharon sin cuartel a lo largo y ancho de un territorio yermo, inhóspito y agreste que se extiende en la margen derecha del río Ebro a su paso por el sur de Cataluña: una comarca llamada la Terra Alta, apenas poblada por colinas rocosas, profundos barrancos, despeñaderos pelados, pueblos de labradores y plantaciones de cereal, viñas, almendros, olivos, pinos carrascos y árboles frutales, que aquel verano registró temperaturas de casi sesenta grados centígrados al sol y que casi ochenta años después todavía no se ha recuperado de la furiosa tormenta de fuego que se abatió sobre ella. Allí se decidió la guerra. Allí, en varios de los episodios más determinantes de la contienda, volvió a combatir Manuel Mena.

Fue una batalla totalmente absurda; también totalmente innecesaria. Al principio no aparentó serlo, o no por completo, sobre todo del lado republicano. Como la ofensiva de Teruel, como tantas otras ofensivas de aquella guerra, la del Ebro tenía para la República un objetivo militar y otro propagandístico; en teoría el más importante era el militar, pero en la práctica acabó siéndolo el propagandístico. El objetivo militar consistía en cruzar el río Ebro, romper la línea del frente y a continuación adentrarse lo más posible hacia el sur por territorio franquista con el fin de restablecer las comunicaciones entre Cataluña y el resto de la España republicana, en el mejor de los casos, y, en el peor, con el de aliviar la creciente presión que el ejército rebelde ejercía sobre Valencia (y por tanto sobre Madrid, puesto que Valencia era la principal fuente de suministros de la capital). El objetivo propagandístico consistía en dar un golpe de efecto que atrajese el interés del mundo sobre España y crease la ilusión universal de que, a pesar del apoyo masivo de Hitler y Mussolini a Franco, de la pasividad de las democracias occidentales ante aquella embestida fascista, de la magnitud de los propios desaciertos y de dos años de derrotas, la República aún podía ganar la guerra, o al menos podía seguir resistiendo; ése era el propósito último del presidente del Gobierno, Juan Negrín, al desencadenar el ataque en el Ebro: provocar una intervención exterior que obligase a Franco a pactar la paz o, en su defecto, ganar tiempo hasta que la guerra europea anunciada uniese la causa de la democracia española a la de las democracias occidentales. El primer propósito era irreal, porque Franco no admitía una victoria que no fuese sin condiciones; el segundo no tanto, o no siempre lo pareció en aquel verano en que el insaciable expansionismo nazi amenazaba con acabar con Checoslovaquia y con la miopía pactista y pusilánime de las potencias europeas.

Así que el 25 de julio, después de minuciosas semanas de preparativos durante las cuales la República armó su último gran ejército con cien mil hombres además de los restos de su artillería, de gran parte de su aviación y de numerosos carros de combate, seis divisiones republicanas al mando del teniente coronel Modesto cruzaron por doce

puntos distintos el Ebro. En aquel momento el Primer Ta
bor de Tiradores de Ifni se hallaba acampado no lejos de
río, en los olivares de la falda del Montsià, entre Ulldecon
y Alcanar. Junto con la 13.ª División entera, había sido
trasladado desde Lérida dos semanas atrás ante los rumore
de actividad al otro lado del Ebro, y desde entonces permanecía en reserva de la 105.ª División, que guardaba la línea
del frente en los alrededores de Amposta. Por entonces, a
sus diecinueve años, Manuel Mena era ya un veterano de
guerra. Tenía un nuevo asistente, del que sólo sabemos que
era natural de Segovia y que el Manuel Mena que conoció
se parecía poco al Manuel Mena que conocían en Ibahernando: según él mismo contaría semanas más tarde en el
pueblo, aquel Manuel Mena era (o le pareció) un hombre
humilde, melancólico, solitario y replegado en sí mismo, en
el que no quedaba ni rastro del entusiasmo de los primeros
días de guerra; a pesar de ello, el asistente también lo des-
cribía como una de esas personas que siempre se hacen
responsables de lo que ocurre a su alrededor, como un oficial con el que sus mandos y sus soldados sabían que siempre se podía contar, que siempre estaba en primera línea,
que nunca se arrugaba. Había resultado herido en combate por fuego hostil en más de una ocasión y, a pesar de que
aún no lo habían ascendido al empleo de teniente, el día en
que se desató la ofensiva del Ebro mandaba la compañía de
ametralladoras de su Tabor, integrada por seis ametralladoras pesadas, doce fusiles ametralladores, seis morteros y una
plana mayor compuesta por asistentes y oficinistas. Aunque
el ataque republicano se había iniciado a primera hora de
la madrugada, no fue hasta el amanecer cuando el Tabor de
Manuel Mena recibió la noticia de la ofensiva, y no fue
hasta las once de la mañana cuando dos de sus compañías
al mando del capitán Justo Nájera, entre ellas la de Manuel

Mena, partieron en camiones hacia la zona de combate, situada en Amposta, cerca del vértice Mianés, donde los casi cuatro mil hombres de la XIV Brigada Internacional al mando del comandante Marcel Sagnier habían sido detenidos, tras cruzar el río, por la 105.ª División y por un canal de riego que discurría a doscientos metros de la orilla y cuya existencia desconocían los republicanos. A aquel lugar llegaron las dos compañías del Primer Tabor de Tiradores sobre la una del mediodía, después de abandonar los camiones en el kilómetro 112 de la carretera de Valencia, de dirigirse a toda prisa al vértice Mianés y de atravesar una zona abierta, batida tanto por los republicanos atrapados entre el río y el canal como por los que todavía acechaban más allá del río, a la espera de cruzarlo, entre árboles y cañaverales.

Allí empezó el verdadero combate para las dos compañías del Primer Tabor de Tiradores de Ifni una vez que consiguieron ponerse a resguardo en un talud del canal, en el flanco norte del enemigo. Manuel Mena desplegó la suya tras el talud, y desde aquel lugar sus ametralladoras y morteros no cesaron en toda la tarde de cubrir los asaltos de los franquistas ni de repeler los contraataques de los republicanos con el apoyo de la artillería y la aviación. Un voluntario francés del Batallón Comuna de París, que en ese momento se hallaba al otro lado del canal, frente a Manuel Mena, contó del siguiente modo la refriega: «Sobre la arena roja, nuestras ametralladoras recalentadas se encasquillan a menudo, pero nuestros hombres encargados de las piezas hacen verdaderos prodigios y sus disparos detienen al enemigo a diez metros, obligándole a retroceder. Es un combate violento y mortífero el que afrontamos en este pequeño reducto en el que nos hallamos atrincherados. Todos sabemos que será necesario resistir hasta la noche;

antes, no se puede esperar ningún refuerzo. Ante nosotros el enemigo, a nuestras espaldas el río; la situación es por lo tanto bien clara y trágica». La descripción es exactísima: en aquella cabeza de puente convertida en ratonera hubo combates cuerpo a cuerpo y suicidios de soldados y oficiales desesperados; por lo demás, los republicanos no consiguieron aguantar hasta la noche, los refuerzos no llegaron y el Batallón Comuna de París acabó prácticamente aniquilado. A las seis de la tarde, bajo un sol todavía ardiente, un último asalto franquista con bombas de mano significó el final de la resistencia republicana y arrojó a las aguas del río a centenares de brigadistas despavoridos, muchos de los cuales perecieron ahogados. No menos de mil cadáveres dejaron los republicanos en aquella pequeña playa fluvial durante unas pocas horas de desembarco frustrado. Por su parte, los seis victoriosos batallones franquistas contabilizaron trescientos once muertos y doscientos ochenta y nueve heridos. Entre los heridos se encontraba el capitán Nájera, que figura en el parte de operaciones de aquella jornada como oficial distinguido; también aparece como oficial distinguido en el parte Manuel Mena, «por su arrojo y valentía».

Además de una matanza demencial, el ataque de los brigadistas internacionales por aquel sector del Ebro fue un fracaso, si bien fue el único fracaso importante de la gran ofensiva republicana en el día de su inicio; además, se trataba de una maniobra diversiva, en cierto modo secundaria: en el fondo su finalidad consistía en desviar la atención franquista de la maniobra principal, que tenía lugar al mismo tiempo y aguas arriba y perseguía la conquista de la capital de la Terra Alta: Gandesa. Sea como sea, la ofensiva

osechó tal éxito en sus primeros días que desató la euforia
entre los alicaídos republicanos y llegó a insuflar en el presidente de la República, Manuel Azaña, la convicción ilusoria y efímera de que la suerte infortunada de la guerra
había cambiado. De hecho, durante las veinticuatro horas
iniciales los hombres de Modesto conquistaron casi ocho-
cientos kilómetros cuadrados de territorio franquista y,
después de tomar Corbera d'Ebre, se plantaron casi a las
puertas de Gandesa. Justo en aquel punto fueron detenidos
por un Tabor de Tiradores de Ifni, el Tabor Ifni-Sáhara, y por
la 6.ª Bandera de la Legión, ambos situados en el Pico de la
Muerte, en el Coll del Niño; pero fueron detenidos a duras
penas, poco menos que de milagro, y la situación de extrema necesidad de los franquistas obligó a que el mismo
día 26 la 13.ª División enviara sin pérdida de tiempo, en
apoyo del agónico esfuerzo de contención de esas dos unidades de élite, a dos de las compañías del Primer Tabor de
Tiradores de Ifni que acababan de derrotar a los republicanos en los alrededores de Amposta. Ninguna de las dos era
la compañía de ametralladoras que mandaba Manuel Mena,
a la que se ordenó permanecer en la zona recién conquistada con el fin de asegurarla. Para los franquistas, sin embargo, la situación seguía siendo muy apurada en todo el
frente, había que detener como fuese la triunfante avalan-
cha republicana y necesitaban a sus mejores tropas en los
puntos clave del ataque enemigo, así que a la mañana siguiente, una vez controlada por completo la situación en
Amposta, las dos restantes compañías del Primer Tabor de
Tiradores de Ifni —entre ellas la de Manuel Mena— partieron hacia Gandesa.

Cubrieron el trayecto caminando a marchas forzadas.
Para sortear las incertidumbres del frente dieron un rodeo
por Horta y tomaron la carretera de Prat de Compte con

la idea de bajar hasta Bot y desde allí irrumpir en Gandes
por la retaguardia, pero al llegar a las cercanías de Bot oye
ron a lo lejos un tableteo de ametralladora y se acercaron
indagar. Antes de adentrarse en el pueblo por el valle de
río Canaleta, alguien —un campesino, o quizá un guardia
civil— les informó de lo que estaba ocurriendo: una avan-
zadilla republicana procedente de la sierra de Pàndols había
conseguido infiltrarse hasta la ermita de Sant Josep de Bo
a través de los barrancos de la Font Blanca y del río Canaleta, y unos cuantos soldados y guardias civiles franquistas
trataban de ahuyentarlos disparando desde el pueblo, a sólo
unos centenares de metros de distancia de ellos; el espon-
táneo informador local también conjeturó que no podía
tratarse de más de un par de docenas de republicanos mal
armados y pertrechados. En aquel momento, el mando epi-
sódico de las dos compañías de Tiradores recaía en un teniente, y él y Manuel Mena pudieron vislumbrar a lo lejos,
en la cumbre de una leve colina recortada contra un circo
de montañas salpicadas de vegetación, un edificio de paredes albas y tejas marrones rodeado de cipreses: era la ermita ocupada. Los dos oficiales apenas necesitaron deliberar
para decidir que iban a tomarla de inmediato al asalto en
vez de seguir su camino hacia Gandesa.

La decisión resultó acertada. Los Tiradores se aproxima-
ron al santuario siguiendo el camino del valle, cruzaron el
río y se desplegaron en orden de combate: las ametralladoras y los morteros de la compañía de Manuel Mena se sumaron a la ametralladora que llevaba un rato disparando
desde el pueblo, mientras los fusileros de la otra compañía
se derramaban como una pululante y extraña mancha en
ascenso por la falda del cerro. Una leyenda muy extendida
afirma que el enfrentamiento que se desarrolló a continuación fue épico, que se dilató durante horas y que provocó

numerosas víctimas; la realidad, sin embargo, es que apenas hubo enfrentamiento, porque los Tiradores superaban con mucho a los republicanos tanto en hombres como en armamento y porque los republicanos huyeron en cuanto comprendieron que los franquistas se disponían a rodearlos; la realidad es que apenas hubo tres muertos, los tres republicanos. Quiere esto decir que la escaramuza entrañó un riesgo limitado para Manuel Mena; tampoco tuvo importancia real, aunque sí simbólica: nadie podía en su momento saberlo, pero aquél fue el punto exacto de máxima penetración de la ofensiva republicana durante la batalla del Ebro.

El episodio de la ermita de Sant Josep de Bot concluyó al mediodía. Hacia el anochecer las dos unidades del Primer Tabor de Tiradores de Ifni que por la mañana habían tomado el santuario llegaban a Gandesa, se reunían con el resto de la 13.ª División y, agrupadas con la 74.ª bajo el mando único del general Barrón, se incorporaban a la defensa de la capital de la Terra Alta entrando en línea al norte de la carretera de Gandesa a Pinell de Brai. Durante las jornadas que siguieron el Primer Tabor de Tiradores se batió día y noche en los combates de la defensa de Gandesa. El 1 de agosto, una semana después del inicio de la gran ofensiva, el frente empezó a apaciguarse y pareció ya claro para todos que los republicanos no entrarían en el pueblo; conscientes de este fracaso, así como del hecho de que sus hombres habían perdido el ímpetu inicial y ya no se beneficiaban del llamado efecto sorpresa, el día 2 los mandos republicanos ordenaron detener el ataque, adoptar posiciones de defensa y ceder la iniciativa al enemigo. Fue entonces cuando, con el frente estabilizado, con los campos sembrados de cadáveres sin enterrar y el aire saturado de olor a carne podrida, con las tropas de ambos ejércitos instaladas

en una rutina diaria de feroces ataques de sol a sol a tem
peraturas delirantes y feroces contraataques nocturnos
ciegas, la batalla cambió de signo; fue entonces cuando per
dió por completo su precario sentido inicial, sobre todo
para los franquistas. Nadie lo explicó mejor que Manue
Tagüeña, un físico comunista de veinticinco años que po
aquellas fechas mandaba el XV Cuerpo del Ejército republicano con el grado increíble de teniente coronel. Tagüeña
razona en sus memorias que, una vez cruzado el Ebro y
conquistada una franja importante de terreno en la orilla
opuesta del río, los republicanos estaban atados de pies y
manos a sus posiciones, y lo más sensato y sencillo para los
franquistas hubiera sido abandonarlos allí, acorralados contra el río, y lanzarse hacia Barcelona sin dejar de presio-
narlos para impedirles moverse y echar mano de sus reservas. «El camino para la ocupación de Cataluña estaba libre
—concluye Tagüeña—, y el ejército del Ebro, si no se replega-
ba rápidamente, hubiera terminado cercado y cautivo.» No
fue así. La razón es que Franco era víctima de una concepción arcaica, criminal, incompetente, obcecada y patológi-
ca del arte de la guerra, que muchas veces ni sus propios
generales y aliados entendían: según habían comprobado
aquel mismo año en Teruel, esa concepción le obligaba a
pelear donde el enemigo le proponía la pelea y a no ceder
un palmo de terreno sin desvivirse por recobrarlo; pero sobre todo le obligaba a no darse por satisfecho con vencer al
enemigo: necesitaba exterminarlo. Esto explica que a partir
de aquel momento iniciase en el Ebro una agotadora batalla de desgaste («un choque de carneros», según lo describió
años después un general franquista) en un terreno sin ningún valor estratégico y a un precio exorbitante: sacrificar en
vano a divisiones enteras arrojándolas durante las semanas
siguientes, en el curso de una serie de seis disparatadas con-

raofensivas, contra un enemigo inferior en número y medios pero resuelto a vender muy cara su piel, mucho más hábil en el combate defensivo que en el ofensivo y férreamente atrincherado en las mejores alturas de la comarca.

El resultado sólo puede describirse como una carnicería indescriptible. Tal vez nunca conozcamos el número exacto de víctimas que provocaron aquellas semanas apocalípticas. Muchos, empezando por los propios combatientes, han exagerado las cifras. No es necesario exagerar; la verdad ya es por sí misma exagerada. No hubo, desde el principio hasta el final de la batalla, menos de ciento diez mil bajas: sesenta mil republicanas y cincuenta mil franquistas; no hubo menos de veinticinco mil muertos: quince mil republicanos y diez mil franquistas. Entre esas veinticinco mil víctimas —una gota minúscula en un mar inmenso de muertos, muchos de ellos anónimos— figura Manuel Mena.


El 1 de agosto, después de una semana de combates durante la cual los hombres del Primer Tabor de Tiradores de Ifni no conocieron un minuto de tregua, la unidad de Manuel Mena fue relevada de la primera línea del frente de Gandesa; pero al cabo de unos días de reposo en el desahogo vigilante de la reserva volvió a la carga. A mediados del mismo mes participa con la 13.ª División al completo en la tercera contraofensiva franquista mediante un ataque demostrativo que les permite avanzar sobre Corbera d'Ebre mientras la 74.ª División rompe el frente más al norte, antes de Vilalba dels Arcs. Los primeros días de septiembre, durante la cuarta contraofensiva, vuelven a ser frenéticos. El 3 toman al asalto las posiciones defendidas por la 27.ª División republicana de Usatorre y ocupan las cotas 349 y 355, esta última después de cuatro horas de preparación artillera.

El 4 continúan su avance al norte y al este del Tossal de la Ponsa. El 5 rechazan varios contraataques republicanos procedentes de la cota 357, cercana a Corbera. El 6 enlazan, en la cota 362, con la 4.ª División de Navarra. El 7 se endurece la resistencia a su avance, y el 8 los republicanos logran frenar por fin la ofensiva. Ese día (o el anterior) hieren a Manuel Mena. Es probable que sea la cuarta herida que recibe en combate, aunque, de todas las que recibió, hasta ese momento sólo tengamos documentadas dos; apenas sabemos nada de ella: ni dónde exactamente la recibió, ni en qué exactas circunstancias, ni de qué clase de herida se trata. Sólo sabemos que al otro día Manuel Mena ingresa en el hospital militar de Costa, en Zaragoza. También sabemos que su herida no puede ser grave, porque, a más tardar, nueve días después vuelve a encontrarse en primera línea de combate, al mando de su compañía.

Ya es 18 de septiembre y faltan sólo cuarenta y ocho horas para que Manuel Mena resulte herido por última vez. Esa mañana la 13.ª División, que desde hace casi una semana lleva el peso de la quinta contraofensiva franquista, recibe la orden de romper el frente republicano y tomar las cotas 484, 426 y 496 para establecer en ellas una línea de defensa. Los hombres de Barrón inician el avance, pero una y otra vez se estrellan contra una resistencia fiera, hasta que el mando ordena al Primer Tabor de Tiradores y a la 4.ª Bandera de la Legión que busquen una vía de penetración menos batida y más practicable; tras horas de reconocimiento, la encuentran en el barranco de Vimenoses o de Bremoñosa. Desde allí, luchando por cada palmo de terreno y desalojando al enemigo de cada trinchera a base de bombas de mano y combates cuerpo a cuerpo, al día siguiente se apoderan de la cota 426 y de la 460 y al atardecer llegan al pie de la 496, conocida como el Cucut.

Ahí es donde le aguarda a Manuel Mena la muerte. Se trata de una posición decisiva, un punto estratégico fundamental de una línea de cerros separados por los barrancos de Vilavert i Els Massos. Por eso está siendo bombardeada por la artillería y la aviación desde el día anterior. Y por eso ha sido fortificada a conciencia durante semanas por la 12.ª Brigada Garibaldi, la unidad de la 45.ª División que la defiende (quizá junto con hombres de la 14.ª Brigada Marsellesa): a base de la piedra seca que abunda en su suelo, los Brigadistas han construido entre los pinos carrascos de su pendiente, pronunciadísima, cuatro líneas de trincheras sucesivas, de tal manera que, si son expulsados de una de ellas, pueden retroceder y defenderse en la anterior, y luego en la anterior a la anterior, y así hasta la cima; además, para protegerse del fuego de la artillería y la aviación franquistas han excavado en la contrapendiente del cerro un sistema de refugios donde se esconden hasta que cesa el suplicio de los bombardeos y pueden regresar de nuevo a las trincheras para proseguir el combate. Todo esto explica que el Cucut sea una cota casi inexpugnable, según comprenden tras examinar a conciencia el terreno los oficiales de las cuatro compañías del Primer Tabor de Tiradores y la 4.ª Bandera de la Legión que han recibido el encargo de tomarla. Quien dirige la operación es el comandante Iniesta Cano, jefe natural de las dos compañías de Legionarios; el mando de las dos compañías de Tiradores lo ostenta el capitán Justo Nájera, y el de la compañía de ametralladoras Manuel Mena. Junto con el resto de oficiales de las unidades elegidas, son también ellos tres quienes comprenden, después de discutir varias opciones, que la única forma de atacar aquella cota es al asalto y por derecho.

No hubo batalla tan cruenta en la batalla del Ebro. Todo empezó al amanecer. Hacia las seis o seis y media de la

mañana arrancaba la preparación artillera más larga y des
tructora con que el mando franquista castigó una posición
republicana, según escribió años después el mismo Manuel
Tagüeña. Los Legionarios y los Tiradores habían sido ele-
gidos para llevar a cabo la misión porque, aparte de estar
habituados a participar en operaciones de máximo riesgo,
se complementaban, lo que explica que muchas veces com-
batiesen juntos. Así que hacia las nueve y media, cuando
la artillería y la aviación franquistas llevaban una hora tri-
turando a los republicanos después de haber corregido el
tiro durante otras dos, se pusieron en marcha. Los Tiradores empezaron a trepar en cabeza por la escarpadura, gateando con cautela, pegados al terreno y abriéndose camino
centímetro a centímetro entre rocas pulverizadas y troncos,
ramas y matojos carbonizados por los bombardeos, a través
de una nube densísima de polvo y de humo y de un ruido
ensordecedor, mientras los Brigadistas los disparaban con
todo desde arriba y los Legionarios los seguían agazapados
a su espalda. El bombardeo sobre la cota no se frenó mientras ellos proseguían su ascensión, y en varias ocasiones
Tiradores y Legionarios recibieron impactos de fuego amigo y tuvieron que pedir por radio que los artilleros de su
división alargaran o rectificaran el tiro. No sabemos cuándo exactamente se produjo el asalto a la primera línea de
trincheras republicanas, pero sin duda lo llevaron a cabo
los Legionarios, o por lo menos lo iniciaron; era su espe-
cialidad: lanzarse a pecho descubierto sobre las posiciones
contrarias desde veinte o treinta metros de distancia para
terminar de forma expeditiva con cualquier resistencia.
Hacia las once y media anunciaron la conquista de la cota.
Era sin embargo un anuncio prematuro, porque el hecho
es que durante las dos horas y media posteriores el combate se prolongó por toda la falda y la cima del Cucut, en

ıs sucesivas líneas de trincheras, con una ferocidad de fin
ıel mundo. No fue hasta las dos de la tarde cuando por
ın consiguieron dominar del todo la cota, transformada
ɔara entonces en una humeante devastación de polvo, ce-
ıiza y cascotes donde ni un solo árbol permanecía en pie.

Pero la batalla no había tocado a su fin; en realidad, lo
ɔeor estaba por llegar. Tiradores y Legionarios lo sabían,
ɔorque los republicanos habían acuñado durante las últimas
.emanas un lema de máximos que intentaban aplicar a ra-
atabla –«Cota perdida, cota recuperada»–, y estaban seguros
ıe que aquella vez no sería una excepción: al fin y al cabo,
resignarse a la derrota equivalía a abandonar uno de los
reductos dominantes de la entera batalla del Ebro. De modo
que, en cuanto se adueñaron de la cima del Cucut, Tiradores y Legionarios empezaron a reciclar a toda prisa los de-
sechos de las trincheras republicanas para defenderse del
previsible contraataque enemigo levantando en la contrapendiente de la colina parapetos improvisados a base de
piedras, ramas y cuanto objeto hallaban a su alcance. La
realidad confirmó con creces los temores de los franquistas.
El contragolpe republicano se desencadenó al atardecer;
procedía de la cota 450, donde los republicanos habían
buscado refugio tras su derrota provisional. Desde allí empezaron a escalar la contrapendiente del Cucut gritando,
disparando armas automáticas y lanzando granadas, cubiertos por fuego de ametralladoras y morteros, en una apoteosis violenta de rabia y desesperación que los franquistas
repelieron con una apoteosis violenta de rabia y desesperación. Incontables hombres de ambos bandos resultaron
muertos y heridos. Muchos de ellos pertenecían a las dos
compañías de Tiradores de Ifni o a lo que quedaba de las
dos compañías de Tiradores de Ifni. Una bomba de mano
reventó el vientre del capitán Nájera. Otro compañero de

Manuel Mena, el alférez Carlos Aymat, también fue herido de gravedad. Por fin cayó el propio Manuel Mena, víctima de una bala que le entró por la cadera, le perforó el hueso y se le quedó atrapada en el vientre.

Lo que ocurre a continuación es confuso y nuestro conocimiento de ello imperfecto, porque la memoria es todavía menos fiable que los documentos y lo que sabemos de las últimas horas de Manuel Mena depende, mucho más que de los documentos, de la memoria del asistente de Manuel Mena (o, mejor aún, de la memoria que el asistente de Manuel Mena legó a la madre y los hermanos de Manuel Mena y que la madre y los hermanos de Manuel Mena legaron a los sobrinos de Manuel Mena y que los sobrinos de Manuel Mena nos han legado a nosotros, tantas décadas después de ocurridos los hechos). No me preguntaré cuál es la reacción de Manuel Mena al notar que una bala acaba de alcanzarle. Ni me preguntaré si, gracias a su múltiple experiencia de herido en combate por fuego contrario, entiende de inmediato que esta herida es fatal, o si tarda un tiempo en entenderlo, o si no lo entiende en absoluto, al menos mientras yace herido en el Cucut. Ni por supuesto me preguntaré si siente pánico, si maldice, si intenta estar a la altura y dar la talla y soportar en silencio el dolor insoportable de la herida o si, consciente de la gravedad de lo ocurrido, se derrumba y gime y llama a su madre entre lágrimas y gritos de congoja. Tampoco me preguntaré cuánto tiempo permanece ahí, tumbado sobre la cumbre quemada de la colina, sangrando y retorciéndose, dolorosamente consciente de la realidad mientras arrecia el estruendo del combate en torno a él. No me lo preguntaré porque no puedo responder, porque no soy un literato y no estoy autorizado a fantasear, porque debo atenerme a los hechos seguros, aunque la historia que se desprenda de

llos sea borrosa e insuficiente. Ésta lo es. Pero también es
erdadera. Sea como sea, no puedo ir más allá: a lo sumo
·uedo aventurar alguna tímida conjetura, alguna hipótesis
azonable. Nada más. El resto es leyenda.

;u asistente no estaba con Manuel Mena cuando Manuel
Mena fue herido en el Cucut, pero aseguraba que Ma-
1uel Mena yació en la cima del cerro con una bala en las
·ripas hasta que los franquistas abortaron el contraataque
·epublicano y sus hombres pudieron bajarle al botiquín del
·atallón. Fue allí donde él se le unió. Y fue allí donde los sa-
nitarios comprendieron la gravedad de la herida y los man-
·daron a ambos de inmediato a un hospital de campaña. No
era el hospital más próximo al Cucut, que se hallaba en
Batea, sino un hospital de la 13.ª División instalado en Bot;
·quién sabe: quizá si lo hubieran dirigido a Batea no habría
muerto, porque no habría tardado en llegar hasta allí las
tres horas eternas que tardó en recorrer —primero a lomos
de un mulo, luego en una ambulancia— los veintiún kilómetros que lo separaban de Bot. Llegó al pueblo de noche,
desangrado pero consciente, y al internarse en él tuvo a la
fuerza que ver las calles desbordadas de ambulancias y de
heridos y muertos acostados en camillas o tirados por el
suelo. Había sido un día negro: los hospitales de Bot no
daban abasto para atender a las víctimas. A Manuel Mena
lo ingresaron en uno de ellos y le abandonaron en una
habitación con su asistente; quizá estaban solos, quizá compartían la habitación con otros heridos. No sabemos cuánto tiempo transcurrió así. En algún momento el asistente,
impacientado por la espera y por la debilidad de Manuel
Mena, salió de la habitación y preguntó a una auxiliar de
clínica cuándo iban a atender a su alférez, y la auxiliar le

contestó que debían esperar a que el equipo médico termi
nase de intervenir a un oficial de mayor graduación, quiz
mencionó el nombre del capitán Nájera, herido tambiér
en el contraataque republicano del Cucut. Aguardaror
Manuel Mena tendido en un camastro y con su uniforme
empapado de sangre, jadeante, el fino pelo revuelto y ad
herido al cráneo y la cara tiznada y húmeda de sudor y e
brillo de los ojos quizá verdes cada vez más yerto; el asis
tente, sentado junto a él. En otro momento, pálido comc
el mármol, Manuel Mena pidió agua; el asistente se la dio
Luego volvió a pedir agua y el asistente volvió a dársela. Lue
go dijo:

—Me voy a morir.

A continuación Manuel Mena le pidió a su asistente dos
cosas: que se quedara con el dinero que llevaba encima y
que le entregara a su madre sus efectos personales. Luego
murió. Era la madrugada del 21 de septiembre de 1938.

Aquella misma mañana el cadáver de Manuel Mena fue
trasladado en ferrocarril hasta Zaragoza; en ese último viaje le acompañó su asistente, quien para entonces ya debía
de saber que la noche anterior habían muerto el capitán
Nájera y otros tres alféreces de la 13.ª División, entre ellos
Carlos Aymat. Manuel Mena fue inhumado al día siguiente en el cementerio de Torrero, en un ataúd de madera con
molduras envuelto en la bandera franquista. Poco después
llegó a Zaragoza una expedición de cuatro familiares de
Manuel Mena encabezada por sus hermanos Antonio y
Andrés. Habían hecho un viaje largo y tortuoso, sorteando
los frentes de guerra por el interior de la zona rebelde —de
Trujillo a Salamanca, de Salamanca a Burgos, de Burgos a
Zaragoza—, con el fin de llevarse el cadáver del alférez a su
pueblo natal. Las autoridades facilitaron al máximo su misión. Así que, después de desenterrar el ataúd, abrirlo y con-

firmar que contenía el cuerpo exánime de Manuel Mena, emprendieron en dos coches el camino de regreso con la compañía del asistente y con el ataúd guardado en una caja de zinc.

La llegada del cadáver de Manuel Mena a Ibahernando fue un acontecimiento que durante décadas perduró en la memoria múltiple del pueblo. Ibahernando se hallaba todavía sobrecogido por aquella muerte: para las familias franquistas, Manuel Mena era el dechado del héroe nacional, joven, gallardo, idealista, laborioso, arrojado y muerto por la patria en combate; para todas las familias era sólo un muchacho a quien la edad ni siquiera le había alcanzado para atraerse la animadversión de nadie. Muchos recordaban de aquella jornada la comitiva fúnebre apareciendo a lo lejos por la carretera de Trujillo, recorriendo con solemnidad el breve paseo de eucaliptos que daba entrada al pueblo, dejando a su izquierda las aguas verdes de la laguna y desviándose hacia el Pozo Arriba en la curva del cementerio viejo para dirigirse después, por el antiguo cuartel de la guardia civil y la calle de Arriba, hacia la casa de Manuel Mena, donde llevaba mucho tiempo congregándose el gentío con el fin de recibir el féretro. Blanca Mena no estaba allí: había sido confinada por la familia en casa de su abuela Gregoria para ahorrarle a sus siete años recién cumplidos el espanto en carne y hueso de su tío muerto. No estaba allí, pero recordaba muy bien aquel día, o algunas imágenes de aquel día. Se recordaba a sí misma en casa de su abuela Gregoria, llorando de pena por la muerte de su tío y llorando de furia por no poder presenciar la llegada del cadáver de su tío al pueblo. Recordaba que las criadas de su abuela Gregoria soportaron con paciencia el desconsuelo sin fondo de su llanto y que al final su paciencia se agotó y una de ellas fue encargada de acercarla hasta la casa de su abuela Carolina. Recordaba que, sin dejar un segundo de llorar y sin soltar la mano de la criada, anduvo por calles desiertas hasta desembocar en la calle de Arriba, flanqueada en ese momento por Flechas y Balillas que aguardaban formados la aparición del coche fúnebre. Recordaba que ambas pasaron a toda prisa entre la doble hilera de niños vestidos con las camisas azules y los pantalones cortos y negros de Falange y que reconoció entre ellos a José Cercas, el padre de Javier Cercas, y que ambos se miraron (según Javier Cercas, su padre también recordaría de por vida aquel intercambio de miradas). Y recordaba muy bien que llegó a casa de su abuela Carolina, en la calle de Las Cruces, justo a tiempo de ser testigo de una escena que iba a permanecer grabada para siempre en su retina y en la de cuantos asistieron a ella.

La escena ocurrió así. Poco después de la llegada de Blanca Mena se abrió paso la comitiva fúnebre entre la muchedumbre enlutada que abarrotaba Las Cruces. De un coche bajaron los cuatro familiares de Manuel Mena y su asistente, y entre los cinco sacaron del otro coche el ataúd y lo depositaron en el patio de la casa de Manuel Mena. Sólo entonces salió de ella su madre, arrastrada o empujada por sus hijas, casi en volandas. Vestía de negro riguroso, tenía la cara y las manos blancas, parecía consumida por el sufrimiento y apenas se sostenía en pie. A su alrededor la gente lloraba, pero ella debía de recordar la súplica que su hijo muerto le hacía cada vez que se marchaba a la guerra, o quizá es que su aflicción estaba más allá de las lágrimas, porque no derramó ni una sola. Lo único que alcanzó a hacer, en medio del silencio multitudinario que reinaba en la calle, fue levantar el brazo en un fláccido saludo fascista y decir con un hilo de voz que le brotó de las entrañas:

—Arriba España, hijo mío.

Blanca Mena no asistió al entierro ni al funeral de Manuel Mena: por entonces aquellos ceremoniales mortuorios estaban reservados en el pueblo a los adultos. Durante los días posteriores, sin embargo, frecuentó al asistente de su tío, o como mínimo lo vio a menudo. El asistente se alojaba en casa de su abuela Carolina y no se separaba un instante de ella, o quizá era su abuela la que no se separaba un instante de él. Blanca Mena los veía cuchichear mientras su abuela preparaba la cena o cosía o trasteaba por la casa o por el corral, pero notaba que se callaban o cambiaban de conversación en cuanto ella se acercaba. Aunque estaba segura de que hablaban de su tío, nunca supo con exactitud de qué hablaban. Un día el asistente desapareció y no volvieron a saber de él. Más o menos por entonces la madre de Manuel Mena pidió que, cuando ella muriese, metieran en su féretro el sable de oficial de su hijo muerto.

La familia intentó olvidar. Pese a que Manuel Mena encarnaba el paradigma del héroe franquista, su muerte en combate tuvo escasa repercusión fuera del pueblo. El 20 de octubre el diario *Extremadura*, el más importante de la provincia, le dedicó una esquela; al cabo de dos semanas y media quien lo hizo fue *La Falange*, el semanario regional del partido. El texto, firmado por el jefe local de Falange, ha sido redactado por alguien que, aunque finge haber conocido a Manuel Mena, no lo conoció cuando estaba vivo y no muestra un gran interés por conocerlo ahora que está muerto (en su desidia confunde incluso la Bandera de Falange en la que combatió durante el primer año de guerra); indefectiblemente, le trata de «bravo falangista», de «valiente soldado», de «glorioso héroe» y, después de infligirle esas expresiones huecas, obligadas y rutinarias, se ensaña con él atribuyéndole una frase idiota: «¡Sólo se muere una vez por la Patria!». En cuanto a la esquela, la pagó de su bolsillo la propia familia, que no olvidó consignar que Manuel Mena había dado «su vida por Dios y por la Patria». Dentro de Ibahernando el recuerdo de Manuel Mena todavía estaba, no obstante, muy vivo. Poco después de su funeral, exactamente el 2 de octubre, el Ayuntamiento decidió en sesión solemne consagrar una calle a su memoria. Meses más tarde Blanca Mena y su abuela Carolina estaban sentadas en el patio de su casa cuando un hombre pasó frente a ellas. Blanca Mena no lo reconoció, pero su abuela abandonó lo que estaba haciendo y se quedó mirándolo. Blanca Mena estaba a punto de preguntar en voz baja quién era aquel desconocido cuando su abuela lo interpeló en voz alta.

—¿Adónde vas? —preguntó, con una amabilidad que a su nieta le pareció por un momento genuina. El interrogante resonó en toda la calle; el hombre se detuvo y se volvió hacia ellas con un amago de sonrisa—. ¿Vas a tu casa? —preguntó otra vez su abuela Carolina, aunque ahora Blanca Mena sintió que, de un segundo a otro, su amabilidad derivaba hacia un sarcasmo cortante, lleno de dolor—. ¿Vas a ver a tu madre? Qué bien, ¿verdad? Estarás contento, ¿verdad? —La sonrisa había huido de la cara del hombre, que ahora miraba a su abuela Carolina paralizado por una mezcla de perplejidad y de espanto. Su abuela Carolina escupió—: ¡Pues yo ya no puedo ver a mi hijo, porque está en el cementerio!

La última frase acabó con la parálisis del hombre, quien sin decir palabra bajó la cabeza, echó a andar con paso vivo y se perdió hacia La Rejoyada, o quizá hacia la calle de

Arriba. Una vez que hubo desaparecido, Blanca Mena preguntó quién era, y su abuela Carolina contestó que era un republicano que había combatido en la guerra con los republicanos. Todavía conmocionada por la escena que acababa de presenciar, Blanca Mena le reprochó:

—¿Y por qué le has dicho esas cosas?

Su abuela se quedó mirándola como si acabase de hablarle en una lengua incomprensible.

—Ah, ¿es que a ti te parece bien que matasen a tu tío Manolo? —preguntó.

Blanca Mena no había cumplido diez años cuando su abuela le hizo esta pregunta, y casi ocho décadas después no recordaba palabra por palabra la respuesta que le dio, pero sí recordaba el sentido general de su respuesta. Lo que le dijo a su abuela fue que no le parecía bien que hubiesen matado a su tío en la guerra, que le parecía muy mal, que le parecía una cosa horrible y que ella lo sabía. Pero también le dijo que su tío fue a la guerra porque quiso. Que nadie le obligó a ir a la guerra. Y que el hombre que acababa de pasar ante ellas no tenía ninguna culpa de su muerte.

Eso fue todo: todo lo que le contestó Blanca Mena a su abuela y todo lo que aquel día ocurrió, o todo lo que Blanca Mena recuerda que ocurrió. El antiguo republicano no volvió a acercarse a la casa de su abuela Carolina; por lo menos, Blanca Mena no volvió a verlo por allí, pero durante el resto de su vida no pudo cruzarse de nuevo con él por las calles del pueblo sin sentir la vergüenza y la angustia que había sentido el día en que su abuela le increpó como si fuera el responsable de la muerte de Manuel Mena.

Blanca Mena recuerda también otra anécdota. Cuando sucedió habían transcurrido siete u ocho años desde el final de la guerra y ella era una adolescente de quince o dieciséis que ya estaba enamorada de José Cercas. Una tarde de otoño, recién llegada del colegio, fue a visitar a su abuela Carolina. La puerta no estaba cerrada y la casa parecía desierta; lo primero le pareció normal, porque en el pueblo nadie cerraba las puertas durante el día, pero lo segundo no. Buscó a su abuela en la cocina, el comedor y las habitaciones, hasta que la encontró en el corral, con su tía Felisa y su tía Obdulia. Las tres acababan de encender una hoguera y la veían arder. Las saludó, contempló un instante las llamas y les preguntó qué estaban quemando. No le contestó su abuela, sino su tía Felisa.

—Son las cosas de tío Manolo —dijo.

Incrédula, Blanca Mena observó otra vez la pira: el fuego devoraba en efecto ropa, libros, libretas, cartas, papeles, fotografías, de todo. Volvió una mirada de horror hacia su abuela, que parecía hechizada por las llamas.

—Pero ¿qué habéis hecho? —preguntó.

No recordaba si fue su tía Obdulia o su tía Felisa quien la tomó de un hombro.

—Anda, hija —suspiró, fuera quien fuese, señalando la fogata—. ¿Y para qué queremos eso? ¿Para seguir sufriendo? Lo quemamos y se acabó.

La madre de Manuel Mena murió de un fallo cardíaco el 29 de agosto de 1953, década y media después de que lo hiciera su hijo. Durante aquellos quince años, el Banco Exterior de España en Sidi Ifni le había estado pagando cada mes, por cuenta del Grupo de Tiradores de Ifni y con irregularidades que la obligaron a reclamar muchas veces por escrito, una pensión de trescientas quince pesetas con noventa y seis céntimos, el equivalente aproximado de trescientos cincuenta euros actuales. No sabemos si al recibir semejante limosna recordó alguna vez que antes de irse a la guerra Manuel Mena le aseguró que, si moría en comate, ella no tendría que volver a preocuparse por el dinero, pero lo cierto es que ése es el precio que el Estado franquista pagaba a las familias privilegiadas de los oficiales franquistas por entregar un hijo al matadero. El día de la muerte de la madre de Manuel Mena alguien recordó que muchos años atrás había pedido ser enterrada con el sable de alférez de su hijo; la familia lo buscó por todas partes, pero nadie lo encontró.

# 15

Ya no recuerdo cuándo ni cómo ni dónde concebí la sospecha de que era Bot el lugar donde según la leyenda familiar había muerto Manuel Mena. Recuerdo que fue mucho antes de que tuviese la seguridad de que así era y mucho después de que a mi madre la atropellara un coche y yo comprendiese, durante su convalecencia, que para ella Manuel Mena había sido Aquiles, y que quizá todavía lo era; también recuerdo que, cuando le pregunté a mi madre si el nombre del pueblo donde había muerto Manuel Mena era Bot, su cara de octogenaria desterrada se iluminó.

—¡Eso es! —dijo, radiante—. Bot.

Miento. En realidad lo que dijo fue Bos o Boj o Boh: igual que veinticinco años en Cataluña no la habían adiestrado para entender la palabra catalana «Endavant», o al menos para no confundirla con la expresión «¿Adónde van?», o «¿Ande van?», medio siglo en Cataluña no la había adiestrado para pronunciar el topónimo catalán Bot, o al menos para no pronunciarlo como Bos o Boj o Boh.

Lo cierto es que tardé todavía algunos años en conocer Bot. Para entonces hacía ya mucho tiempo que seguía el rastro de Manuel Mena y que, como un detective que ronda la escena del crimen, había estado en Teruel, en Lérida y en el valle de Bielsa; también en la Terra Alta. Para entonces había visitado varias veces el memorial consagrado en la Terra Alta a preservar el recuerdo de la batalla del Ebro y me había dado cuenta de que, a diferencia de lo que ocurría en Teruel, en Lérida y hasta en el valle de Bielsa, en aquella comarca la batalla había dejado un rastro indeleble: durante la posguerra muchos de sus habitantes se ganaron la vida vendiendo los restos de metralla que acorazaban sus montes, y en la actualidad muchos seguían teniendo la batalla muy presente, seguían en cierto modo viviendo con ella o con sus consecuencias, obsesionados por ella, algunos incluso desquiciados por ella. Para entonces conocía bastante bien los escenarios de la batalla y había pisado los mismos lugares que pisó Manuel Mena, sobre todo el Cucut, la cota 496, el cerro en el que Manuel Mena fue herido de muerte, donde aún quedaban restos abundantes de metralla en el suelo y donde el tiempo no había destruido las trincheras y los refugios de los republicanos (ni siquiera algunos de los parapetos mucho más frágiles que los franquistas improvisaron en el escaso tiempo transcurrido entre la conquista de la cima y el contraataque republicano). Por lo demás, desde el principio de mis pesquisas sobre la peripecia bélica de Manuel Mena yo era consciente de que en realidad no estaba buscando su rastro particular sino el rastro plural del Primer Tabor de Tiradores de Ifni, y de que eso y no más era lo que estaba encontrando: un rastro múltiple, vagaroso, un poco abstracto, imaginado y casi extinto. Así se entiende que el día en que por fin llegué a Bot yo estuviera casi seguro de que no iba a encontrar allí nada menos inconcreto que eso, y si no lo estaba del todo era porque poco antes había hablado por teléfono con el hombre que, de acuerdo con una opinión extendida, mejor conocía la historia del pueblo.

Se llamaba Antoni Cortés. La primera vez que le llamé fui al grano de inmediato: le resumí la historia de Manuel

Mena y le dije que según mi madre había muerto en Bot aunque yo no tenía constancia de ello. «Me extrañaría que su madre se equivocase —contestó Cortés—. ¿No me ha dicho que su tío combatió con la 13.ª División?» «Con los Tiradores de Ifni —precisé—. Que estaban en la 13.ª División.» «Pues la 13.ª División tenía instalados sus hospitales en Bot —aseguró—. De manera que, si antes de morir su tío fue atendido en un hospital, casi seguro que fue aquí.» Hablando muy deprisa y a trompicones en un cerrado catalán dialectal, Cortés me contó que durante la batalla había en Bot tres hospitales, mencionó un par de libros que contenían noticias sobre ellos y sobre la guerra civil en el pueblo; acto seguido hablamos sobre lo ocurrido en Bot durante la batalla y, cuando pensé que ya me había contado todo lo que me tenía que contar, le di las gracias por la información. «No me dé las gracias —contestó—. Para mí es un placer hablar de la historia de mi pueblo. ¿Sabe qué es lo peor que le puede pasar a una persona? Llegar a mayor y darse cuenta de que no sabe nada. A mí me pasó a los treinta y cinco años, y desde entonces no he hecho otra cosa que estudiar. Y eso que ya estoy jubilado. Sigo sin saber nada, pero por lo menos disimulo mejor.» «Disimula usted muy bien», dije, sinceramente. «Bah —replicó, con la misma sinceridad, o eso me pareció—. Disimulo mejor cuando se trata de historia antigua. Es lo que me interesa de verdad, porque es lo que más trabajo cuesta averiguar. De la batalla del Ebro lo sabemos todo. Y lo que no sabemos lo podemos averiguar en seguida.» «¿También sobre el tío de mi madre?», pregunté. «Claro —respondió—. Déjese caer un día por acá y lo comprobará.»

No le creí, pensé que hablaba por hablar o que se había venido arriba y trataba de hacerse el interesante, y colgué el teléfono pensando que no volvería a hablar con él. Unos meses más tarde, sin embargo, encontré en el Archivo Militar de Ávila la evidencia documental de que Manuel Mena había muerto en Bot, le llamé otra vez y concerté una cita con él en el pueblo aprovechando un viaje a Valencia. Cortés me citó a las doce del mediodía en la plaza de Bot, de modo que pude salir de Barcelona a las nueve y media y plantarme dos horas después en Gandesa; allí tomé una carreterita sinuosa que en diez minutos me llevó hasta el pueblo. Éste resultó ser un lugar todavía más pequeño que Ibahernando, un puñado de casas marrones apretadas en torno al campanario de una iglesia marrón y rodeado por colinas entreveradas de rocas y pinos. La iglesia se erguía en la plaza y, mientras aparcaba a su puerta, vi que el único hombre a la vista se acercaba decidido a mi coche. Vestía con informalidad, tejanos gastados y jersey azul, pero su porte atlético, sus gafas de montura plateada y su frondoso mostacho gris le prestaban un cierto atildamiento excéntrico de coronel británico retirado. Era Cortés. Bajé del coche y le alargué la mano mientras agradecía su hospitalidad.

–No me dé las gracias –respondió, con un marcial apretón de manos–. No me gusta que me den las gracias. Además, no las merezco: estoy encantado de atenderle.

Iba a darle las gracias de nuevo pero me contuve y le pregunté si era historiador. Me contestó que no, que había sido carnicero y luego había trabajado en una empresa de pieles y luego en una bodega y más tarde en una fábrica de Gandesa. No se veía un alma en la plaza; el silencio del pueblo era perfecto.

–Pero no hablemos de mí –me pidió Cortés–. Es muy aburrido. Dígame: ¿qué es lo que quiere saber de mi pueblo?

Volví a resumir la historia de Manuel Mena y me apresuré a informarle de que había localizado su certificado de defunción, donde constaba que, en efecto, había muerto en Bot.

–No estaba usted equivocado –le dije.

–Ni su madre tampoco –replicó–. ¿Recuerda el nombre del médico que firmaba el certificado de defunción?

–Cerrada –dije–. Un tal doctor Cerrada.

Cortés puso cara de contrariedad.

–¿Su tío era oficial? –preguntó.

–Alférez –asentí–. Pero no era mi tío, sino mi tío abuelo.

–¿Por qué no me lo dijo antes?

–¿Que era mi tío abuelo?

–Que era oficial. –Cortés no me dio el tiempo de disculparme; dijo–: Ya sé dónde murió.

–¿No murió en Bot? –pregunté, un poco desconcertado.

–Claro que murió en Bot –contestó–. Me refiero a la casa donde murió.

Pensé que bromeaba. Le miré a los ojos; no bromeaba.

–Murió en Ca Paladella –anunció–. Una casa que durante la guerra habilitaron como hospital. –Indicando vagamente a su derecha, aclaró–: Está aquí al lado, a la vuelta de la esquina.

–¿Cómo lo sabe? Quiero decir: ¿cómo sabe que murió allí?

–Porque era el único hospital de oficiales que había en el pueblo; ahí trabajaba el doctor Cerrada. Le digo más: ya sé en qué habitación murió su tío.

De nuevo me oí preguntar:

–¿Cómo lo sabe?

–Porque en el hospital sólo había una habitación para oficiales –contestó–. Y porque mi madre era enfermera allí.

–¿Qué?

–Lo que oye.

–¿Su madre se lo contó?

–Y se lo cuenta a usted cuando quiera.

–No me diga que está viva.

Cortés se rió.

—Vivita y coleando —dijo, agarrándome de un brazo y obligándome a caminar—. Venga, le voy a enseñar la casa donde murió su tío abuelo.

Doblamos la primera esquina, bajamos unos metros por una calle y al llegar a la siguiente esquina nos detuvimos ante una mansión de tres plantas construida con grandes sillares marrones: en la planta baja se abrían varias ventanas enrejadas y un portón de madera bajo un arco de medio punto, encima del cual, grabado en piedra, lucía un escudo señorial; en la segunda planta había tres grandes balcones, y la tercera consistía en un desván abierto de ventanas arqueadas y unidas por una cornisa con molduras. Más que una mansión era un palacio.

—Aquí la tiene —dijo Cortés, señalándola con orgullo—. Es la única casa de arquitectura civil del pueblo.

Durante unos segundos la miré en silencio; luego pregunté:

—¿Y está seguro de que fue aquí donde…?

—Completamente —me interrumpió Cortés.

—Parece abandonada —observé.

—No sólo lo parece: lo está. —Me explicó que la casa era propiedad de la familia más rica de Bot y que llevaba muchos años en venta—. Los descendientes del mayordomo son los que se encargan de enseñársela a los posibles compradores. Viven en Tarragona, pero si quiere verla por dentro puedo hablar con ellos para que nos la abran.

—¿Lo harían?

—Creo que sí.

—Pues le agradecería mucho que se lo pidiera.

Cortés puso los brazos en jarras y torció el gesto. Tardé un segundo en entender que había vuelto a darle las gracias.

—Lo que quiero decir es que me encantaría que se lo pidiera —rectifiqué.

Cortés movió a un lado y otro la cabeza, como si me regañara, y al final deshizo de mala gana el ademán irritado. Luego, bruscamente, sus labios casi ocultos por el mostacho se alargaron en una sonrisa franca.

—Bueno, ¿quiere hablar con mi madre, sí o no? —preguntó.

—¿Ahora mismo? —contesté, de nuevo perplejo.

—Claro —dijo Cortés—. Vive aquí al lado.

Eché a andar junto a Cortés preguntándome cuál sería la próxima sorpresa que me aguardaba y, mientras avanzábamos por el pueblo sin cruzarnos con nadie, mi anfitrión me contó que todos sus antepasados conocidos eran de Bot, que su padre había muerto el año anterior y había hecho la guerra y era de familia franquista, mientras que su madre era de familia republicana; también me contó que a su madre no le gustaba hablar de la guerra.

La madre de Cortés era una ancianita encogida, rellenita y arrugada como una pasa. Fue ella misma quien nos abrió la puerta de su domicilio; vestía por completo de negro y nos miraba con extrañeza, como irritada o deslumbrada por el sol primaveral. Cortés me había dicho que acababa de cumplir noventa y un años y se llamaba Carme. Carme Manyà.

—Madre —le dijo Cortés en tono casi ceremonioso, mientras yo le estrechaba una mano suspicaz y regordeta—. Este señor es escritor y quiere hablar con usted de la guerra.

La mujer entrecerró todavía más sus ojitos inquisitivos, pero no nos invitó a pasar. Incómodo, sintiéndome examinado, sin saber qué decir, le pregunté si se acordaba de la batalla del Ebro. Ahora pienso que, sobre todo después del anuncio de su hijo, para una señora de su edad nacida en la Terra Alta la pregunta era tan obvia o tan redundante que debió de pensar que yo sólo podía ser tan ingenuo y tan inofensivo como mis palabras.

—Ya lo creo. —Se rió: su ceño se aclaró de golpe y reconocí en su expresión un anticipo o un esbozo de la expresión de su hijo—. Mucho mejor que de lo que pasó ayer.

Sólo entonces nos franqueó el paso y, caminando con dificultad pero rechazando la ayuda de su hijo, nos condujo a un salón de gruesos muros de roca vista iluminado por profundas ventanas, donde tomamos asiento. Durante las dos horas y media siguientes permanecimos allí los tres, charlando y tomando café. Yo le conté a la madre de Cortés lo que sabía de la muerte de Manuel Mena y ella me contó que al estallar la guerra tenía doce años, que vivía enfrente de Ca Paladella y que durante la batalla del Ebro había trabajado cada tarde en aquel hospital de campaña junto a un grupo de amigas. Su labor no consistía en atender a los enfermos, tarea reservada a enfermeras profesionales, sino en cortar vendas, meterlas en recipientes para ser esterilizadas, tender camas, lavar ropa sucia en el río y hacer cuanto les ordenara el doctor Cerrada, que se hallaba al mando de un equipo variable de médicos y ejercía de jefe del hospital. Le pregunté si en aquel hospital sólo se atendía a oficiales; me dijo que no, que también se atendía a soldados rasos, pero añadió que a todos los oficiales se los atendía allí.

—O sea que, con absoluta seguridad, el tío de mi madre murió en Ca Paladella —quise saber.

—Con absoluta seguridad —contestó.

Miré a Cortés, que se atusó complacido el mostacho pero no dijo palabra, fiel al papel subalterno que había decidido interpretar en aquella entrevista o que siempre interpretaba en presencia de su madre. Ésta continuó explicando que al hospital llegaban muchos más soldados que oficiales heridos, y que los oficiales tenían una habitación

eservada en la primera planta; le pregunté si sabía de qué
habitación se trataba y me contestó que por supuesto, aunque agregó que no entraba allí a menudo.

—O sea que, con absoluta seguridad, el tío de mi madre
murió en esa habitación.

—Con absoluta seguridad —volvió a repetir.

Maravillado por su respuesta, esta vez no busqué la mirada de Cortés sino que me quedé mirándola a ella, que en
aquel momento me pareció idéntica a las ancianas remotas
y enlutadas de los veranos de mi infancia en Ibahernando.
No recuerdo mucho más de la conversación, salvo que gracias a ella también pude aclarar ciertos extremos de la muerte de Manuel Mena (entendí, por ejemplo, la razón por la
cual había muerto esperando a ser operado de urgencia:
porque Ca Paladella sólo contaba con un equipo quirúr-
gico, que resultó insuficiente en una noche aciaga para la
13.ª División, con varios oficiales heridos); también recuerdo que a partir de determinado momento ya no pude apartar la sospecha de que quizá aquella anciana enérgica y
diminuta guardaba sin saberlo en su memoria la última
imagen con vida de Manuel Mena, y la convicción de que,
si la sospecha era acertada, cuando ella muriese aquel recuerdo inconsciente moriría con ella.

Me despedí de la madre de Cortés a la puerta de su casa
con un beso doble en sus mejillas y le dije que me alegraba
que hubiera aceptado contestar mis preguntas.

—Me han dicho que no le gusta hablar de la guerra
—añadí.

—No es que no me guste —dijo, haciendo con una mano
el gesto de apartar un estorbo invisible mientras con la otra
se aferraba al dintel de la puerta—. Lo que pasa es que sólo
conservo recuerdos muy amargos de aquella época. —Sin
rastro de dramatismo explicó—: Mire, si me dijeran que ten-

go que elegir entre pasar otra vez por aquello o morirme elegiría morirme.

Me despedí de Cortés junto a mi coche y le pedí que me llamara cuando pudiéramos visitar Ca Paladella.

–Vendré con mi madre –prometí–. Le gustará mucho ver el sitio donde murió su tío.

Me dijo que me avisaría en cuanto supiera algo, y a punto estuve de darle las gracias, pero me frené a tiempo.

Cortés me telefoneó a principios de julio, poco después de que Ernest Folch y su equipo rodaran su programa de televisión en Ibahernando, y me dijo que había concertado una cita para visitar Ca Paladella. Días más tarde mi mujer y yo pasamos a buscar a mi madre por Gerona.

–Bueno, mamá –fue lo primero que le dije tras montarla junto a mí en el coche y ajustarle el cinturón de seguridad–. Por fin vas a conocer Bot.

–Sí, hijo mío –contestó, santiguándose como de costumbre al empezar un viaje–. Me parece mentira: es como si llevase toda la vida esperando este momento. Si abuela Carolina viviera…

Durante el viaje mi madre contó dos cosas que nunca le había oído contar. La primera es que en una ocasión, cuando yo tenía seis o siete años, había ido con ella y mi padre al hogar de don Eladio Viñuela, en Don Benito, una ciudad de Badajoz adonde el médico se había mudado con su familia después de marcharse de Ibahernando. Fue una visita improvisada. Cuando llegamos, don Eladio no estaba en casa, pero sí doña Marina, su mujer, y nos pasamos toda la tarde con ella, bebiendo refrescos y comiendo pasteles y esperando a su esposo, hasta que se hizo de noche y tuvimos que irnos y yo perdí la única oportunidad que tuve en mi vida de conocer al hombre que civilizó Ibahernando. La otra historia atañía a Bot. Mi madre había sabido siempre que el pueblo donde había muerto Manuel Mena estaba en Cataluña y, según contó, cuando a mediados de los sesenta emigramos a Gerona pensó en visitarlo; de hecho, en los primeros años hizo algún vago intento de averiguar dónde se hallaba, pero su oficio excluyente de ama de casa y madre de cinco hijos desposeída de sus privilegios de patricia de pueblo la obligó a abandonar la idea de conocerlo. Por mi parte les conté, a ella y a mi mujer, cómo había localizado el lugar preciso donde murió Manuel Mena, hablé de la madre de Cortés y del propio Cortés.

—Es un tipo amabilísimo —las previne—. No ha parado de hacerme favores desde que lo conozco, pero ni se os ocurra darle las gracias. Se enfada.

Estaba anocheciendo cuando cruzamos el Ebro por Mora d'Ebre y nos adentramos en el páramo que setenta y siete años atrás había acogido la batalla. Mientras yo trataba de darles una idea de su desarrollo, mi madre miraba por la ventanilla como si no le interesase en absoluto lo que estaba escuchando, o como si lo único que le interesase de verdad fuera la sucesión de altozanos rocosos, inhóspitos y desolados que se levantaban a nuestro alrededor. Llevábamos dos horas de viaje y parecía cansada o aburrida. Para distraerla, al pasar junto a un letrero que indicaba el Coll del Moro comenté, casi en tono de guía turístico:

—Mira, mamá: ahí es donde Franco tenía su puesto de mando durante la batalla.

—¡Virgen Santísima del Perpetuo Socorro! —se lamentó, indiferente a mi comentario—. ¿Y hasta aquí tuvo que venir mi tío Manolo a morirse? —Con un solo ademán abarcó el paisaje—. ¡Pero si esto parece el fin del mundo, hijo mío!

Aquella noche dormimos en el hotel Piqué, a la entrada de Gandesa, donde mi mujer había reservado una habitación; una sola: mi madre necesitaba dormir acompañada. Después de refrescarnos un poco bajamos los tres al restaurante, y mi mujer y yo nos tomamos unas tapas mientras mi madre daba cuenta de un menú de dos platos y postre. Aún no había acabado de comerse el segundo plato cuando le oí decir algo que me extrañó no haberle oído decir en todo el viaje: que una de mis hermanas le había explicado o le había insinuado que había que vender la casa de Ibahernando; armándome de paciencia le contesté lo de siempre: que no se preocupara, que, mientras ella estuviese viva, no venderíamos la casa. Vi venir la pregunta.

—¿Y cuando me muera? —preguntó.

—¿Y qué ganas tienes de morirte? —contesté.

—¿Ganas, yo? —se escandalizó—. Ninguna, hijo mío. Pero algún día Dios Nuestro Señor se me llevará, y entonces…

—¡Mamá, por favor! —la corté, irritado y resuelto a no dejarme chantajear por la habilidad con que administraba su propensión espontánea al melodrama catastrofista—. Si de verdad quieres que Dios se te lleve, pon algo más de tu parte…

Me miró sin entender; señalé la espalda de cordero que se estaba atizando y aclaré, implacable, como si yo fuera un damnificado por el hambre de posguerra:

—Es que, si no dejas de comer como comes, Nuestro Señor no se te va a llevar ni el día del Juicio.

Ya en el cuarto, mi madre y mi mujer se durmieron en seguida y yo me puse a leer la traducción de la *Odisea* que había sacado años atrás de la casa de mi madre en Ibahernando y que, desde que terminé de releer la traducción de la *Ilíada*, me acompañaba en mis viajes tras el rastro de Manuel Mena. Llevaba ya un buen rato leyéndola cuando de improviso me di cuenta de una cosa en la que hasta entonces no había reparado. De lo que me di cuenta es de que el protagonista de la *Odisea* era exactamente lo contrario que el protagonista de la *Ilíada*: Aquiles es el hombre de la vida breve y la muerte gloriosa, que fallece en la cumbre juvenil de su belleza y su valor y accede así a la inmortalidad, el hombre que derrota a la muerte mediante *kalos thanatos*, una bella muerte que representa la culminación de una vida bella; Ulises, en cambio, es el polo opuesto: el hombre que vuelve a casa para vivir una larga vida dichosa de fidelidad a Penélope, a Ítaca y a sí mismo, aunque al final le alcance la vejez y después de esta vida no le aguarde otra. Todavía estaba bajo el efecto de esta revelación cuando me topé, hacia el final del Canto XI, con el único episodio en que Aquiles comparece en la *Odisea*. Ulises lo visita en la mansión de los muertos y le dice que él, que era el más grande de los héroes y derrotó a la muerte con su bella muerte, el hombre perfecto a quien todo el mundo admiraba, que a la luz de la vida era como un sol, ahora debe de ser como un monarca en el reino de las sombras y no debe de lamentar la existencia perdida. Entonces Aquiles le responde:

*No pretendas, Ulises preclaro, buscarme consuelos*
*de la muerte, que yo más querría ser siervo en el campo*
*de cualquier labrador sin caudal y de corta despensa*
*que reinar sobre todos los muertos que allá fenecieron.*

Leí esos versos. Los releí. Levanté la vista del libro y durante un rato pensé en el arrepentimiento del héroe de la *Ilíada*. Luego apagué la luz y me dormí preguntándome si, como él, Manuel Mena (el Manuel Mena póstumo, pero también el Manuel Mena de sus últimos días, el Manuel

Mena taciturno y absorto y desencantado y humilde y lúcido y envejecido y harto de la guerra) no hubiera preferido ser un siervo de los siervos vivo que un monarca muerto, preguntándome si en el reino de las sombras también habría comprendido que no hay más vida que la vida de los vivos, que la vida precaria de la memoria no es vida inmortal sino apenas una leyenda efímera, un vacío sucedáneo de la vida, y que sólo la muerte es segura.

A la mañana siguiente aparcamos en la plaza de Bot poco antes de las diez y, mientras lo hacíamos, vi a Cortés hablando con una señora a la puerta de una cafetería. Se despidió de ella, se acercó a nosotros, le presenté a mi mujer y a mi madre. Lo primero que hizo mi madre fue darle las gracias por su hospitalidad; lo primero que hizo Cortés fue enfadarse.

—Pero ¿qué le pasa a esta familia? —preguntó, abriendo unos brazos impotentes y pidiéndole una explicación a mi mujer con la mirada—. ¿Es que no pueden parar de dar las gracias o qué?

Temí que la visita se fuese al garete, pero mi mujer y yo conseguimos tapar el desaguisado con una densa polvareda de excusas y todos echamos a andar hacia Ca Paladella, mi madre cogida a mi brazo con una mano y con la otra a su bastón, Cortés reponiéndose de su sofoco inicial mientras nos explicaba que había puesto en antecedentes sobre el motivo de nuestra visita a las personas que iban a mostrarnos la casa. Cuando llegamos a Ca Paladella Cortés llamó al portón y en seguida le abrió una mujer morena y de mediana edad, y todavía estábamos enredados en las presentaciones cuando apareció otra mujer, esta rubia, con gafas y algo más joven, con un collar de abalorios rojos en el cuello; a su lado había una adolescente que llevaba un vestidito de verano azul, muy corto. La rubia nos urgió a que entráramos.

—Es que si la gente del pueblo ve la casa abierta, querrá curiosear —se disculpó.

Se llamaba Francisca Miró; la otra se llamaba Josepa Miró y era su hermana (la adolescente, de nombre Sara, era su hija). Según explicó Cortés mientras entrábamos, ambas eran nietas del último mayordomo de la casa, que había sido construida a finales del siglo XVII o principios del XVIII por la familia más opulenta del pueblo y había sido abandonada al empezar la guerra, aunque durante la posguerra los propietarios pasaban largas temporadas allí.

—Pero desde hace por lo menos cuarenta años nadie ha vuelto a vivir en esta casa —dijo Cortés.

Estábamos de pie en un vasto zaguán de paredes descascaradas, alumbrado por un ventanuco cubierto de telarañas y por la luz que difundía una lámpara Petromax. Dos grandes portones como el de la entrada se abrían en la estancia: uno daba a los graneros, que según Cortés se usaban como depósito de cadáveres durante la guerra, cuando la casa se convirtió en hospital; el otro dejaba entrever el arranque de una escalinata que subía hacia la oscuridad de la primera planta. La sensación de abandono era total: por doquier había polvo y papeles de periódico, cajas de cartón, bombonas de butano vacías, trastos viejos. De repente, mientras atendía a las explicaciones de Cortés y de las hermanas Miró, advertí que varias personas habían entrado en el zaguán, y me pregunté si eran intrusos o familiares o amigos o conocidos de las hermanas Miró, que aprovechaban la oportunidad para visitar la mansión. En algún momento la voz de mi madre se abrió paso entre las conversaciones cruzadas.

—¿Y aquí es donde murió mi tío Manolo? —preguntó.

—Aquí no, señora —respondió Cortés—. En la primera planta. Subamos.

Pensé que mi madre se arredraría al ver la escalinata polvorienta, tenebrosa y agrietada por la que debía trepar, pero no se arredró. Dejamos su bastón en el zaguán y emprendimos el ascenso en comitiva, con Cortés, Josepa Miró y su Petromax delante y con mi mujer y el resto de la procesión a la zaga. Mi madre subió pesadamente, descansando en cada escalón, con una mano en mi brazo y la otra en la sucia barandilla de hierro. Al llegar al rellano sudaba. Le pregunté si se encontraba bien y me contestó que sí; le pregunté si estaba segura y volvió a contestarme que sí. Siempre detrás de Cortés y de Josepa, torcimos hacia la izquierda, cruzamos un salón a oscuras y llegamos a una sala de estar o a lo que parecía haber sido una sala de estar iluminada por una claraboya. Todavía estábamos allí, escuchando a Cortés y contemplando a nuestro alrededor el estropicio provocado por cuarenta años de incuria, cuando apareció la madre de Cortés, ínfima y de luto y acompañada por Francisca Miró. La saludé y se la presenté a mi madre.

—Mamá —dije, señalándola—, esta señora trabajaba en esta casa cuando murió Manuel Mena.

Y quién sabe, a punto estuve de añadir, quizá guarda la última imagen de Manuel Mena vivo. El rostro fatigado de mi madre se transfiguró, y ambas ancianas se dieron dos besos y empezaron a hablar como si se conocieran de siempre, mi madre sobre Manuel Mena y la madre de Cortés sobre su trabajo de auxiliar de enfermera en Ca Paladella durante la guerra; a pesar de que la madre de Cortés hablaba en catalán (y de la sordera de mi madre), parecían entenderse a la perfección. Cortés las interrumpió: le preguntó a su madre dónde estaba la sala de los oficiales; por toda respuesta su madre dio media vuelta y, escoltada por su hijo, salió disparada hacia la oscuridad con riesgo evidente para su equilibrio. La seguimos hasta un cuarto de la misma planta.

—Aquí era —anunció—. Aquí estaban los oficiales.

La Petromax de las hermanas Miró ahuyentó a duras penas las sombras de un comedor que parecía estancado en los años sesenta. Dos postigos bloqueaban la entrada de la luz por la única ventana. Olía a polvo y a encierro.

—En esta habitación murió su tío —le explicó Cortés a mi madre—. Lleva abandonada muchos años. Y, claro, hágase a la idea de que entonces aquí no había nada de lo que ve.

Mi madre no dijo palabra y se volvió hacia mí con aire extraviado. Para asegurarme de que había entendido, le repetí que aquél era el lugar donde había muerto Manuel Mena y, con la ayuda de Cortés y de la madre de Cortés, intenté reconstruir para ella los detalles hipotéticos del paso de su tío por la casa. Mi madre nos escuchó asintiendo mientras recorría el cuarto con la mirada: la mesa cubierta por un tapete de terciopelo sobre el que descansaban una sopera de latón y un plato de loza, los aparadores de madera labrada que ocupaban los extremos del comedor, las sillas y los sillones tapizados, la radio y el tocadiscos de época; el faro de la Petromax parecía enfocar su cara reluciente de transpiración, atribulada y cerosa, proyectando sobre la pared una sombra espectral. Me pareció que se mareaba y le pregunté si quería sentarse; me dijo que sí. La senté en una silla, se secó el sudor con un pañuelo, me senté junto a ella. Mientras tanto, Josepa Miró forcejeó con los postigos de la ventana hasta que consiguió abrirlos; filtrada por una persiana rota, la escasa luz que penetró en la sala alumbró miles de partículas de polvo flotando en el aire enclaustrado. Sentí que ya había vivido ese instante, aunque no sabía cuándo ni dónde, y me di cuenta de que algunos desconocidos habían entrado en la sala, nos observaban en un silencio intrigado o expectante y cuchicheaban entre ellos. Volví a preguntarme si eran amigos o familiares de las hermanas Miró, o si eran intrusos. Mientras tanto, Cortés y las hermanas Miró se ofrecieron a mostrarnos el resto de la casa; les dije que mi madre prefería descansar y los tres se marcharon seguidos por el resto de los visitantes. Picada por la curiosidad, mi mujer se unió a ellos.

–Bueno, mamá –dije, una vez que cerraron la puerta–. Ya ves: hasta aquí llegó Manuel Mena.

Mi madre asintió; a solas conmigo, ya no parecía mareada, pero tampoco recobrada y dueña de sí misma, o no del todo. Ahora escrutaba el extremo opuesto de la habitación en penumbra, donde las franjas de luz que traspasaban la persiana rota y los postigos entreabiertos iluminaban un pedazo de suelo ajedrezado y sucio y una mancha de humedad en la pared. Tras unos segundos señaló ante ella con un cabeceo apenas perceptible y murmuró:

–Parece que le estoy viendo ahí, tumbado...

Se quedó contemplando el vacío en silencio, y su semblante abstraído me recordó el semblante perpetuo de sus dos años de depresión, cuando un exceso de lucidez le mostró que llevaba un cuarto de siglo viviendo en Gerona como si viviera en Ibahernando, que había malgastado su vida esperando volver a casa, que aquella espera inútil había sido un malentendido y que aquel malentendido iba a matarla. «Bueno –me dije, tratando de apartar ese recuerdo y recordando al teniente Drogo y *El desierto de los tártaros*–. Aquí empezó la leyenda de Manuel Mena, y aquí termina. Caso cerrado, inspector Gadget.» ¿Caso cerrado? Por un momento yo también vi a Manuel Mena allí, al otro lado de la sala, desmadejado y agonizante en un camastro militar, el uniforme embebido de sangre y la blancura de la muerte invadiendo sus facciones de adolescente. Luego me volví hacia mi madre, que seguía con la vista fija en el vacío, y pensé que iba a romper a llorar, que volvería a llorar casi ochenta años después de que el cadáver de Manuel Mena regresara a Ibahernando desde Bot y a ella se le agotasen las lágrimas llorándolo, y se me ocurrió que, si veía llorar por vez primera en mi vida a mi madre, ahora y allí, la guerra habría por fin acabado, setenta y seis años después de que hubiese acabado. Pero no hubo lágrimas, mi madre no lloró: rodeados por dos bolsas oscuras y arrugadas, sus ojos seguían secos. «Esto no se acaba —me dije—. No se acaba nunca.» Miré otra vez a donde ella miraba y volví a pensar en *El desierto de los tártaros*, en el final de *El desierto de los tártaros*, volví a imaginar a Manuel Mena tumbado y esperando la muerte como la espera el teniente Drogo al final de *El desierto de los tártaros*. Le imaginé así y me pregunté qué le habría dicho si en aquel momento hubiese estado junto a él, si hubiese ocupado por ejemplo el lugar de su asistente. Me contesté que habría intentado confortarle, que habría hecho lo posible por ayudarle a bien morir. Pensé que le habría dicho que era verdad, que iba a morir, pero que, como había comprendido el teniente Drogo en su lecho de muerte, aquélla era la verdadera batalla, la que siempre había estado esperando sin saberlo. Pensé que le habría dicho que era verdad, que iba a morir, pero que, a diferencia del teniente Drogo, no moría solo y anónimo en la habitación en penumbra de una posada, lejos del combate y de la gloria, sin haber podido dar la medida de sí mismo en el campo de batalla. Pensé que le habría dicho que era verdad, que iba a morir, pero que debía morir tranquilo, porque su muerte no era una muerte absurda. Que no moría peleando por unos intereses que no eran los suyos ni los de su familia, que no moría por una causa equivocada. Que su lucidez final era una falsa lucidez y su desencanto un desencanto sin fundamento. Que su muerte tenía sentido. Que moría por su madre y sus hermanos y sus sobrinos y por todo cuanto era decente y honorable. Que su muerte era una muerte honorable. Que había estado a la altura y había dado la talla y no se había arrugado. Que moría en combate como Aquiles en la *Ilíada*. Que su muerte era *kalos thanatos* y él moría por valores que lo superaban y que la suya era una muerte perfecta que culminaba una vida perfecta. Que yo no iba a olvidarlo. Que nadie iba a olvidarlo. Que viviría eternamente en la memoria volátil de los hombres, como viven los héroes. Que su sufrimiento estaba justificado. Que era el Aquiles de la *Ilíada*, no el de la *Odisea*. Que en el reino de los muertos no pensaría que es preferible conocer la vejez siendo el siervo de un siervo que no conocerla siendo el monarca de las sombras. Que nunca sería como el Aquiles de la *Odisea*, que nadie le había engañado, que no le mataba un malentendido. Que la suya era una bella muerte, una muerte perfecta, la mejor de las muertes. Que iba a morir por la patria.

—¿Qué piensas, Javi? —preguntó mi madre.

Sin mirarla contesté:

—Nada.

Mi madre buscó mi mano, la cogió y se la llevó al regazo. Noté el tacto de sus dedos deformados por la artrosis, con el anillo de casada todavía en el anular; noté la suavidad marchita de su piel y su perfume familiar entre el olor a rancio, a mugre y a encierro del comedor. Me pregunté cuántos años le quedaban de vida y qué iba a hacer con la mía cuando ella muriese.

—No le des más vueltas, Javi —habló—. Tío Manolo se sintió obligado a hacer lo que hizo. Eso fue todo. El resto vino solo. —Después de una pausa agregó, en un tono distinto—: No sabes cuánto me hubiera gustado que lo conocieras: era tan simpático, siempre estaba riéndose, siempre estaba haciendo bromas… Era así. Y por eso se sintió obligado. Ni más más ni más menos.

Me pregunté si tenía razón y si todo era tan simple. Dejé pasar unos segundos. Anuncié:

—Tengo que decirte una cosa, mamá.

—¿Qué cosa?

Pensé: «Que tío Manolo no murió por la patria, mamá. Que no murió por defenderte a ti y a tu abuela Carolina y a tu familia. Que murió por nada, porque le engañaron haciéndole creer que defendía sus intereses cuando en realidad defendía los intereses de otros y que estaba jugándose la vida por los suyos cuando en realidad sólo estaba jugándosela por otros. Que murió por culpa de una panda de hijos de puta que envenenaban el cerebro de los niños y los mandaban al matadero. Que en sus últimos días o semanas o meses de vida lo sospechó o lo entrevió, cuando ya era tarde, y que por eso no quería volver a la guerra y perdió la alegría con que tú lo recordarás siempre y se replegó en sí mismo y se volvió solitario y se hundió en la melancolía. Que quería ser Aquiles, el Aquiles de la *Ilíada*, y a su modo lo fue, o al menos lo fue para ti, pero en realidad es el Aquiles de la *Odisea*, y que está en el reino de las sombras maldiciendo ser en la muerte el rey de los muertos y no el siervo de un siervo en la vida. Que su muerte fue absurda». Dije otra vez:

—Nada.

Fue sólo entonces cuando volví a pensar en mi libro sobre Manuel Mena, en el libro que llevaba toda la vida postergando o que siempre me había negado a escribir, y ahora se me ocurre que pensé en él porque de golpe comprendí que un libro era el único sitio donde yo podía contarle a mi madre la verdad sobre Manuel Mena, o donde sabría o me atrevería a contársela. ¿Debía contársela? ¿De-

bía contarla? ¿Debía poner por escrito la historia del símbolo de todos los errores y las responsabilidades y la culpa
y la vergüenza y la miseria y la muerte y las derrotas y el
espanto y la suciedad y las lágrimas y el sacrificio y la pasión y el deshonor de mis predecesores? ¿Debía hacerme
cargo del pasado familiar que más me abochornaba y airearlo en un libro? En los últimos años, mientras arañaba de
aquí y allá información sobre Manuel Mena, había entendido algunas cosas. Había entendido, por ejemplo –pensé,
pensando en David Trueba–, que yo no era mejor que
Manuel Mena: era verdad que él había peleado con las
armas en la mano por una causa injusta, una causa que
había provocado una guerra y una dictadura, muerte y
destrucción, pero también era verdad que Manuel Mena
había sido capaz de arriesgar su vida por valores que, al
menos en determinado momento, estaban para él por encima de la vida, aunque no lo estuvieran o aunque para
nosotros no lo estuvieran; en otras palabras: no cabía duda
de que Manuel Mena se había equivocado políticamente,
pero tampoco de que yo no tenía ningún derecho a con-
siderarme moralmente superior a él. También había entendido que la historia de Manuel Mena era la historia de
un vencedor aparente y un perdedor real; Manuel Mena
había perdido la guerra tres veces: la primera, porque lo había perdido todo en la guerra, incluida la vida; la segunda,
porque lo había perdido todo por una causa que no era la
suya sino la de otros, porque en la guerra no había defendido sus propios intereses sino los intereses de otros; la
tercera, porque lo había perdido todo por una mala causa:
si lo hubiera perdido por una buena causa, su muerte habría tenido un sentido, ahora tendría sentido rendirle tri-
buto, su sacrificio merecería ser recordado y honrado. Pero
no: la causa por la que murió Manuel Mena era una causa

odiosa, irredimible y muerta, pensé, pensando de nuevo en David Trueba y en Danilo Kiš o en el final del relato de Danilo Kiš que David Trueba me había contado: «La historia la escriben los vencedores. La gente cuenta leyendas. Los literatos fantasean. Sólo la muerte es segura». Es lo que había ocurrido con Manuel Mena, pensé: que, aunque los vencedores hubieran escrito la historia de la guerra, nadie había escrito la suya, todos habían preferido contar leyendas o fantasear, como si todos fuesen literatos o como si intuyeran que Manuel Mena era en la práctica un perdedor de la guerra. ¿Era ésa otra buena razón para que yo contara su historia? En aquel tiempo también había entendido que era imposible que otro escritor la contase, por mucho que más de una vez yo hubiese jugueteado con esa idea, y que, si no la contaba yo, no la contaría nadie. ¿Debía contarla yo?, me pregunté de nuevo. ¿O debía dejarla sin contar, convertida para siempre en un vacío, en un hueco, en una de las millones y millones de historias que nunca se contarán, en una radiante obra maestra nunca escrita —maestra y radiante precisamente porque nadie iba a escribirla—, rechazando hacerme cargo de ella, manteniéndola para siempre escondida como el secreto mejor escondido?

Mi madre suspiró sin soltarme la mano; seguía con la vista clavada al otro lado del comedor, en el punto exacto donde había decidido que setenta y siete años atrás yacía moribundo Manuel Mena. Oí, muy cerca, ruido de pasos y de risas, y pensé en los intrusos que se habían colado en Ca Paladella; también, por alguna razón, pensé en fantasmas. Luego volví a recordar el relato de Danilo Kiš y, tal vez porque estaba sentado junto a mi madre, respirando su olor con su mano en mi mano, se me ocurrió que era imposible que la condesa Esterházy hubiera engañado a su hijo el día de su ejecución sólo para que tuviera un *kalos thanatos*, una muerte perfecta con que culminar una vida perfecta, y para hacerlo así digno de su nombre y su estirpe patricia; no, pensé: si lo había engañado –si había aparecido vestida de blanco cuando su hijo se dirigía al cadalso entre el escarnio de la muchedumbre– había sido para que pudiera dejar la vida sin miedo y sin angustia, para ayudarle a bien morir con la seguridad embustera de que antes del ajusticiamiento llegaría el indulto imperial. Pensé esto y pensé que, del mismo modo, era una ingenuidad novelera pensar que mi madre se había pasado la vida hablándome de Manuel Mena porque para ella no hubiese destino más alto que el de Manuel Mena, porque quisiera escribir mi destino con el destino de Manuel Mena, porque quisiera que yo diese la talla y estuviese a la altura y fuese digno de mi nombre y de mi falsa estirpe patricia; no, volví a pensar: lo más probable es que mi madre se hubiera pasado la vida hablándome de Manuel Mena porque con Manuel Mena o con la muerte de Manuel Mena había comprendido hasta quedarse sin lágrimas que es mil veces preferible ser Ulises que ser Aquiles, vivir una larga vida mediocre y feliz de lealtad a Penélope, a Ítaca y a uno mismo, aunque al final de esa vida no aguarde otra, que vivir una vida breve y heroica y una muerte gloriosa, que es mil veces preferible ser el siervo de un siervo en la vida que en el reino de las sombras el rey de los muertos, y porque necesitaba o porque le urgía que yo lo comprendiese. Y pensé también que también era una ingenuidad (además de una presunción) creer que la condesa Esterházy había escrito a su hijo, y tal vez la madre de Manuel Mena al suyo, y que en cambio mi madre no había conseguido escribirme a mí, de pronto me di cuenta de la arrogancia pueril de creer que convirtiéndome yo en escritor había conseguido que mi madre no me escribiese, rebelarme contra mi madre, evadirme del destino en el que, sabiéndolo o sin saberlo, ella había querido confinarme; la verdad, pensé, era precisamente la contraria: que no había habido ninguna rebelión, que mi madre había impuesto su voluntad, que yo no había sido el heroico y efímero y radiante Aquiles sino el longevo y mediocre y leal Ulises, que al ser Ulises había sido exactamente lo que mi madre había querido que fuese y que al hacerme escritor había hecho exactamente lo que mi madre había querido que hiciese, que yo no me había escrito a mí mismo sino que había sido escrito por mi madre, comprendí que mi madre me había hecho escritor para que no fuera Manuel Mena y para que pudiera contar su historia.

—¿Qué estás pensando, Javi? —volvió a preguntar mi madre.

Esta vez le dije la verdad.

—Que quizá debería escribir un libro sobre Manuel Mena —dije.

Mi madre suspiró, y en ese momento pensé que hay mil formas de contar una historia, pero sólo una buena, y vi o creí ver, con una claridad de mediodía sin sombra de nubes, cuál era la forma de contar la historia de Manuel Mena. Pensé que para contar la historia de Manuel Mena debía contar mi propia historia; o, dicho de otro modo, pensé que para escribir un libro sobre Manuel Mena debía desdoblarme: debía contar por un lado una historia, la historia de Manuel Mena, y contarla igual que la contaría un historiador, con el desapego y la distancia y el escrúpulo de veracidad de un historiador, ateniéndome a los hechos estrictos y desdeñando la leyenda y el fantaseo y la libertad del literato, como si yo no fuese quien soy sino otra persona; y, por otro lado, debía contar no una historia sino la historia de una historia, es decir, la historia de cómo y por qué llegué a contar la historia de Manuel Mena a pesar de que no quería contarla ni asumirla ni airearla, a pesar de que durante toda mi vida creí haberme hecho escritor precisamente para no escribir la historia de Manuel Mena. Mi madre dijo:

–Lo que no entiendo es cómo es que todavía no has escrito ese libro.

Me giré para mirarla; ella me devolvió una mirada neutra.

–Eres escritor, ¿no?

–¿Y si no te gusta lo que lees?

Contestó a mi pregunta con otra pregunta:

–¿No me digas que ahora escribes tus libros para que me gusten a mí? –Un destello de ironía relució en sus ojos–. A buenas horas mangas verdes.

Volvimos a quedarnos callados. Seguía oyendo voces, ruidos de pasos, algún golpe, pero ya no procedían de nuestro piso sino del piso superior, o eso me pareció. En medio del silencio en penumbra de aquel palacio abandonado debíamos de parecer dos personajes de película de Antonioni, o quizá dos estrafalarios concursantes de una estrafalaria versión de *Gran Hermano*. Oí pasos que se acercaban a la habitación y pensé de nuevo en fantasmas. La puerta se abrió. Era mi mujer.

–Tenéis que subir a ver la casa –dijo–. Es una maravilla.

Cortés apareció junto a ella con una sonrisa entusiasta. Mi madre se levantó y dio dos pasos precipitados hacia él, que tuvo que sujetarla para que no diese un traspié. Preví lo que iba a pasar, pero no hice nada por evitarlo.

–No sabe usted cuánta ilusión me ha hecho estar aquí –dijo mi madre, cogiendo a Cortés de las manos–. Nunca pensé que algún día iba a ver el sitio donde murió mi tío Manolo. –Indefectiblemente añadió–: Se lo agradezco muchísimo.

La última frase borró la sonrisa de Cortés, que abrió la boca bajo su mostacho para protestar y me miró atónito mientras, reprimiendo una carcajada, mi mujer tomaba del brazo a mi madre y se la llevaba del comedor. Le pedí comprensión a Cortés con la mirada, y él sacudió a un lado y a otro la cabeza, derrotado, y echó a andar detrás de mi mujer y mi madre.

Precedidos por Cortés, subimos hasta la segunda planta. Allí, surgiendo de las sombras con una linterna encendida, se nos unió Josepa Miró, y durante largo rato los cinco vagamos por la oscuridad de la casa. Guardo recuerdos precisos, parciales e inconexos de aquel paseo. Recuerdo una serie inagotable de salas y salones dormitando en una penumbra silenciosa de puertas esmeriladas y relojes de péndulo detenidos en horas arbitrarias y armarios señoriales repletos de papeles, libros antiguos y carpetas de cuero repujado. Recuerdo un lujo decadente de espesos cortinajes de terciopelo y sofás de raso verde y canapés de seda fucsia y escudos nobiliarios y habitaciones secretas o que parecían secretas y cocinas y despensas llenas de cascotes. Recuerdo dormitorios donde se acumulaban camas de bronce con dosel y baldaquino y cunas de maderas nobles y mesillas de noche y somieres esqueléticos y paragüeros vacíos y percheros huérfanos. Recuerdo una capilla decorada con frescos que representaban a los cuatro evangelistas, y recuerdo a Josepa Miró y a Cortés señalando las caras rayadas de los evangelistas y explicando que habían sido víctimas de la furia anticlerical de los libertarios que confiscaron la casa al empezar la guerra. Recuerdo una capilla y bancos y reclinatorios y órganos de iglesia y santos encaramados en peanas o agazapados en hornacinas y crucifijos de marfil y madera y montones de imágenes devotas. Recuerdo tapices que mostraban suntuosas escenas de caza (una jauría persiguiendo a un ciervo, un perro con un conejo recién apresado en sus fauces), y también recuerdo grandes espejos polvorientos y pianos de cola y fotografías enmarcadas y retratos al carbón y al óleo de hombres y mujeres seguramente muertos y olvidados. Recuerdo todo eso y recuerdo a mi madre y a mi mujer caminando a mi lado, detrás de Cortés y de Josepa Miró, que nos abrían paso con la linterna de Josepa entre el esplendor ruinoso de aquella mansión abandonada, y recuerdo las siluetas y las voces y las risas de los visitantes o los intrusos cada vez más numerosos con los que nos cruzábamos y a quienes ninguno de nosotros saludaba, Cortés y Josepa tampoco, igual que si no los conocieran o no los reconocieran o incluso no los vieran, igual que si fueran fantasmas y nosotros exploradores perdidos en una selva de fantasmas. Pero sobre todo me recuerdo a mí mismo eufórico, casi levitando de sigilosa alegría con la certeza de que por fin iba a contar la historia que llevaba media vida sin contar, iba a contarla para contarle a mi madre la verdad de Manuel Mena, la verdad que no podía o no me atrevía a contarle de otra forma, no sólo la verdad de la memoria y la leyenda y el fantaseo, que era la que ella había creado o había contribuido a crear y la que yo llevaba escuchando desde niño, sino también la verdad de la historia, la áspera verdad de los hechos, iba a contar esa doble verdad porque contenía una verdad más completa que las otras dos por separado y porque sólo yo podía contarla, nadie más podía hacerlo, iba a contar la historia de Manuel Mena para que existiera del todo, dado que sólo existen del todo las historias si alguien las escribe, pensé, pensando en mi tío Alejandro, por eso iba a contarla, para que Manuel Mena, que no podía vivir para siempre en la volátil memoria de los hombres igual que el Aquiles heroico de la *Ilíada*, viviera al menos en un libro olvidado como sobrevive el Aquiles arrepentido y melancólico de la *Odisea* en un rincón olvidado de la *Odisea*, contaría la historia de Manuel Mena para que su historia desdichada de triple perdedor de la guerra (de perdedor secreto, de perdedor disfrazado de ganador) no se perdiera del todo, iba a contar esa historia, pensé, para contar que en ella había vergüenza pero también orgullo, deshonor pero también rectitud, miseria pero también coraje, suciedad pero también nobleza, espanto pero también alegría, y porque en esa historia había lo que había en mi familia y tal vez en todas las familias —derrotas y pasión y lágrimas y culpa y sacrificio—, comprendí que la historia de Manuel Mena era mi herencia o la parte fúnebre y violenta e hiriente y onerosa de mi herencia, y que no podía seguir rechazándola, que era imposible rechazarla porque de todos modos tenía que cargar con ella, porque la historia de Manuel Mena formaba parte de mi historia y por lo tanto era mejor entenderla que no entenderla, asumirla que no asumirla, airearla que dejar que se corrompiera dentro de mí como se corrompen dentro de quien tiene que contarlas las historias fúnebres y violentas que se quedan sin contar, escribir a mi modo el libro sobre Manuel Mena era, pensé en fin, lo que siempre había pensado que era, hacerme cargo de la historia de Manuel Mena y de la historia de mi familia, pero también pensé, pensando en Hannah Arendt, que ésa era la única forma de responsabilizarme de ambas, la única forma también de aliviarme y emanciparme de ambas, la única forma de usar el destino de escritor con el que mi madre me había escrito o en el que me había confinado para que ni siquiera mi madre me escribiese, para escribirme a mí mismo.

Todo esto pensé mientras vagaba casi a oscuras con mi madre cogida de mi brazo y mi mujer vigilando que no tropezásemos, los tres siguiendo la luz que difundía la linterna de Josepa Miró por las tinieblas de Ca Paladella, y en determinado momento me dije que, puesto que iba a contar la historia de Manuel Mena y a hacerme responsable de la parte mala de mi legado familiar, no tenía por qué hacerme responsable también de la buena o la no tan mala, que si cargaba con ese trozo fúnebre y violento e hiriente y oneroso de mi herencia no tenía por qué cargar con mi herencia entera y estaba autorizado a decirle de una vez por todas la verdad a mi madre: que yo no era ni Stephen King ni Bill Gates, y que cuando ella muriese me desharía de la casa de Ibahernando. Parado a la puerta de una habitación donde acababan de entrar Cortés y Josepa Miró, le anuncié a mi madre que tenía algo importante que decirle. Ella permaneció en silencio, inmóvil.

—Es sobre la casa de Ibahernando —la preparé, tratando de prepararme.

Desde el umbral de la habitación mi mujer nos animaba a entrar, pero mi madre hizo caso omiso de sus gestos y me dio un apretón cómplice en el antebrazo.

—Ah, entonces ya sé lo que es —dijo y, sin darme tiempo a preguntar, añadió—: Que no vas a vender la casa de Ibahernando. Y que, cuando yo me muera, te quedarás con ella.

Perplejo, busqué su cara en la oscuridad, pero no la encontré; tampoco me eché a reír. Sólo pensé en Ulises y en Ítaca y, casi agradecido, mentí:

—Me has adivinado el pensamiento, Blanquita.

Oímos la voz de Cortés llamándonos, seguimos a mi mujer y entramos en una estancia relativamente grande que tal vez había sido un despacho, o que lo parecía, con una cortina tras la cual se abría una alcoba en la que sólo recuerdo una cama de matrimonio sin colchón y un aguamanil de cerámica. Allí estaba instalado, según explicó Cortés —o según explicó Cortés que acababa de explicarle su madre—, el quirófano de Ca Paladella, la sala donde setenta y siete años atrás Manuel Mena estuvo a punto de ser intervenido de urgencia. Mientras Cortés nos repetía las explicaciones de su madre sobre aquel lugar, no pude evitar preguntarme qué habría ocurrido si Manuel Mena no hubiera muerto en Ca Paladella, si aquella noche de septiembre de 1938 aquel quirófano de campaña hubiese estado libre y el doctor Cerrada hubiese podido operarlo y salvarlo. Oí ruido fuera, en el pasillo y las habitaciones contiguas, sólo que ya no me pareció un murmullo aislado de pasos o de voces sino el runrún pululante de una muchedumbre o de una selva de fantasmas. Entonces me asaltó un pensamiento. «No murió —pensé—. No está muerto.» Un hilo de frío me recorrió la espalda. Intenté apartar esa idea de mi cabeza, pero no pude, igual que si no me perteneciese. «No está muerto —volví a pensar—. Está aquí.» Y pensé: «Está aquí, todos están aquí, ninguno de los muertos de esta mansión de los muertos murió. Nadie se ha ido. Nadie se va». Cortés seguía hablando, pero yo ya no le escuchaba, y poco a poco la euforia y la sigilosa alegría en que me sentía levitar se convirtieron en otra cosa, o tal vez fui yo quien sintió que se estaba convirtiendo en otro o que ya se había convertido en otro, una especie de viejo y mediocre y feliz Ulises a quien aquella expedición por las tinieblas de aquel caserón vacío en busca del monarca de las sombras acabara de revelarle el secreto más elemental y más oculto, más recóndito y más visible, y es que no nos morimos, que Manuel Mena no había muerto, que mi padre no había muerto y que mi madre no iba a morir, eso pensé de golpe, o más bien lo supe, que no morirían mi mujer ni mi hijo ni mi sobrino Néstor, que tampoco yo moriría, con un estre-

mecimiento de vértigo pensé que nadie se muere, pensé
que estamos hechos de materia y que la materia no se des-
truye ni se crea, sólo se transforma, y que no desaparece-
mos, nos transformamos en nuestros descendientes como
nuestros antepasados se transformaron en nosotros, pensé
que nuestros antepasados viven en nosotros como nosotros
viviremos en nuestros descendientes, no es que vivan me-
tafóricamente en nuestra volátil memoria, pensé, viven físi-
camente en nuestra carne y nuestra sangre y nuestros huesos,
heredamos sus moléculas y con sus moléculas heredamos
cuanto fueron, nos guste o no, lo aborrezcamos o no, lo
asumamos o no, nos hagamos cargo o no de ello, somos
nuestros antepasados como seremos nuestros descendientes,
pensé, y en ese momento me abrumó una certeza que no
había sentido nunca, ahora pienso que podía haberla sentido en cualquier otro momento, o mejor que debería haberla sentido o por lo menos intuido, pero el hecho es que
fui a sentirla por vez primera allí, en aquel antiguo quirófano de aquella mansión abandonada de aquel pueblo perdido en la Terra Alta, junto a mi madre y mi mujer y Cortés
y Josepa Miró, sentí que estaba en la cima del tiempo, en la
cumbre infinitesimal y fugacísima y portentosa y cotidiana
de la historia, en el presente eterno, con la legión incalcu-
lable de mis antepasados debajo de mí, integrados en mí,
con toda su carne y su sangre y sus huesos convertidos en
mis huesos y mi sangre y mi carne, con toda su vida pasada
convertida en mi vida presente, haciéndome cargo de todos, convertido en todos o más bien siendo todos, comprendí que escribir sobre Manuel Mena era escribir sobre
mí, que su biografía era mi biografía, que sus errores y sus
responsabilidades y su culpa y su vergüenza y su miseria y
su muerte y sus derrotas y su espanto y su suciedad y sus
lágrimas y su sacrificio y su pasión y su deshonor eran los

míos porque yo era él como era mi madre y mi padre y mi abuelo Paco y mi bisabuela Carolina, del mismo modo que era todos los antepasados que confluyen en mi presente igual que una muchedumbre o una legión innumerable de muertos o una selva de fantasmas, igual que todas las sangres que desembocan en mi sangre viniendo desde el pozo insondable de nuestra infinita ignorancia del pasado, comprendí que contar, que asumir la historia de Manuel Mena era contar y asumir la historia de todos ellos, que Manuel Mena vivía en mí como vivían en mí todos mis antepasados, eso pensé también, y al final, borracho de lucidez o de euforia o de sigilosa alegría, me dije que ésa era la última y mejor razón para contar la historia de Manuel Mena, la razón definitiva, si había que contar la historia de Manuel Mena era sobre todo, me dije, para desvelar el secreto que acababa de descubrir en el reino de las sombras, en la profunda oscuridad de aquel palacio olvidado y ruinoso donde empezó su leyenda y donde, entonces lo vi como escrito en una radiante obra maestra nunca escrita, iba a acabar mi novela, aquel secreto transparente según el cual, aunque sea verdad que la historia la escriben los vencedores y la gente cuenta leyendas y los literatos fantasean, ni siquiera la muerte es segura. Esto no se acaba, pensé. No se acaba nunca.

## NOTA DEL AUTOR

Algunas de las personas con las que estoy en deuda aparecen con sus nombres y apellidos en las páginas de este libro, pero son muchas más las que no aparecen en él; a riesgo de olvidar a alguna mencionaré a las siguientes: José Luis y Ramón Acín, Leandro Aguilera, Josep M.ª Álvarez, Francisco Ayala Vicente, Messe Cabús, Julián Casanova, Enrique Cerrillo, Julián Chaves Palacios, Luciano Fernández, Pol Galitó, Antonio Gascón Ricao, Roque Gistau, Jordi Gracia, José Hinojosa, Anna Martí Centelles, Jorge Mayoral, Enrique Moradiellos, Sergi Pàmies, José Miguel Pesqué, José Antonio Redondo Rodríguez, Joan Sagués, Margarita Salas, Manolo Tobías, David Tormo y los hijos de don Eladio Viñuela y doña Marina Díaz: Marina, José Antonio, Julio, José María y José Luis. A todos ellos, gracias. También quiero dar las gracias a mi viejo amigo Robert Soteras, que me acompañó por media España siguiendo el rastro de Manuel Mena y del Primer Tabor de Tiradores de Ifni.